AVIS DE TEMPÊTE

Né en 1951, Serge Brussolo a beaucoup écrit. Il se consacre désormais au thriller, explorant le suspense sous toutes ses formes. Doué d'une imagination surprenante, il est considéré par la critique comme un conteur hors pair, à l'égal des meilleurs auteurs du genre, et certains n'hésitent pas à lui trouver une place entre Stephen King et Mary Higgins Clark. Il a reçu le Prix du Roman d'Aventures 1994 pour *Le Chien de minuit*, paru au Masque, et son roman *Conan Lord, carnets secrets d'un cambrioleur*, a été élu Masque de l'année 1995.

Grand maître des atmosphères inquiétantes, Serge Brussolo a également reçu le Grand prix RTL-*Lire*, pour *La Moisson d'hiver* (éditions Denoël).

SERGE BRUSSOLO

Avis de tempête

GÉRARD DE VILLIERS

Avertissement

Ce roman étant un strict produit de l'imagination de l'auteur, toute ressemblance — de quelque nature que ce soit — avec des personnes existant, ou ayant existé, ne serait qu'un pur effet du hasard.

Avis de tempête a été publié en 1993 sous le titre Derelict. *La présente édition a été revue et corrigée par l'auteur qui, saisissant l'occasion, en a profité pour redonner à l'ouvrage son titre original.*

1

Les coups de bélier emplissaient le palais présidentiel de leur écho sourd. Ancho Arcaño se contraignit à demeurer impassible car ses hommes l'observaient avec nervosité. Penché sur la grande table de travail qu'il avait jadis fait venir d'Espagne, Arcaño s'appliqua à écrire quelques mots d'une main qu'il voulait ferme. Depuis dix ans il traduisait chaque jour un paragraphe des *Vies des douze Césars*, de Suétone. Il aimait tout ce qui se rapportait à l'empereur Tibère, mais son latin restait approximatif et sa copie manquait d'élégance.

Or il brûlait d'une infamie plus honteuse encore, écrivit-il. *Il entraînait de jeunes garçons à peine sortis de l'enfance, qu'il surnommait ses petits poissons, à nager entre ses cuisses, à le lécher et à le mordre...*

L'écho du bélier fit de nouveau trembler les murs. Arcaño ferma les yeux, imaginant la populace, dehors ; cette populace qui avait tordu les grilles du palais, lynché les gardes, renversé les automitrailleuses, escaladant les remparts de sacs de sable pour finalement s'agglutiner sur les marches de marbre du grand escalier d'honneur. Combien étaient-ils ? Trois mille ? Peut-être plus? Une populace haillonneuse qui empestait le piment et l'oignon frit. De quoi se servaient-ils pour enfoncer la porte? De l'un des arbres séculaires — des séquoias rouges — que le président avait fait venir de Californie à grands frais, et planter de chaque côté de l'allée d'honneur?

Boum-boum... L'écho emplissait le hall, faisait trembler les grilles. Sous les vibrations, les miroirs se fendillaient. L'énorme lustre à pendeloques de cristal cliquetait comme à l'approche d'un tremblement de terre. Arcaño leva les yeux de ses travaux d'écriture pour regarder la coupe de champagne à demi pleine posée sur un plateau d'argent. À chaque nouveau heurt, la coupe se déplaçait imperceptiblement en émettant une note cristalline, ou plutôt une sorte de gémissement ténu. Cela rappelait à Arcaño le cri de détresse des souris qu'il étranglait entre le pouce et l'index, lorsqu'il avait dix ans et qu'il vivait au bidonville de Liento-Leproso, sur l'une des quatre collines qui bossuaient la géographie de la cité. La coupe allait-elle éclater? Il songea à la fameuse légende du contre-ut des cantatrices. Cette note si aiguë qu'elle fait exploser les verres.

Maintenant le champagne était chaud, presque toutes ses bulles envolées. « De la pisse », pensat-il en réprimant une grimace.

Boum-boum... La haute porte d'ébène renforcée d'acier n'allait plus tarder à céder. Ensuite ce serait la ruée, le saccage. Les statues grecques basculées par-dessus la rampe de l'escalier, les miroirs du XVIIe brisés à coups de manche de pioche. Vandalisme de clochards, de bœufs à la cervelle étriquée.

Les gardes s'agitèrent. Ils étaient trois : Maniego, Sozo et Tetone. L'odeur acide de leur sueur emplissait toute la pièce. Leurs mains moites laissaient des taches embuées sur l'acier des armes.

— Excellence, hasarda Sozo. Il ne faudrait pas attendre plus longtemps...

Arcaño le dévisagea sans répondre. Sozo avait été son meilleur élément au cours des cinq dernières années. C'était un paysan des montagnes, un mâcheur de coca aux gencives cuites par la drogue. Il avait une épaule plus haute que l'autre. Cette disgrâce physique — qui avait fait de lui le souffre-douleur de son clan — l'avait peu à peu métamorphosé en un sociopathe particulièrement dangereux. Dangereux et inventif, Arcaño avait pu s'en rendre compte lors des interrogatoires qui avaient lieu dans la crypte du palais. Ému par le zèle de cette gargouille, Arcaño lui avait appris à lire et à compter. Depuis, le bossu lui vouait une adoration indéfectible.

— Excellence... répéta Sozo.

Il y avait une curieuse note de supplication enfantine dans sa voix. Arcaño ne répondit pas. Il était comme anesthésié. Il savait que s'il se levait, la peur tomberait sur ses épaules, lui faisant plier les genoux. Il se contraignit à écrire encore quelques mots de sa belle écriture. Il utilisait un stylo à plume, très coûteux, un *Bright Flood Shadow*, dont on lui avait dit qu'il était couramment utilisé par les universitaires et les hommes de lettres anglo-saxons. Il en avait commandé une version en platine. Son profil avait été gravé sur le capuchon, au-dessus de la devise : *Obra siempre con buen fin.* Pour l'honneur, toujours...

Il traça une nouvelle ligne. Dès qu'il avait obtenu un poste de responsabilité au palais, il avait pris des cours de lecture et d'écriture, en secret. À trente ans il s'était mis à réciter l'alphabet, à remplir des cahiers entiers de a, de i, de o, comme un vulgaire écolier. Pour que personne ne le sache, après chaque leçon, il enfermait les cahiers dans un coffre-fort, avec les rapports que lui communiquait sa section d'assainissement urbain sur les menées subversives des opposants. Il lui avait fallu beaucoup de temps pour parvenir à maîtriser complètement les subtilités de l'écriture, mais il avait réussi, là comme ailleurs. Ensuite il avait fait assassiner son professeur particulier, comme ça, pour que personne ne sache, jamais, que Ancho Arcaño avait été jusqu'à l'âge de trente ans un parfait analphabète.

Baissant les yeux pour ne plus voir les reflets huileux des Ingrams et des M16, il écrivit : *parmi les tortures qu'il avait imaginées, il y en avait une, sournoise, qui consistait à faire boire aux gens du vin en abondance, puis à leur ligaturer brusquement la verge...*

Il était fier de parvenir aujourd'hui à décrypter le latin de Suétone, et cela même si sa traduction manquait de style. « Excellence... », implora Sozo. Arcaño s'ébroua. Pourquoi pensait-il à tout cela ? Était-ce vraiment le moment ? Mais ne dit-on pas qu'on voit défiler toute sa vie lorsqu'on s'apprête à mourir ? Non, c'était idiot ! Et puis il n'allait pas mourir, il n'en était pas question.

Cette fois il repoussa la chaise à haut dossier et se leva. Une impulsion irrésistible le tira vers la fenêtre. Cinq centimètres de verre blindé l'isolait de l'extérieur. On pouvait le mettre en joue et ouvrir le feu, il ne risquait rien. La balle s'écraserait sans même fêler la vitre. Non, c'était d'en bas que viendrait le danger, quand la porte monumentale céderait dans un grand craquement. La garde prétorienne du président disséminée dans le hall, à l'abri des colonnes doriques, ne résisterait pas plus de quelques minutes. La vague haillonneuse la balaierait.

Lors des premiers affrontements, aux abords du quartier résidentiel de Siete Leones, les insurgés avaient littéralement démembré les soldats du groupe anti-émeute. Les pauvres types avaient été écartelés par une troupe de femmes en furie, jusqu'à ce que leurs articulations cèdent, que leurs chairs se déchirent.

Dans la Caravana, la grande artère commerçante du centre-ville, on avait vu danser des têtes coupées piquées sur des bambous brandis par des gosses de douze ans. Arcaño devait toutefois admettre qu'à cet âge une pareille exhibition l'aurait follement amusé, lui aussi. Mais il n'avait plus douze ans, et il était maintenant de l'autre côté de la barrière.

Sozo revint à l'assaut. C'était un tortionnaire avec une mentalité de chien fidèle, un quasimodo que certains airs de tango faisaient pleurnicher. L'angoisse le rendait téméraire, et il osa enfoncer l'une des touches de l'Interphone trônant sur le bureau de son maître. Aussitôt, les micros installés à l'extérieur captèrent les vociférations de la foule. « Donnez-nous *La Chapa* et son boucher ! », hurlaient les femmes. « *El presidente y su carnicero !* » Elles ponctuaient leurs revendications de hululements gutturaux, à l'indienne.

La Chapa, c'était le surnom du président Naranjo qui s'empourprait à la moindre contrariété, et cela même à la télévision, en dépit du maquillage. Le « boucher », c'était lui, Ancho Arcaño, le chef de la police secrète. On l'appelait également « la cagoule », à cause d'une certaine forme d'interrogatoire qu'il avait personnellement mise au point.

— Il faut partir, dit Sozo. C'est fini maintenant.

Oui, c'était fini, il avait raison. Les troupes régulières s'étaient débandées ou avaient retourné leur veste aux premières heures de l'insurrection. Cela n'avait rien d'étonnant puisque depuis plusieurs mois déjà on ne les payait plus guère qu'au moyen de sachets de cocaïne fortement coupée. Que pouvait-on attendre d'une armée amollie par la drogue, et qui laissait rouiller les fusils d'assaut livrés par la CIA dix ans plus tôt ?

Arcaño éteignit le haut-parleur d'un geste trop nerveux. À présent qu'il était debout il commençait à transpirer. À la flamme d'inquiétude qui vacillait dans le regard de ses hommes, il comprit qu'il devait avoir piteuse allure. Il se jura de les tuer dès qu'il n'aurait plus besoin d'eux. Il ne voulait pas qu'ils puissent un jour se vanter de l'avoir vu comme ça, en état d'infériorité. Disciplinant sa respiration, il recapuchonna son stylo, posa un buvard sur les lignes encore humides qu'il venait de tracer, et referma le cahier. Il traduisait au hasard, de manière discontinue, pour son seul plaisir. Dans une mallette blindée recouverte de peau de serpent, il plaça le manuscrit à côté de son exemplaire des *Vies des douze Césars*. Il avait la sensation d'agir au ralenti et de percevoir la réalité à travers une vitre embuée. Il songea qu'il avait fêté ses quarante-six ans trois mois plus tôt, dans une atmosphère d'insouciance puérile, et voilà que, tout à coup, l'univers basculait. Un univers qu'il avait cru immuable, éternel.

« Non, c'est faux, corrigea une voix au fond de son crâne. Tu savais que la fin du monde était proche. Sinon tu n'aurais pas fait réarmer *el Crucero*... »

Il pivota sur ses talons pour admirer une dernière fois la pompeuse salle d'apparat dont il avait fait son bureau. Les marbres, les antiquités grecques échangées contre leur valeur en cocaïne à d'habiles détrousseurs de musées internationaux. Les vases Ming... Il avait toujours interdit que le moindre objet d'art indien soit introduit dans ses appartements. Il haïssait tout ce qui lui rappelait de près ou de loin ses origines. Au fil des années, il s'était inventé une noble ascendance hispanique, vierge de tout métissage, et il avait fini par croire lui-même à cette fable. Sur les documents officiels, il signait Arcaño y Arcaño, redoublant son patronyme à la manière des vieilles familles de colons venues directement d'Espagne.

Le bruit sourd du bélier le fit frissonner. Sozo tendit la main pour prendre la mallette, Arcaño la lui abandonna, c'était mieux ainsi, il aurait moins l'air de prendre la fuite. Une balle ricocha sur la vitre blindée avec un miaulement de chat en folie. Ils tiraient... Ces fils de truie, ils osaient tirer sur sa silhouette alors que deux mois plus tôt ils se bousculaient pour dégager la chaussée chaque fois que sa limousine s'engouffrait dans une rue.

— Votre excellence, insista Sozo. Il faut y aller...

Les gorilles levèrent leurs armes, et, d'un mouvement de poignet professionnel, engagèrent une balle dans la culasse avec un ensemble parfait qui donnait à cette mise en marche quelque chose de militaire.

« Je les ai bien éduqués », pensa Arcaño avec une pointe d'auto-satisfaction.

Tetone ouvrit la porte du bureau. Derrière, c'était l'enfilade des corridors aux murs plaqués d'interminables miroirs qui couraient du sol au plafond. Une mini-galerie des glaces pour un dictateur analphabète qui passait son temps à se faire lire par ses secrétaires des ouvrages historiques sur Louis XIV, ce Français des temps anciens qui se faisait appeler le roi Soleil. *El presidente* Arturo Naranjo, ancien chercheur d'or, ancien coupeur de canne, ancien ramasseur de caoutchouc, qui avait fini par faire fortune dans le chlorhydrate de cocaïne avant de truquer les élections et de se faire élire « défenseur du peuple à vie »...

Sozo avait pris la tête du groupe. Il avançait un peu courbé, dans l'attente d'un coup de feu, et cette posture faisait ressortir sa bosse. Arcaño regardait machinalement les statues antiques jalonnant le couloir. Des trésors archéologiques véritables, pas des reproductions. Le président, qui n'était guère sensible à cet aspect des choses, avait toutefois exigé qu'on retaille les seins des déesses selon ses goûts personnels, car il aimait par-dessus tout les aréoles protubérantes. Il avait donc demandé au ministre de la Culture — un ancien marbrier funéraire de ses amis — de procéder lui-même à cette rectification.

Arcaño s'arrêta une seconde au sommet du grand escalier d'honneur. On avait entassé des centaines de sacs de sable contre la rampe, et quarante soldats se tenaient là, agenouillés, les mains crispées sur le métal de leurs armes, l'œil fixé sur la porte à double battant que le bélier disloquait chaque minute un peu plus. La peur des hommes emplissait l'air de son odeur d'urine. Certains fixaient l'entrée depuis tant d'heures qu'ils avaient fini par sombrer dans une auto-hypnose qui leur donnait un air hébété. Arcaño se fit la réflexion que la plupart d'entre eux étaient probablement camés jusqu'aux yeux. Quand la foule envahirait le palais ils se laisseraient déchiqueter sans même pousser un cri.

Tout à coup, alors que le chef de la police allait se remettre en marche, le président fit irruption dans le couloir. Il était en bras de chemise, trempé de sueur, la cravate en bataille, et brandissait un 202GR version *police* avec disperseur de gerbe. L'arme luisait de graisse.

— Tu pars? lança Naranjo en tripotant maladroitement son fusil à pompe perfectionné. Tu fiches le camp...

— Je peux t'emmener, mentit Arcaño.

Le président haussa les épaules.

— Non, dit-il en adoptant une expression butée. J'ai pris mes précautions moi aussi, si je voulais je pourrais faire comme toi. Mais non... Je les attends de pied ferme. J'ai des couilles, moi.

— Ils vont te mettre en pièces, murmura Arcaño. Tu le sais?

— Oui, s'entêta le président. Tu vois, Ancho, je ne regrette qu'une chose, qu'on n'ait pas l'arme atomique, sinon je les ferais tous sauter, je te le jure. Si j'avais une mallette avec un bouton rouge à l'intérieur, comme le président des États-Unis...

Il eut un rire sourd qui sonnait comme le halètement d'un homme en train de jouir.

— Dis, Ancho, ricana-t-il. Tu imagines un peu le baroud d'honneur? Tout le pays rayé de la carte? Ah! pourquoi on n'a pas pu se l'acheter cette foutue mallette, hein? La mallette avec le bouton rouge à l'intérieur... On n'était pas assez riches?

Arcaño haussa les épaules.

— On aurait pu. Dans pas longtemps, répondit-il avec une certaine mélancolie.

Et il ne mentait pas. On disait que l'Irak pourrait bientôt le faire, alors pourquoi pas eux ?

— Ça m'aurait bien plu, soupira le président.

Il était très rouge. La peur, la rage lui dessinaient deux taches écarlates sur les joues. Il avait l'air d'un comédien de foire, maquillé à la hâte. Arcaño ne parvenait pas à se décider à bouger. Ses semelles collaient au marbre des dalles. Il examina les mains du président. Elles étaient curieusement petites pour un homme de cette corpulence. Trop petites pour manipuler un fusil à pompe avec efficacité.

Par la chemise entrouverte, Arcaño distingua une plage de peau plus sombre, presque noire, qui contrastait étrangement avec la chair blanche des mains et du visage. On racontait que le président était en réalité un métis d'Indien et de Noir. Le sang africain ayant dès la naissance fortement teinté sa peau, Naranjo — qui détestait son métissage — avait, à la manière de certains Afro-américains, entrepris de se décolorer dès son accession au pouvoir, s'enduisant l'épiderme de dermo-corticoïdes qui délayaient la mélanine contenue dans sa chair. *Xessal*. Au fil des ans, il était devenu de plus en plus blanc, mais sa figure, ses avant-bras et ses mains avaient pris un aspect maladif un peu irréel qui lui donnait l'allure d'un mort-vivant. Terrorisé par la perspective d'un cancer de la peau, il s'était contenté d'un blanchissement partiel : la tête, les mains, laissant au reste de son corps sa couleur originelle. Il faisait l'amour toutes lumières éteintes, afin que ses maîtresses ne puissent découvrir la supercherie. Deux ans auparavant, il avait fait arracher la langue à un médecin qui avait osé le mettre en garde contre l'extrême toxicité des pommades décolorantes.

Personne n'avait le droit d'évoquer ce problème en sa présence, et Arcaño s'était toujours gardé d'y faire allusion, même quand la peau du *presidente* était devenue aussi fine que du papier calque, et qu'on avait commencé à voir le tracé des veines en transparence.

— Tu pars, grommela Naranjo. Tu as les couilles moins grosses que je pensais. Tu n'as pas envie de mourir l'arme à la main, comme un vrai *macho*, en faisant éclater les crânes de ces pouilleux?

Arcaño ne répondit pas. Il détestait les armes à feu. Il avait toujours été mauvais tireur. Dans sa jeunesse, trop pauvre pour se procurer le moindre revolver, il s'était surtout servi du *machette*. C'était là une bonne arme, sans complication, et qui ne risquait pas de s'enrayer ou de devenir inutile par manque de munitions.

Naranjo fit un pas vers son chef de la police, le saisit aux épaules et l'attira contre lui pour l'embrasser sur la bouche, comme il l'avait vu faire aux dignitaires de l'ex-URSS.

— Va, dit-il en larmoyant. *Suerte*, Ancho... Il n'y a pas de raison pour que tu restes. Et puis ils te feraient sûrement plus de mal qu'à moi... C'est surtout *toi* qu'ils détestent, n'est-ce pas?

« Vieille fripouille », pensa Arcaño en réprimant un mouvement de haine.

— Écoute! renchérit le président. C'est de toi qu'ils parlent, tu n'entends pas? *Le boucher... Le boucher...* c'est ça qu'ils crient. On dit que les femmes ont juré de te sodomiser avec un fer à souder... Va, pars. Si tu as de la chance tu arriveras peut-être au port.

— Et toi? se sentit forcé de demander Arcaño.

Le président haussa les épaules.

— Je suis trop vieux pour repartir à zéro,

soupira-t-il. Après ce que j'ai connu ce serait minable. Je ne veux pas finir dans la peau d'un rentier barricadé dans une villa de Miami, et qui tremble au moindre craquement du plancher. Car c'est ça qui t'attend, Ancho, tu y as pensé ? La trouille de voir surgir le commando venu faire justice... Et puis l'angoisse, la maladie de cœur, les petites pilules, l'interdiction de faire trop souvent l'amour... Non, ce n'est pas pour moi.

Sozo s'impatientait. De l'autre côté du mur de façade, les vociférations de la foule en colère scandaient le martèlement du bélier.

Le président se détourna, « pompa » une cartouche dans la culasse de son arme, et prit une posture martiale en haut du grand escalier, la crosse métallique bien calée sur la hanche. Arcaño pensa que tout cela sentait la mauvaise mise en scène, puis il s'aperçut dans l'un des miroirs et se reconnut à peine, avec son costume de lin blanc. La chair de son visage lui semblait tendue sur ses pommettes, comme s'il avait terriblement maigri au cours des dernières heures. Il n'eut pas le temps de s'attarder, Sozo le tirait par la manche. Il fallait se décider à tout abandonner, les jeux étaient faits.

Arcaño s'engouffra à la suite des gorilles dans le puits sombre d'un escalier dérobé dont l'accès était dissimulé par un panneau de marbre coulissant. Ce n'était pas un passage secret moyenâgeux, mais bel et bien une voie de circulation souterraine dans laquelle pouvait rouler un camion militaire lourdement chargé.

El presidente l'avait fait aménager dès son accession au pouvoir, avec la plus grande discrétion. Arcaño s'était lui-même chargé d'éliminer tous les ouvriers qui avaient eu la malchance d'y travailler. Le tunnel s'étirait sous les trottoirs de la ville, serpentant sur plus de trois kilomètres. Les tremblements de terre étant fréquents à San-Pavel, il avait fallu consolider la voûte du passage à plusieurs reprises, et ces rafistolages s'inscrivaient en cicatrices plâtreuses sur le béton des parois. Au bas de l'escalier deux véhicules ronronnaient, prêts à démarrer sur les chapeaux de roue : une Toyota land cruiser pour les gorilles, et une limousine pour Arcaño. Deux chauffeurs attendaient près des portières ouvertes, le visage crispé par l'inquiétude.

— Votre excellence, gémit l'un d'eux en saluant le chef de la police secrète. Le commandant Brocha m'a prié de vous faire savoir que la météo était mauvaise. La station diffuse un avis de tempête force 7 pour toute la zone.

Arcaño ne daigna pas répondre. Il était hors de question qu'il demeurât à terre plus longtemps. Sa seule chance de salut consistait à rejoindre son yacht, *el Crucero*, et à filer le plus vite possible, cap au large. Pour la destination, on verrait plus tard.

Il s'installa à l'arrière de la limousine où l'attendait déjà un magnum de Mouton-Rothschild 1951. Il avait lu quelque part que c'était une bonne cuvée qui valait son poids d'or, et il en buvait toujours avec ostentation, même si, au demeurant, il détestait le champagne qu'il tenait pour une boisson de femme.

Sozo écarta le chauffeur d'une bourrade pour prendre sa place. Tout le monde toussait déjà sous l'effet des gaz d'échappement accumulés sous la voûte. L'aération laissait à désirer. La faute en revenait à la végétation en folie qui croissait de plusieurs centimètres par jour et envahissait tout.

Le convoi s'élança. Les moteurs grondaient

avec une puissance terrible, et Arcaño se demanda avec inquiétude si ces vibrations n'allaient pas faire s'ébouler le tunnel fortement éprouvé par le dernier séisme. San-Pavel avait été édifié sur une ligne de faille, et chaque soubresaut de l'écorce terrestre jetait ses édifices à bas. Depuis deux siècles on vivait au milieu des ruines.

Le marin assis à côté de Sozo essaya encore une fois de parler de la tempête, mais Arcaño le fit taire d'un geste de la main. Il n'aimait ni la mer ni les bateaux. Dès le départ il n'avait vu dans le yacht qu'un éventuel moyen d'évasion. Il l'avait fait aménager en secret, loin des regards curieux, puis il avait choisi pour lieu de mouillage une crique peu fréquentée parce que infestée de crocodiles. Mais l'idée d'appareiller le mettait mal à l'aise. Il aurait encore préféré s'enfoncer dans la jungle qu'il connaissait bien pour y avoir passé une bonne partie de son enfance. Mais on ne va nulle part dans la jungle, et à force de vivre avec les singes on devient comme eux.

Se penchant vers la vitre latérale, il leva les yeux pour considérer la voûte. C'était drôle de penser qu'il se déplaçait sous les pieds de la foule en colère, et que ceux qui le cherchaient pour le mettre en pièces ignoraient qu'il était justement là, à quelques mètres au-dessous des trottoirs. Sozo ralentit. Le convoi émergeait à l'air libre. La sortie du tunnel était dissimulée sous un pan de roche artificiel qui basculait à la manière d'une porte de garage dès qu'on coupait le faisceau d'une cellule photo-électrique. D'un seul coup, la limousine se retrouva en pleine jungle, sur une piste qu'envahissaient les lianes et les hautes herbes caoutchouteuses. Sozo ne leva pas le pied. Il roulait comme une brute, au risque d'emboutir un tronc abattu en travers du chemin. L'odeur de sa peur emplissait le véhicule. « Je dois puer autant que lui », songea Arcaño, que cette idée contraria.

La voiture descendait une pente vive, se rapprochant de la mer. On ne voyait rien de l'océan. La nuit changeait le littoral en un grand trou noir que piquetait, çà et là, le scintillement d'une balise. Au bruit creux soulevé par les roues, Arcaño réalisa qu'on remontait le long du débarcadère. Sozo daigna enfin ralentir. Arcaño ouvrit la portière et fit trois pas sur le bois pourri du wharf. La force du vent et le bruit des vagues le surprirent. Il eut du mal à comprendre ce que le matelot lui criait aux oreilles. Maintenant il fallait descendre la petite échelle d'acier au bas de laquelle dansait le hors-bord qui allait lui permettre de rejoindre le yacht. Au moment où il posait le pied sur le premier barreau, il connut une seconde de panique, mais il se maîtrisa. Tout autour de lui les lames se déchaînaient avec fureur. Elles claquaient sur les piliers du débarcadère, explosant en gerbes d'éclaboussures glacées. Quand il posa le pied sur le fond du canot, le chef de la police secrète de San-Pavel était déjà trempé. La houle lui retourna l'estomac. Il se maudit d'avoir choisi ce moyen d'évasion, mais c'était le plus sûr qu'il avait été capable d'imaginer. Le yacht était en réalité un navire de patrouille militaire habilement maquillé. Un hydroptère long de 45 mètres, déplaçant 210 tonnes, et qui pouvait atteindre 60 nœuds en vitesse de pointe, un bolide géant flirtant avec les 110 km/heure grâce à un système d'ailes immergées, disposées sous la quille, et qui diminuaient la portance de la coque à grande vitesse. Le plan porteur arrière était fixe et muni d'hélices de propulsion; le plan avant, lui, était orientable. Ces dispositions faisaient du « yacht » un redoutable engin de chasse en haute mer. Arcaño y avait fait installer deux citernes totalisant une contenance de 20 000 litres d'eau douce, deux distillateurs électriques, et tout ce qui se faisait de mieux en matière d'équipement électronique, depuis le récepteur de cartes météo jusqu'au navigateur par satellite. Ses flancs, ses superstructures étaient en acier blindé, capable d'encaisser les salves les plus sévères. Il suffisait d'abaisser un commutateur électrique pour faire jaillir du pont une tourelle de tir équipée d'un canon et de deux mitrailleuses jumelées. Ce n'était pas une précaution inutile, car dans ces parages, la mer était encore sillonnée par de nombreuses embarcations pirates n'hésitant pas à s'attaquer aux voiliers skippés par des plaisanciers naïfs.

El Crucero était bourré d'armes et de munitions. Il emportait dans sa soute assez de vivres et d'eau pour permettre à l'équipage de tenir au moins trois mois en mer sans avoir à jeter l'ancre. Un architecte naval avait fort astucieusement banalisé son profil en l'équipant de mâts et de voiles qui prendraient le relais du moteur dès qu'on serait en haute mer. Mais la véritable particularité du navire tenait dans l'agencement de sa cale qui faisait de lui un véritable bunker flottant.

Le matelot lança le moteur du canot, et la petite embarcation se jeta bravement à l'assaut des vagues. Arcaño se cramponnait de tous ses ongles au dossier de son siège. Chaque fois que l'étrave du hors-bord plongeait, il avait l'impression que l'océan allait l'avaler. Sozo n'était pas plus rassuré. Homme de la jungle, il ne connaissait pas grand-chose aux subtilités du grand large. Par-dessus tout il avait peur de la faune des profondeurs : les requins, les crocodiles que n'effrayait nullement l'eau salée, et qui n'hésitaient pas à s'éloigner du rivage pour s'en prendre aux tortues. « Ce soir, au moins, la tempête les fera tenir tranquilles », songea Arcaño en essayant de maîtriser la nausée qui lui tordait l'estomac.

On avait atteint le yacht, les lames drossèrent durement le canot contre la coque du bâtiment, et le chef de la police crut un instant que l'embarcation allait éclater sous le choc. Des cris tombèrent de la lisse. Quelqu'un avait allumé un projecteur mobile, Arcaño vit qu'on avait déroulé un filet le long de la coque. La mer était trop agitée pour qu'on puisse espérer grimper sagement par l'échelle de coupée, comme des yachtmen civilisés. Le marin lui tapa sur l'épaule en hurlant quelque chose d'incompréhensible. Arcaño comprit qu'il allait lui falloir escalader le flanc du navire en se cramponnant aux mailles du filet. Il se demanda s'il aurait assez de force pour se hisser jusqu'au bastingage. S'il lâchait prise, s'il tombait à l'eau, il risquait d'être broyé entre la coque du yacht et celle du hors-bord. « Je suis trop vieux pour ce genre d'exercice », pensa-t-il en se jetant en avant, les doigts tendus comme des serres. À peine avait-il engagé les pieds dans les mailles du filet qu'une vague le pilonna, l'écrasant contre les tôles de la coque. Il eut la certitude qu'un camion venait de le heurter à la hauteur des omoplates, et il suffoqua, poussant un cri que la tempête arracha au sortir de sa bouche.

À demi assommé, il rampa à la verticale, se hissant vers le bastingage par pur réflexe de survie. Des mains jaillirent de l'obscurité, le saisirent sous les aisselles et le déposèrent sur le pont.

— Commandant, hurlait le capitaine. Ça va, commandant ?

Ce titre purement honorifique exaspéra Arcaño qui détestait tout ce qui se rapportait à la navigation, et dont la science maritime se réduisait à distinguer bâbord de tribord. On lui jeta une couverture sur les épaules et on le conduisit jusqu'à sa cabine. Il se redressa avec rage, repoussant ceux qui voulaient le soutenir. Il lui semblait de mauvais augure qu'on osât le toucher, même pour lui venir en aide. Trois jours plus tôt personne ne se serait risqué à lui tendre la main sans quêter son autorisation préalable. Trois jours plus tôt il était encore un dieu dont on redoutait le contact. Même les filles que lui amenait Sozo ne se décidaient à le caresser que lorsqu'il leur en donnait la permission... ou l'ordre.

Il dégringola plus qu'il ne descendit l'escalier de coursive, s'empêtrant dans la couverture mouillée. Son costume de lin dégoulinait, laissant de grosses flaques sur le teck ciré dont on avait recouvert les tôles du sol afin de donner à l'ancien navire militaire un aspect plus conforme à ce qu'il était censé être, à savoir un simple bateau de plaisance.

Dans la cabine, le capitaine se dépêcha d'allumer un radiateur électrique soufflant afin qu'il puisse se changer sans attraper froid, et courut faire couler l'eau chaude dans la minuscule cabine de douche. C'était un gros homme qui portait bien mal l'uniforme mais devait dormir sa casquette à galon d'or rivée sur la tête. Ancien patron pêcheur, il s'était un temps recyclé dans le piratage des voiliers *gringos* descendant de Californie, et barrés par de naïfs navigateurs solitaires. Une fois le skipper jeté au requin, on maquillait l'embarcation qu'on revendait dans une île à un quelconque analyste financier en mal d'aventure. C'était un trafic qui vous assurait une petite aisance d'honnête artisan, rien d'extraordinaire cependant.

Le gros homme s'appelait Jesus Brocha, mais était-ce seulement son vrai nom? Arcaño n'en savait foutre rien.

— Commandant, gémit Brocha. C'est une mauvaise nuit pour lever l'ancre. Le vent souffle force 7. Les lames ont des creux de quatre mètres. Dès que nous serons au large nous allons être secoués comme une capsule de bière dans une machine à laver.

Arcaño ne répondit pas. Après s'être rapidement douché pour se débarrasser du sel et de l'écume qui poissaient sa peau, il enfila des vêtements secs. Il eut du mal à passer son pantalon car le bateau, bien que dressé face à la lame, bougeait déjà fortement.

— Je veux inspecter la cale, dit Arcaño. Après tu lèveras l'ancre. La tempête couvrira notre fuite. Si certains ont dans l'idée de nous poursuivre ils devront renoncer.

Sans doute les émeutiers étaient-ils en ce moment même en train d'investir le palais présidentiel. Combien de temps leur faudrait-il pour s'apercevoir que le boucher de San-Pavel n'était nulle part? Si par malheur ils découvraient le passage secret, ils seraient sur la plage en moins d'une heure.

Écartant le capitaine de son chemin, Arcaño gagna la coursive. De nature méfiante, il voulait vérifier que tout était en ordre avant de partir. À l'aide d'une clé de sûreté reliée par une chaîne à sa ceinture, il déverrouilla une porte blindée défendant l'accès de la cale. Toute cette partie du navire avait été renforcée par des plaques d'acier intransperçables. C'était là un travail délicat, qui avait beaucoup alourdi le vaisseau et diminué sa maniabilité. Brocha s'en était plaint.

Arcaño descendit au-dessous de la ligne de flottaison par une petite échelle de fer. À ce niveau, le bruit des lames frappant la coque était impressionnant. Arcaño dut étendre les bras de part et d'autre pour conserver son équilibre.

Au fond de la cale brillaient les chromes d'une porte blindée en tout point semblables au battant d'une chambre forte. Sans le bruit des vagues en furie, on aurait pu se croire dans la section des coffres d'une grande banque moderne.

Arcaño regarda instinctivement par-dessus son épaule pour vérifier que personne ne l'avait suivi, puis il tendit la main vers la première des trois molettes nickelées et entreprit de former les chiffres de la combinaison qu'il était seul à connaître. Quand il eut égrené le dernier numéro, il manœuvra le volant et fit pivoter la porte. L'ouverture du battant alluma automatiquement un plafonnier à l'intérieur de la cale. Comme chaque fois qu'il jetait un coup d'œil dans la caverne de fer, Arcaño fut ébloui par le scintillement soyeux de l'or. Il y avait là une tonne de lingots soigneusement entassés dans des caissons d'acier amarrés entre eux, de manière à ne pas céder aux mouvements des flots. Une fortune colossale amassée au cours des dix meilleures années du « règne » d'Arturo Naranjo, le président à vie du Terremoto, ce minuscule État coincé entre l'Équateur et le Pérou, et dont seuls les géographes et les politologues bien informés connaissaient vaguement l'existence.

Au seuil de la chambre forte, Arcaño lutta

contre le désir qui montait en lui d'aller caresser le métal des lingots. La soie de l'or... Il ne se lassait pas d'y promener les doigts. C'était son trésor de guerre, une addition sanglante de pots de vin, de fortunes confisquées, et de narco-dollars. Il y avait là la rançon de prisonniers rachetés par leurs familles, et qu'on n'avait tirés des geôles que pour leur permettre d'aller rendre l'âme entre les bras de leurs femmes ou de leurs enfants. Il y avait les avoirs de tous les comptes bancaires « subversifs » gelés par l'État.

Né dans un bidonville, ayant grandi dans la jungle, Ancho Arcaño ne croyait pas aux méthodes modernes de gestion de l'argent. Les comptes en Suisse, les cartes bancaires ne lui inspiraient aucune confiance. Il était trop facile de bloquer un avoir, quelques dictateurs en fuite en avaient fait l'amère expérience, et il ne tenait pas à rejoindre leurs rangs. Il voulait garder son trésor sous la main, comme les pirates de jadis. Ne jamais s'en séparer et l'emmener n'importe où. Ainsi il n'était pas à la merci d'une décision internationale le décrétant criminel politique et bloquant ses biens où qu'ils fussent dans le monde.

En dépit de la mauvaise tournure qu'avaient prise les choses, ce côtoiement prodigieux le rassérénait. Destitué, en fuite, sa tête mise à prix par le peuple, il n'en demeurait pas moins confiant en l'avenir. L'or était sa médecine, sa magie. Son aura chaude le protégerait du malheur, il en avait l'intuition.

Il s'ébroua, essayant d'échapper à l'hypnose qui le saisissait chaque fois qu'il s'attardait à contempler son trésor. On attendait son ordre pour lever l'ancre. Il fit un pas en arrière, repoussa le battant blindé dont il changea la combinaison sur un coup de tête, choisissant une suite de chiffres symbolique qu'il ne risquait pas d'oublier. Et pour cause !

Il avait saigné le Terremoto, et il partait avec son butin, laissant un pays exsangue. Rien n'était perdu. Il devait avoir foi en son étoile.

Une lame plus forte que les autres faillit lui faire perdre l'équilibre, et il se dépêcha de remonter. Quand il émergea dans le poste de commandement, le capitaine lui jeta un regard de détresse.

— Nous sommes en eau peu profonde, haletat-il, si nous attendons encore, les brisants vont casser la chaîne d'ancre et nous mettre en morceaux...

Il n'exagérait pas. Dehors les vagues déferlaient, noyant l'étrave, et on les entendait distinctement claquer sur la coque. Le yacht avait beaucoup de mal à se tenir face à la lame ; ripant sur son mouillage, il chassait par le travers. Un rouleau plus puissant que les autres pouvait le renverser. Arcaño donna le signal du départ. Jesus Brocha essuya son front trempé de sueur sous sa casquette chamarrée, et consulta les instruments.

— C'est mauvais, gémit-il. On va lancer le moteur pour se mettre debout à la lame, mais le vent souffle à plus de cinquante nœuds. Regardez, la mer est toute blanche...

Il avait dit cela d'une voix lugubre. Arcaño tressaillit désagréablement, comme à l'annonce d'une malédiction. Derrière lui Sozo serrait les mâchoires pour ne pas claquer des dents. À travers la vitre du poste de commandement, il distingua l'océan à la faveur d'un éclair. C'était maintenant une immense plaine d'écume mousseuse, livide. La mer démontée offrait au regard un paysage chaotique où le creux des vagues dépassait maintenant les dix mètres.

Le yacht plongeait et montait, escaladant chaque rouleau, et il fallait se tenir aux montants de cuivre courant le long des parois pour ne pas perdre l'équilibre. Arcaño consulta l'anémomètre. La pression du vent atteignait les 70 kilos au mètre carré. La peur commença à s'insinuer en lui.

— Au large ce sera pire, pleurnicha Jesus Brocha. La météo annonce une force 10 à 11. Si nous heurtons un rocher le navire se disloquera.

Il manœuvra plusieurs manettes, emballant les moteurs dont la trépidation devint sensible à travers les tôles du pont. Arcaño ne comprenait rien à ces subtilités de vieux loup de mer. Il ne voyait qu'une chose : s'il s'attardait dans la crique, les insurgés monteraient à l'abordage aux premières lueurs de l'aube. La tempête servait ses desseins, elle interdirait même aux hélicoptères de décoller.

Tout autour du yacht le bruit était énorme. Les bourrasques vaporisaient les vagues, elles dressaient dans la nuit un mur liquide interdisant toute visibilité.

Arcaño luttait contre la nausée qui lui tordait l'estomac. Il ne savait plus depuis combien de temps il était là, les phalanges nouées à la main courante de cuivre. Le yacht se dressait puis retombait à intervalles réguliers tandis que des trombes s'abattaient sur le pont dans un vacarme de cataracte. Les projecteurs n'éclairaient plus rien tant le rideau d'eau était épais. Arcaño faillit s'étaler. La poigne de Sozo le retint à la dernière seconde. Le visage de l'Indien était vert. Le vent soufflait à plus de 110 kilomètres/heure et les mâts gémissaient, prêts à se fendre. Filins et cordages, arrachés, fouettaient la tôle. Les membrures du navire malmené hurlaient comme si elles allaient se disloquer.

Le vieux fonds de superstition sommeillant chez tout métisse était en train de se réveiller dans l'esprit d'Arcaño. « On veut m'empêcher de partir, pensa-t-il en proie à un début de confusion mentale. Les forces de la nuit sont contre moi... »

Il n'était pas loin de voir, dans cet assaut liquide, un tourbillon maléfique né d'une incantation balbutiée par un sorcier indigène, ces sorciers qui, parfois, quittaient la jungle pour venir vivre dans les cabanes du bidonville de Liento-Leproso.

Il y eut un craquement, quelque part sous leurs pieds. Un bruit sourd provenant de la cale. Durant une seconde, Arcaño imagina la masse des lingots, rompant ses amarres et s'éparpillant. Si les cassettes allaient et venaient, pilonnant les parois, elles pouvaient déstabiliser le navire, le conduisant à se coucher et à embarquer des tonnes d'eau. Il n'ignorait pas qu'on coulait très vite de cette façon. De plus l'eau salée étoufferait le moteur, rendant le yacht ingouvernable.

Jesus Brocha se pencha vers le micro de l'intercom, cherchant à établir le contact avec les hommes qui se tenaient dans la cale. Il devait hurler pour dominer le mugissement incessant de la tempête. Une voix crachotante lui répondit, et il dut coller son oreille contre la grille du haut-parleur pour comprendre ce qu'elle disait.

— On a heurté quelque chose, bafouilla-t-il en se tournant vers Arcaño. Peut-être un tronc d'arbre...

— Un tronc d'arbre ? aboya le chef de la police, mais nous sommes en pleine mer...

30

— Ça n'empêche pas, riposta le gros capitaine. Le fleuve mêle ses eaux à l'océan sur plus de dix kilomètres. Tout ce qui descend son cours se retrouve rejeté au large... ou alors c'est un récif.

Il déglutit, puis ajouta : « Il y a une infiltration dans la salle des machines. Les gars sont en train de pomper, mais ça se remplit vite... »

La panique tirait ses traits flasques. En dépit de ses bajoues il paraissait soudain curieusement décharné. Arcaño se maudit de n'avoir embauché que des marins de pacotille. Il s'était attaché avant tout à sélectionner des hommes politiquement sûrs, des marionnettes promptes à obéir sans discuter, à présent il s'en mordait les doigts. Jesus Brocha n'avait sans doute jamais affronté une tempête digne de ce nom, chaque fois que le vent forcissait, il allait se soûler avec d'autres bons à rien de son espèce dans l'un des bouis-bouis du port. Le coup de tabac de cette nuit le laissait complètement démuni et il s'agitait comme un pantin au milieu des instruments électroniques dont il savait à peine déchiffrer les données.

Dans la demi-heure qui suivit personne ne prononça une parole. Le yacht devenait mou et répondait de plus en plus mal au gouvernail. Il avait tendance à encaisser les lames par le travers et à se coucher sur tribord. La vitre du cockpit ruisselait d'écume, les essuie-glaces peinaient en crissant pour maintenir un semblant de visibilité. Une voix terrifiée s'échappa du haut-parleur. Arcaño crut comprendre que la pompe était désamorcée et que l'eau montait de plus en plus vite.

— On va couler, bégaya Brocha. Il faut mettre les canots à la mer et abandonner le navire avant d'être trop loin du rivage.

Arcaño tressaillit, le saisit par le revers de son uniforme et le rejeta en arrière.

— Pas question! hurla-t-il. Si nous revenons à terre nous serons mis en morceaux dès qu'on nous reconnaîtra.

— Vous pourrez vous cacher, balbutia misérablement Brocha. La jungle est grande...

Un brouillard de colère envahit le cerveau d'Ancho Arcaño. Cela lui était souvent arrivé par le passé, quand un prisonnier politique lui résistait ou se montrait insolent. Le brouillard mental submergeait sa raison, précédant la colère de quelques secondes à peine. La colère et la folie. Le besoin de faire mal. Très, très mal. Plongeant la main sous sa veste, il se saisit du couteau qu'il conservait en permanence dans une gaine de cuir, entre ses reins. C'était une vieille arme qu'il possédait depuis son enfance, un poignard qu'il avait fabriqué de ses propres mains et dont les affûtages innombrables avaient fini par réduire le fer de moitié. Il le conservait comme un talisman. Il l'avait promenée dans bien des chairs, cette lame fidèle, et il ne comptait plus les nez, les lèvres, les oreilles ou les doigts qu'elle avait tranchés... L'éclair d'acier fila, entaillant le triple menton du capitaine.

— Si tu donnes l'ordre d'évacuation je te saigne, gronda Arcaño. Je t'ouvre du haut en bas, et avant de crever tu auras le temps de voir tes tripes sortir une à une de ton ventre...

— Vous êtes fou, haleta Brocha. On va couler, c'est sûr. Rester à bord c'est du suicide. Je vous avais prévenu, c'était pas une nuit pour prendre la mer...

Chaque fois que le yacht encaissait l'assaut d'une vague la pointe du couteau zigzaguait sur la gorge du gros homme, y dessinant une plaie bizarrement contournée. Sozo, qui jusqu'alors était demeuré muet, crut bon d'intervenir.

— Excellence, gémit-il. Il dit peut-être la vérité. Il n'y a qu'à relever les coordonnées de notre position. Si le bateau coule nous pourrons revenir plus tard récupérer l'or.

— Il... il a raison, s'empressa de bafouiller Brocha. Nous sommes sur un haut-fond, dans le secteur sud/sud-ouest, ce ne serait pas très difficile de...

— Tais-toi! hurla Arcaño, tu mens. Tu sais bien que nous dominons une faille de l'écorce terrestre. Au-dessous de nos pieds c'est l'abîme. Si le yacht coulait il descendrait jusqu'au centre du monde!

D'un revers de la main il avait balafré le visage du capitaine, lui ouvrant la joue du menton jusqu'à l'oreille. À l'idée d'abandonner son trésor il se sentait devenir fou. L'or le protégeait, l'or était son talisman. Tant qu'il resterait à proximité des lingots il serait invulnérable...

— La jungle! ricana-t-il. Pauvre con! Tu ne sais même pas de quoi tu parles! Pour se cacher dans la jungle il faut devenir une bête... manger des insectes, des larves, des racines... Je le sais, je l'ai déjà fait. Je suis trop vieux pour recommencer.

Une violente secousse l'arracha au capitaine pour le rejeter de l'autre côté de la cabine. L'espace d'une seconde ce fut comme si le yacht se préparait à prendre son envol, l'étrave levée vers le ciel, presque à la verticale. Puis la proue replongea dans le creux de la lame. Dans le cockpit tout volait : cartes, tasses à café, casquettes, cirés. Les hommes eux-mêmes roulaient comme des ballots, se meurtrissant aux manettes du tableau de bord.

— Le moteur est noyé! hurla Brocha qui ne songeait même plus au sang ruisselant de sa blessure. Le yacht va se mettre en travers de la lame, nous sommes foutus!

D'un coup de poing il écrasa un bouton rouge, déclenchant une sirène d'alarme qui vrilla les tympans d'Arcaño. « Ordre d'abandon immédiat! cria-t-il dans le micro de l'intercom. Tout le monde aux canots! »

Cette fois Arcaño vit rouge. Il était tombé sur le sol mais il n'avait pas lâché son couteau. D'un rapide va-et-vient de la lame, il trancha les jarrets du capitaine qui s'effondra en gémissant. Sozo voulut intervenir, mais Arcaño lui fit face, les yeux fous.

— Excellence, supplia le bossu. J'ai noté les coordonnées, là, sur la carte électronique, on pourra retrouver le bateau quand on le voudra, ce sera facile... Venez. Si vous restez là vous allez mourir...

Il avait l'air d'un chien battu. Ayant passé son arme en bandoulière, il tendait vers l'ex-chef de la police secrète ses grosses mains nues.

— Venez! dit-il encore. Je vous protégerai. Je connais des coins dans la jungle. Je chasserai pour vous. Nous nous cacherons en attendant de pouvoir monter une expédition...

Arcaño cracha de colère. C'était un plan stupide, un plan d'imbécile. Ancho Arcaño ne pouvait pas se cacher. Tout le monde connaissait son visage, tôt ou tard on finirait par le reconnaître, et alors... Et puis une fois à terre, *il serait de nouveau pauvre,* sans le premier sou pour financer cette expédition dont parlait le gorille. Non, c'était idiot. Il ne devait pas se séparer de son trésor. Comme le bossu essayait de lui saisir le poignet, il agita dangereusement son couteau.

— Fiche le camp, ordonna-t-il. Fiche le camp si tu as peur, moi je reste. Je m'en sortirai tout seul...

Jesus Brocha rampait vers la porte, traînant ses jambes ensanglantées qui ne le portaient plus. Quand il ouvrit le battant, le vent de la tempête s'engouffra dans le cockpit, emplissant l'étroit habitacle d'un vacarme de fin du monde. Sozo devint blême et se boucha les oreilles, submergé par les terreurs superstitieuses de son enfance.

— Vous êtes dingue, vociféra Brocha que les paquets de mer avaient déjà trempé de la tête aux pieds. Le yacht aura sombré avant une heure. Vous êtes foutu.

Sozo fit un nouvel essai pour s'avancer vers son maître et le saisir à bras-le-corps, mais Arcaño ne voulait pas être sauvé de force, son couteau zébra l'air, inscrivant une balafre rouge sur la poitrine du bossu qui fit un saut en arrière.

Sur le pont, les matelots luttaient contre le vent pour tenter de mettre les chaloupes à la mer. Arcaño brandit son poignard, forçant le gorille et le capitaine à quitter l'habitacle, après quoi il s'enferma à l'intérieur du poste de commandement, seul maître à bord. Sur le pont la confusion était extrême. On avait descendu une chaloupe et l'on se préparait à en larguer une seconde. Les matelots se battaient avec les gorilles pour y prendre place. Personne ne s'occupait de Brocha qui, incapable de se redresser, appelait vainement à l'aide en se traînant sur le roof. Une lame finit par l'emporter, le faisant basculer par-dessus bord, bras et jambes écartés. Sozo s'attarda un instant près du bastingage, les yeux tournés vers le poste de commandement, comme s'il espérait que son chef allait se raviser à la dernière minute, puis il enjamba le plat-bord à son tour pour rejoindre les autres. Arcaño eut un ricanement sec. Qu'il parte ! Qu'ils partent tous ! Et que la tempête les engloutisse, lui il restait. Il ne craignait rien, l'or le protégerait. D'un geste calme, il coupa le signal d'alerte et se campa devant le gouvernail dont la roue tournait en tous sens. À la lueur d'un éclair, il entraperçut la silhouette des canots de sauvetage qui s'éloignaient, ballottés par les vagues. Il eut la certitude qu'ils couleraient tous deux avant d'avoir touché la côte. Il rangea le couteau dans sa gaine, entre ses reins, et posa les mains sur le gouvernail, l'immobilisant. Il ne savait pas si cela servait à quelque chose, mais cela équivalait pour lui à une prise de possession symbolique. Désormais il était le seul maître à bord, capitaine sans galons d'un étrange vaisseau fantôme.

2

Trois ans plus tard...

C'était un vieux DC 9, curieusement peint en vert, de la tête à la queue, comme si on avait voulu l'harmoniser avec la jungle environnante. Oswald Caine songea que si l'appareil avait le malheur de se crasher dans la forêt, les sauveteurs n'auraient aucune chance d'en repérer l'épave depuis le ciel. Ce n'était pas une pensée très réjouissante, surtout si l'on avait le malheur, lors de l'embarquement, de remarquer les nombreuses traces de rouille maculant le fuselage de l'appareil. Mais que pouvait-on espérer d'un pays où l'atmosphère était saturée à 98 % d'humidité ?

Caine ne se plaignait pas. Il avait eu de la chance de dénicher une place sur l'unique vol hebdomadaire qui reliait encore la Colombie au Terremoto. Depuis la révolution qui avait vu la chute et l'exécution sommaire du dictateur Arturo Naranjo, trois ans plus tôt, aucune grande compagnie ne desservait plus San-Pavel.

À quarante-deux ans, Caine aimait retrouver l'inconfort des charters de sa jeunesse, lorsque, jeune hippy, il s'évadait du campus de Berkeley pour aller se perdre sur les hauts plateaux d'Asie, à la recherche d'une sagesse illusoire. De cette époque qui lui semblait parfois lointaine, parfois toute proche, il avait conservé la silhouette mince et la barbe broussailleuse. Celle-ci était devenue poivre et sel, puis franchement grise, mais il avait toujours refusé de la couper. Pas uniquement par nostalgie cependant, car il avait le poil si dur qu'aucun rasoir, même le plus perfectionné, ne parvenait à lui faire les joues nettes.

En ce moment même, tandis que l'avion sortait ses volets pour amorcer un atterrissage approximatif sur une piste où s'égaillaient de temps à autre des troupeaux de cochons noirs, il jubilait secrètement d'avoir fui la Californie, déguisé en routard, bien à l'aise dans sa vieille veste de cuir fauve des époques héroïques, cette veste dont il avait mille fois rafistolé les coutures et dont les poches avaient transporté les objets les plus hétéroclites, depuis la barrette de shit jusqu'à un olisbos d'ivoire malais volé à un collectionneur antipathique. Oui, il se régalait d'être là, sanglé dans son jean à claire-voie, avec aux pieds ses bottes de buckaroo. Des bottes inusables qu'il avait traînées sur toutes les routes du monde et auxquelles la boue des marécages avait fini par donner une teinte indéfinissable.

« Je suis dingue », pensa-t-il alors que l'appareil rebondissait durement sur le tarmac. Un homme de son âge, romancier à succès de surcroît, n'avait pas à voyager dans ces conditions. Peut-être était-il en train de perdre la boule comme tant d'autres à Los Angeles ? *Middle age crisis,* c'est comme ça que les psychiatres désignaient l'état dans lequel il se trouvait depuis quelques années. Une espèce de fringale qui le poussait à brûler la chandelle par les deux bouts. Une gourmandise noire qui l'amenait à se jeter dans les situations les plus inextricables, parce qu'il ne se sentait jamais aussi vivant que lorsqu'il avait peur...

Or il se voulait vivant, brûlant de fièvre, les veines charriant des tonnes d'adrénaline, la sueur aux tempes et les mains moites. Il ne voulait pas de la momification sournoise du confort. La richesse avait failli faire de lui un zombi, un convalescent sans appétit que plus rien ne faisait vibrer. Il s'était échappé *in extremis,* alors qu'il commençait sérieusement à envisager d'aller raconter ses angoisses sur le divan d'un psychanaliste. Il ne reviendrait plus en arrière.

L'avion vibrait de toutes ses tôles, et Caine se demanda s'il allait vraiment réussir à s'arrêter avant de percuter la tour de contrôle. Il fit crisser l'ongle de son pouce dans sa barbe, pour se donner une contenance. Une manie qui avait prodigieusement agacé son ex-épouse, Mary-Sue, au cours de leur brève vie commune.

Le DC 9 s'immobilisa enfin alors que les passagers commençaient à s'entre-regarder avec anxiété. Une hôtesse un peu pâle se força à sourire en annonçant que la température extérieure était de 130 degrés Fahrenheit, ce qu'on devait considérer comme clément pour la saison. Dès que la porte coulissa on put sentir l'odeur de caoutchouc brûlé des pneus rabotés par la piste. Le système de freinage imposait quelques révisions d'urgence. Caine déboucla sa ceinture et tâta ses poches pour s'assurer qu'il n'avait rien oublié. Il voyageait sans valise, et ses bagages se résumaient à un carnet de format 10×18 à couverture de caoutchouc qu'on pouvait rendre étanche au moyen d'une fermeture à glissière, d'un stylo à plume *Bright Flood Shadow* rempli d'une encre indélébile résistant même à l'immersion prolongée dans l'eau de mer, d'un slip de rechange et d'un exemplaire de son dernier roman. Chaque fois qu'il passait une frontière, Oswald Caine tournait résolument le dos au confort.

La chaleur moite le fit suffoquer et il faillit retomber sur son siège. Il avait suffi de quelques secondes pour que la sueur jaillisse de tous ses pores et colle sa chemise sur son torse. Les passagers se bousculaient pour quitter au plus vite l'appareil, sans doute parce que l'odeur de brûlé leur faisait craindre une explosion prochaine des réacteurs. Caine sortit le dernier. Il n'y avait pas de bus-navette pour emmener les voyageurs jusqu'aux bâtiments de l'aéroport ; cette coutume, relevant d'un privilège injustifiable, avait été supprimée depuis la révolution. Caine se mit en marche sans grommeler, il n'était pas dans ses habitudes de pester contre les choses dont le contrôle lui échappait totalement : la chaleur, le froid, la pluie... Il les accueillait avec un égal stoïcisme, essayant de détourner son esprit des désagréments assaillant son corps. Et puis il ne lui était pas désagréable de se sentir sale, moite, empestant la sueur, l'homme. Après l'atmosphère aseptisée des milieux littéraires, ces cures de « réalité » — comme il avait l'habitude de les nommer — remettaient les pendules à l'heure. Il se gratta furieusement l'entrejambe sous l'œil horrifié d'une Anglaise que le soleil avait déjà à moitié ébouillantée. Ses six pieds deux pouces ne lui permettaient guère de passer inaperçu, mais il s'en moquait.

Les bâtiments de l'aéroport étaient sales. La plupart des baies vitrées saccagées lors des émeutes avaient été remplacées par des morceaux de contre-plaqué que l'humidité avait vite recouverts de champignons. Les ventilateurs brassaient un air moite, digne d'un bain de vapeur. À la douane, une jeune fille maussade arborant un brassard vert considéra d'un œil suspicieux ce touriste sans bagages à la silhouette dégingandée. Elle lui ordonna de vider ses poches. Caine s'empressa d'exhiber le roman dont il était l'auteur. Cette série, très connue, figurait depuis des années sur tous les tourniquets des librairies d'aéroport. Exécrée par la critique, elle avait la faveur du public et faisait un véritable malheur en Californie où son héros était l'objet d'un culte jaloux de la part des surfers adolescents et des plagistes. La jeune fille examina le volume. Au dos figurait la photo de Caine. Ce cliché valait tous les passeports, tous les visas. Dès qu'il était reconnu pour l'auteur du roman, Caine cessait *aussitôt* d'être considéré comme un voyageur suspect, un trafiquant potentiel, pour entrer dans la catégorie des plumitifs inoffensifs et des pisse-copie sans importance. Il n'en désirait pas plus.

— *Crazy Bodybuilder*, déchiffra la maigre jeune femme au brassard vert. Vous n'avez pas honte d'écrire de telles absurdités ? Ici, à San-Pavel, vous ne trouverez personne pour vous lire ! La jeunesse révolutionnaire crache sur les mirages de l'impérialisme *norteamericano* !

Caine aurait pu lui répliquer que n'être pas lu au Terremoto n'aurait rien d'étonnant puisque 97 % de la population était analphabète, mais il s'abstint. Il avait obtenu l'effet escompté : à savoir passer pour un bouffon. Avec un mépris non dissimulé, la douanière cracha sur un timbre en caoutchouc et tamponna son passeport. Caine franchit la barrière. Une jeune femme l'attendait dans le hall. Elle était grande, blonde, les cheveux rasés en une coupe militaire qui ne parvenait pas à l'enlaidir. Elle était belle, avec toutefois quelque chose de maussade et de négligé, une affectation dans la dégaine, qui évoquait la mise d'un ancien top model reniant ses années de futilité mais trahi par la grâce instinctive de ses gestes. La *crew-cut* durcissait des traits que n'adoucissait aucune trace de maquillage, et la bouche se plissait en une moue lasse, un peu hostile. Caine savait qu'elle s'appelait Kitty O'Nealy et qu'elle serait sa « correspondante » sur place. Lorsqu'il s'approcha d'elle, il s'aperçut qu'elle sentait la sueur et que son T-shirt était constellé de taches. Elle tenait à la main un vieux roman de Caine, utilisant la photo placée en quatrième page de couverture pour tenter de repérer celui qu'elle avait pour mission de piloter à travers la ville.

— Ah ! dit-elle quand Caine s'approcha. C'est vous. J'ai bien failli ne pas vous reconnaître, vous êtes plus vieux que sur la photo.

Cette charmante entrée en matière ne désarma nullement le romancier.

— Vous êtes Kitty, fit-il en choisissant d'ignorer le coup de griffes. Bumper m'a dit que vous êtes géologue.

— Si ça l'amuse de le croire ! grogna la jeune femme. C'est lui qui me paye, je suis donc tout ce qu'il veut que je sois. On y va ?

Avec une négligence affectée, elle se débarrassa du roman dans l'une des poubelles du hall. Elle avait beau être sale et habillée de loques provenant des surplus, elle marchait comme si elle portait une robe haute couture, avec une grâce et une fluidité dont elle n'avait probablement même pas conscience et qui résultaient d'un apprentissage dont elle n'avait pas réussi à se défaire.

Dès qu'ils sortirent de l'aéroport Caine fut frappé par le spectacle de désolation qu'offrait la ville. Partout ce n'était que maisons lézardées, immeubles en ruine. La chaussée et les trottoirs étaient sillonnés de crevasses, quant au béton des quelques buildings dominant la pouillerie des rues, il était lui-même strié de craquelures profondes qui couraient sur les façades, du rez-de-chaussée jusqu'au sixième étage.

— C'est à cause des tremblements de terre, expliqua Kitty en faisant démarrer la jeep. Le pays tout entier est situé sur une ligne de fracture de l'écorce terrestre. Il ne se passe pas une journée sans que le sol bouge. On ne peut rien construire de durable, c'est pour ça qu'aucun industriel ne veut investir dans la région. Il suffit d'une secousse de moyenne importance pour disloquer en dix minutes une usine qu'on a mis six mois à bâtir.

Caine hocha la tête. En bon Californien, il n'avait plus rien à apprendre en matière de tremblement de terre.

— Terremoto, dit-il, ça signifie « séisme » ?

— Oui, grogna la jeune femme qui luttait pour

s'insérer dans le flot chaotique de la circulation presque uniquement composée de bicyclettes, de triporteurs et de carrioles tirées par des mules. On raconte que les Nations Unies ne veulent pas reconnaître l'existence du pays parce qu'elles sont persuadées qu'il va s'abîmer au fond de l'océan à la prochaine grosse secousse.

— Et c'est vrai? Je veux dire : pour la catastrophe.

Kitty haussa les épaules. On la sentait fatiguée par avance du rôle de guide qu'elle allait devoir jouer.

— Ça n'a rien d'impossible, soupira-t-elle. Le sous-sol est très endommagé. Beaucoup de cavernes souterraines qui font comme d'énormes bulles dans le relief. Et des crevasses. Nous sommes dans une zone très instable, volcanique à l'excès. La population oscille entre le fatalisme et la panique. Certains voudraient s'expatrier, mais tout autour c'est la jungle, alors on reste sur place et on prie.

— Ils sont religieux?

— Plutôt superstitieux. La révolution les y encourage. Depuis l'exécution de Naranjo on vit dans le culte du retour aux sources, de la reconquête de l'identité indienne. Tout ce qui vient des États-Unis porte la marque du diable. Les *gringos* sont très mal vus. La propagande explique aux jeunes qu'ils sont tous infectés par le virus du Sida et qu'il faut éviter tout contact avec eux. Surtout les contacts sexuels.

— Charmant...

— C'est normal. Les aberrations du régime de Naranjo ont provoqué une réaction puritaine. Désormais on se veut pauvre mais propre. La propagande travaille d'arrache-pied dans ce sens. Naranjo c'était Caligula version cocaïne. La révolution a instauré un régime austère qui a banni la télévision et le cinéma. La technologie est prohibée, surtout dans le domaine des loisirs. Ici pas d'ordinateurs, de disques laser, de magnétoscopes, de chaînes stéréo. D'ailleurs il n'y a d'électricité que trois heures par jour en moyenne.

— Et ils s'en accommodent ?

— Ils veulent faire sans, retrouver une espèce de paradis perdu d'avant l'ère technologique. Un décret récent est même allé jusqu'à interdire le commerce et l'usage des objets en plastique. Désormais une simple cuvette en PVC est considérée comme un objet subversif.

La jeune femme jeta un coup d'œil hargneux à Caine, et il devina qu'elle avait espéré le surprendre en train de sourire.

— J'ai l'impression que ma présence ne vous remplit pas de joie, observa-t-il.

— Je n'aime pas les types comme vous, siffla Kitty. Vous venez en voyeur, parce que vous pensez que le Terremoto est un pays pittoresque, une toile de fond qui amusera vos lecteurs. Et là-dessus vous allez bâtir une de vos conneries de roman... Comment déjà ? *Crazy Bodybuilder* ? Le culturiste fou...

— Je n'écrirai rien sur le Terremoto, dit doucement Caine. Du moins pas comme vous l'entendez. Je vous expliquerai ça plus tard, si vous avez le temps de m'écouter.

— Mais Mc Murphy m'a dit que vous veniez vous documenter...

— Je mens depuis des années à Mc Murphy, ne vous inquiétez pas pour ça. Je ne suis ni bien élevé ni très scrupuleux.

Kitty fronça les sourcils, décontenancée. Caine remarqua que le soleil lui avait desséché la peau et que de petites rides se formaient déjà au coin de ses yeux. On vieillissait vite sous les tropiques. Il en fut bizarrement ému. Un silence gêné s'était installé dans le véhicule, et Caine en profita pour examiner le décor étrange de la ville. Des bidonvilles avaient été érigés au milieu des ruines. Les fenêtres des buildings secoués par le dernier séisme n'avaient pas été remplacées et les appartements semblaient des cavernes béantes offertes à la pluie et au vent.

— Plus personne n'habite dans les gratte-ciel, dit la jeune femme. On les surnomme des termitières. Ce sont des pièges à *gringos*. Ces constructions sont anciennes, aucune d'elles n'obéit aux normes antisismiques. Les gens de San-Pavel leur préfèrent des cabanes légères, faciles à reconstruire, et situées au ras du sol. L'idée d'habiter à soixante mètres au-dessus de la chaussée les terrifie.

Caine nota que beaucoup de gens se déplaçaient en brandissant de grands parapluies noirs poussiéreux ou décolorés par la lumière trop vive. Ils ne les tenaient pas négligemment renversés sur l'épaule, comme l'on fait des ombrelles, mais bien au-dessus de leur tête, comme s'il était vital pour eux de se protéger de la morsure du soleil. C'était étrange, ces parapluies noirs, oscillant côte à côte. Vus d'en haut, on devait les prendre pour des insectes ronds se déplaçant en colonnes interminables.

— Vous savez pourquoi la ville se nomme San-Pavel ? interrogea la jeune femme.

Il y avait dans sa voix une fausse jovialité qui mit Caine en alerte. Comme il ne répondait pas, elle se décida à parler.

— On raconte que la cité a été fondée par un moine russe, expliqua-t-elle en surveillant son passager du coin de l'œil. Un condisciple de Raspoutine, le père Pavel Pavelovitch. Il serait venu ici, fuyant la révolution bolchevique, les bagages remplis de saintes reliques. Il a fondé une église en expliquant aux indigènes qu'ils n'auraient plus rien à redouter, désormais, des tremblements de terre. Assez curieusement, cette vieille chapelle de bois est le seul bâtiment qui ne s'est jamais effondré en dépit de tous les séismes qui ont ébranlé le pays. C'est pittoresque, non ? Vous pourriez mettre ça dans votre roman.

Caine ne releva pas la provocation. Il fixait toujours les parapluies noirs dont la lente procession emplissait les deux côtés de la rue. Les difficultés de la circulation provenaient en grande partie de ce que la meute des cyclistes couvrant la chaussée s'obstinait à pédaler une main sur le guidon, l'autre agrippée au manche d'un parapluie. Cette posture, qui les déséquilibrait, donnait à leur avance une allure zigzaguante pleine d'embardées imprévisibles. Kitty conduisait, les doigts crispés sur le volant, en alerte.

— L'essence est rationnée, expliqua-t-elle. Seuls les militaires et les étrangers roulent en voiture. Je ne vous dis pas ce qui se passerait si nous avions le malheur de renverser un cycliste.

— Lynchage ?

— À peu près assuré. Et les flics laisseraient faire. On y verrait presque un acte de guerre de l'impérialisme technologique.

— Pourquoi tous ces parapluies ? interrogea Caine.

— À cause des tireurs des toits, dit Kitty. La postrévolution ne se déroule pas très bien. Certains ne sont pas vraiment emballés par le retour aux valeurs ancestrales, ils pensent que d'ici dix ans le pays sera retourné à l'âge des cavernes. L'idéal du lama, du poncho et de la queña, n'enthousiasme guère les jeunes.

Caine se pencha à la portière, Kitty le retint aussitôt par la manche, le forçant à réintégrer l'habitacle.

— *Ne déconnez pas*, fit-elle. Ces dingues tirent sur tout ce qui bouge, principalement les étrangers. La capote qui est au-dessus de nos têtes cache une plaque de blindage épaisse de deux centimètres.

— Et les parapluies, ils sont en kevlar ?

— Non, mais on les utilise pour gêner un éventuel tireur. Vous verrez, c'est très désagréable d'avancer à visage découvert en se disant qu'une lunette de visée est peut-être en train de prendre votre crâne pour cible. Évitez de vous promener les mains dans les poches. Vous êtes trop grand, on ne verra que vous au milieu de la foule. Vous serez une véritable provocation pour les tireurs isolés.

— Est-ce qu'on fait quelque chose contre eux ?

— Oui, de temps à autre un hélico, un vieux Chinook récupéré dans les surplus du Viêt-nam, prend son envol et tourne au-dessus de la ville. Le mitrailleur ouvre alors le feu sur tout être vivant se prélassant sur les toits. Le problème c'est que les balles traversent les tuiles trop minces et tuent les familles entassées aux étages inférieurs. Un attaché culturel de l'ambassade de Grande-Bretagne s'est fait flinguer comme ça, parce qu'il essayait de bronzer, et que son Walkman l'a empêché d'entendre le moteur de l'hélicoptère.

— Je dois donc m'acheter un parapluie et éviter les toits ?

— Évitez surtout de sortir en plein jour. Avec

votre silhouette d'échalas, c'est un peu comme si vous aviez une cible dessinée sur la poitrine.

— Les gilets pare-balles doivent se vendre à prix d'or.

— Ne plaisantez pas. Les ambassades en font distribuer aux touristes par l'entremise des agences de voyage. L'homme de la rue, lui, se contente d'un parapluie. Les plus peureux portent sous leurs vêtements deux plaques de tôle reliées par des ficelles. Une devant, une derrière, à la manière des hommes-sandwichs. Mais c'est très inconfortable, surtout avec la chaleur.

— Où vais-je loger ? demanda Caine.

— À l'hôtel, dit Kitty. Ils sont tous vides. Ne vous attendez pas à des miracles et essayez de ne pas vous hypnotiser sur les crevasses des murs. Il n'y aura ni télévision ni air conditionné. L'électricité est réservée par priorité aux installations militaires.

— Et vous ? s'enquit Caine. Où habitez-vous ?

— Je campe sur un atoll, dans la baie. Nous y effectuons des relevés sismiques. C'est très inconfortable, vous n'aimeriez pas.

— Le gouvernement vous tolère ? C'est de la technologie avancée, pourtant ?

— Nous n'avons pas le droit de commettre la moindre erreur. Si survient un jour un séisme que nous n'aurons pas su prévoir, nous serons fusillés, on nous a prévenus. Ce n'est pas une menace vaine. Ces gens-là ne plaisantent pas. Ils se sentent complètement abandonnés par le reste du monde, ils se moquent des institutions comme l'ONU, ou de l'opinion publique internationale... Ils sont acculés à la pauvreté sur une terre qui peut s'effondrer sous leurs pieds à tout moment. Ce sont vraiment des *desperados*.

— Et la politique là-dedans ?

— Ils ne croient plus à la bonne parole des États-Unis qui ont longtemps soutenu cette crapule de Naranjo. Ils savent qu'ils n'ont plus rien à attendre de l'Est; quant aux *narcos*, ils veulent plus fricoter avec eux. Ils sont obsédés par la pureté. Au risque de paraître romantique je dirai que ce sont des animaux blessés, donc dangereux.

— La pureté, rêva sombrement Caine. C'est une marque de lessive qui a tué beaucoup de gens, non?

— Je sais, s'impatienta Kitty. Par contre, je me demande ce que vous venez faire ici. Je n'arrive pas à déterminer si vous êtes une crapule, un charognard de journaliste ou un type complètement allumé qui poursuit un *trip* commencé il y a vingt ans...

Caine sourit.

— C'est drôle, vous me faites la même impression, rétorqua-t-il. Vous avez un profil incertain : ancien top model ayant viré sa cuti et recyclé dans l'œuvre caritative? Petite fille riche devenue *passionaria* d'un groupe de révolutionnaires illettrés? Poseuse de bombes ou apprentie-Mère Thérésa, j'hésite...

— Dans un de vos romans je serais une salope de la haute société ne mouillant que pour les terroristes internationaux, et ne pouvant prendre son pied qu'à condition de se faire culbuter sur une caisse de grenades.

Elle opposait à son passager un visage tendu, aux lèvres tremblantes.

« Une cover-girl au faîte de la gloire, terrorisée parce qu'elle vient de basculer du mauvais côté de la trentaine... », diagnostiqua mentalement Caine. Mais il savait trop ce que signifie la peur du temps pour jeter cet argument à la tête de Kitty.

— Arrêtons-nous là pour panser nos blessures, proposa-t-il. Gardons un peu de sang pour les rounds suivants, voulez-vous ?

Kitty reporta son regard sur la route.

— Excusez-moi, dit-elle après une minute de silence. Je suis à cran. Toute l'équipe stresse à mort ces derniers temps. Je n'aime pas ce que vous publiez... Je m'étais préparée à rencontrer un crétin imbuvable. Vous ne ressemblez pas à ce que vous écrivez.

— Et j'ai l'air de quoi ?

— D'un dingue... Vous avez un regard d'allumé. C'est à croire que vous aimez avoir peur. Est-ce que vous êtes un de ces cinglés du Viêt-nam qui ne peuvent vivre qu'assis sur une grenade dégoupillée ?

— Je ne suis pas allé au Viêt-nam. C'est Bumper le vétéran, ne l'oubliez pas. Bumper, notre cher patron.

— Comme s'il se privait de nous le rappeler !

Elle ralentit pour s'engager sur le parking de l'hôtel. Le bâtiment avait l'allure d'une ruine promise à la démolition. L'enseigne lumineuse géante s'était décrochée du toit au cours d'un séisme pour aller se ficher comme la pointe d'une flèche au milieu de la pelouse.

— Ne vous fiez pas au nom prestigieux, ricana la jeune femme. Le confort est sommaire. On ne remplit plus la piscine, elle est trop lézardée et se vide en moins d'une heure.

Un portier s'était précipité à leur rencontre, déployant la corolle de soie noire d'un immense parapluie. Il semblait se donner beaucoup de mal pour protéger ses clients d'une averse qui n'existait que dans son imagination.

— Vous comprenez, expliqua Kitty avec une pointe de sadisme. Le parapluie empêche le flingueur embusqué de viser avec précision. Il en est réduit à tirer au hasard, ce qui laisse une chance à la cible.

— Je vois, dit Caine. La balle vous arrache le bras au lieu de vous faire éclater la tête.

— Exactement, approuva la jeune femme. Mais vous n'avez pas besoin des deux mains pour taper vos textes, n'est-ce pas ?

— Non, soupira Caine. Puisque je me sers de mes pieds... C'est cela que vous voulez dire ? C'est une blague qui m'a fait rire, jadis, il y a mille ans. Depuis je l'ai entendue trop souvent dans la bouche des critiques.

— Installez-vous, coupa Kitty en retournant vers la jeep. Je passerai vous voir ce soir. Cet après-midi j'ai du travail.

— Mademoiselle ! gémit le portier affolé en voyant la jeune femme traverser le parking sans protection. Mademoiselle, attendez, vous risquez une insolation. Le soleil est mauvais à cette heure.

Caine admira l'euphémisme. Dès qu'il eut conduit le romancier à l'abri du hall, le groom se lança à la poursuite de Kitty pour l'abriter sous son parapluie de service jusqu'à ce qu'elle se soit glissée dans la jeep. Caine se retourna vers le réceptionniste.

— Bienvenue à San-Pavel, lui lança celui-ci avec un charmant sourire.

3

La chambre était plongée dans la pénombre à cause des panneaux de contre-plaqué qu'on avait vissés à la place de la baie vitrée fracassée par le séisme. Caine ne prêta aucune attention aux lamentations gênées du garçon d'étage qui lui expliquait qu'en raison des trop fréquentes coupures de courant l'ascenseur était à éviter, du moins si l'on ne voulait pas passer le reste de la journée bloqué entre deux étages. Toutefois ce n'était pas trop gênant puisqu'on avait réparti la totalité des clients sur quatre niveaux. Pour la plupart des voyageurs, San-Pavel ne constituait qu'une brève étape, une sorte de cauchemar tropical né d'une poussée de fièvre due à la malaria.

— L'hôtel a bien un groupe électrogène, confirma le garçon. Mais avec le rationnement de l'essence, il n'est pas facile de le faire fonctionner.

Caine avait faim, il commanda des pancakes, du sirop d'érable et un litre de café noir. « Du café français », précisa-t-il pour éviter l'immonde lavasse dont ses compatriotes avaient l'habitude de s'abreuver. Puis il entreprit de vider ses poches. Il accueillait la chaleur moite, le manque de confort avec une satisfaction secrète, toute sensation physique aiguë lui confirmant qu'il était bien vivant. Chaque fois qu'il parvenait à s'échapper des États-Unis, il avait l'impression de sortir d'une longue période de convalescence ou de somnambulisme.

Quand le room service lui eut apporté son plateau, il retira ses bottes, ses chaussettes, et s'installa sur la moquette, près de l'ancienne baie vitrée pour observer la ville dans les interstices du contre-plaqué. Le ballet incessant des parapluies noirs le fascinait. Ils pullulaient au long des rues, progressant comme des insectes affolés. Un gros Chinook passa, s'attardant en vol stationnaire au-dessus de certains toits suspects. Par la porte latérale grande ouverte on distinguait la silhouette d'un mitrailleur, l'arme braquée vers le sol.

Caine arrosa ses crêpes de sirop et commença à manger pour reprendre des forces. Quand il eut terminé, il se versa une tasse de café très fort et très sucré, la vida d'un trait, puis saisit son carnet noir à couverture de caoutchouc, son stylo *Bright Flood Shadow*, et se mit à écrire. Il fallait qu'il s'accorde une heure de vérité quotidienne. Une heure de narration pure, sans concessions commerciales d'aucune sorte. C'était sa drogue, son médicament, sa seule façon de survivre à l'esclavage dans lequel l'avait plongé le succès regrettable du Culturiste fou.

Pendant que la plume courait sur le papier, étalant une encre d'une noirceur luisante, la terre trembla, et les mots se déformèrent sur la page, comme si la main de Caine était soudain prise d'un tremblement sénile annonciateur de décrépitude.

Il se demandait souvent comment il en était arrivé à vivre cette double vie. Auteur de bestsellers de drugstores aux États-Unis, routard vieillissant hors des frontières... La faute en revenait sans doute à Murphy Mc Murphy, le P.-D.G. des éditions *Screaming Black Cat*.

Douze ans plus tôt Caine, qui revenait du Népal après avoir passé deux années entières dans une lamaserie, avait éprouvé le besoin imbécile de voir publier le contenu de son premier carnet noir. Il avait eu un mouvement de sympathie pour cet éditeur non-conformiste dont les bureaux étaient installés à Venice, au bord de la plage, et qui passait plus de temps avec les bodybuilders luisants de lotion solaire qu'avec les conseillers littéraires et les contrôleurs de gestion.

Murphy Mc Murphy était lui-même un culturiste achevé, et son corps, sillonné de cicatrices ramassées au Viêt-nam, ressemblait à un monstrueux assemblage de hernies sur le point d'exploser. À cause de ses pectoraux monstrueux qui saillaient tels des pare-chocs, on le surnommait Bumper. Il fallait le voir, en slip léopard, jonglant avec la fonte en écoutant de vieux succès des années soixante. À cinquante-quatre ans il avait une anatomie d'hercule de foire. En quelques années il était devenu le dieu des plagistes, des rollers, et des gigolos qui hantaient la plage. Caine, qui n'aurait jamais osé entrer dans les bureaux d'une maison d'édition, était allé le trouver, son carnet noir à la main. Quand il y repensait, il avait envie de se donner des coups d'haltère sur le crâne. Comment avait-il pu être aussi bête? Probablement souffrait-il d'une sorte de décalage mental résultant de son trop long séjour en Asie? À fréquenter les moines et à regarder ruminer les yacks, sans doute s'était-il mis à croire à la bonté humaine?

Murphy avait feuilleté le carnet, le front ridé par l'attention. Il avait même commencé à chuchoter certains des haïkus composés par Caine, comme s'il était pris sous le charme. Caine transpirait sous le soleil. Aux picotements qui parcouraient son front et son nez, il savait qu'il était en train d'attraper un sérieux coup de soleil, mais il s'en fichait, il était heureux. Les textes qu'il venait de montrer à l'éditeur, il se les était arrachés du ventre et du cerveau, avec une extrême exigence. Ils constituaient pour lui la seule raison qui le retenait encore de s'ouvrir les veines dans la baignoire du motel minable où il végétait depuis son retour. Le carnet noir, c'était son dernier sursis.

— Tu écris avec un rasoir, petit, avait laissé tomber Bumper en refermant le calepin. C'est l'autopsie, pas de l'écriture pour pédé littéraire. Faut se revoir pour parler, tous les deux. Je crois que j'ai quelque chose pour toi.

Oui, c'est comme ça que tout avait commencé. Et Caine s'en était allé, la figure rouge, à demi cuite, pendant que Murphy reprenait ses poids.

Ils s'étaient revus, toujours sur la plage, où Bumper venait s'entraîner avec pour seul bagage un téléphone cellulaire et une serviette de bain. C'était drôle de voir de temps à autre un cadre en costume Armani, la cravate vissée au cou, se tordre les chevilles dans le sable pour venir apporter à son patron en slip léopard un paquet de listings ou un fax étiqueté « urgent ».

— J'ai une stratégie pour toi, avait lâché Bumper.

Car Bumper n'avait jamais d'idée. Par contre, il avait des *stratégies*, des *offensives*, des *contre-attaques*.

— Tu débutes, avait-il expliqué. T'es rien du tout, une goutte de pisse dans la grande chiotte de l'édition. Faut que tu te fasses la main. Et puis la poésie c'est pour les fiottes. Je suppose que tu n'as pas envie de passer d'emblée pour un défoncé de la rondelle, hein ? Le premier bouquin c'est une sorte de patrouille de reconnaissance, un *lurp* comme on disait au Nam. Très souvent les critiques tirent à vue, et on n'en revient pas. Je suppose que t'as pas envie de te faire pilonner à ta première sortie? Tu veux *vendre*, hein?

Caine ne savait déjà plus trop ce qu'il voulait. Il subissait l'envoûtement de ce drôle de bonhomme au visage buriné, aux cheveux carotte.

— Tu vas me bricoler une commande, murmura Murphy sur un ton de complot. J'ai une idée de série qui me trotte dans la tête depuis longtemps. Je sais que ça peut faire un malheur, mais j'ai jamais trouvé l'auteur adéquat. Toi, avec ton style saignant, ta manière de tailler dans le vif...

C'est ainsi qu'était né *Crazy Bodybuilder*, le Culturiste fou. L'argument en était aussi simple qu'atterrant : Molloy Mc Molloy, un ancien du Viêt-nam, avait pour habitude d'aller secouer la fonte sur la plage de Venice (Californie). Un soir d'orage, la foudre s'abattait sur lui, attirée par l'haltère qu'il brandissait au-dessus de sa tête. La décharge ne le tuait pas, mais éveillait en lui d'étranges pouvoirs paranormaux. Dès lors, Molloy Mc Molloy devenait une sorte de détective extralucide, capable de prévoir les crimes deux heures avant qu'ils ne soient commis. Deux heures, pas une minute de plus. Se heurtant à l'incrédulité des services de police, il devait lutter par ses propres moyens pour identifier, localiser et sauver la future victime entrevue au cours de sa transe cataleptique. Ses visions se produisaient chaque fois qu'un orage éclatait au-dessus de la ville. Les victimes potentielles étaient toujours des filles magnifiques. Les romans se dérouleraient en cent vingt minutes, à un rythme extrêmement rapide.

Caine en était resté foudroyé. Pendant un moment il s'était cru victime d'une hémiplégie due à la stupeur. Puis il avait dit oui. Pourquoi?

Aujourd'hui encore il s'interrogeait sur les raisons qui l'avaient poussé à signer ce pacte avec un diable aux muscles hypertrophiés et aux cheveux rouges. Solitude? Fascination? Lassitude? Murphy Mc Murphy l'avait cueilli comme le font les virus : à un moment de moindre résistance organique. Il ne voyait pas d'autre explication.

Crazy Bodybuilder était rapidement devenu une légende à Venice. La couverture en relief où saillaient les pectoraux du détective extralucide avait peu à peu colonisé tous les tourniquets des drugstores, puis le phénomène s'était changé en épidémie, et toutes les villes de la côte ouest avaient été contaminées. Caine, compromis, jugé par la critique sans même avoir été entendu, avait été catalogué « auteur de best-sellers ». Très rapidement, toutefois, il avait compris que Bumper entendait écrire par procuration, et qu'il avait moins engagé un auteur qu'un *ghost writer* prompt à s'exécuter.

— J'ai un sacré sujet pour toi, petit, lançait-il en se massant les deltoïdes avec un liniment spécialement fabriqué à son intention. Tu ne dois pas oublier que je suis un fils de la guerre, j'ai été formé à l'école de la cible mouvante. Je connaissais pas mal de gars de la 175ᵉ Brigade, celle qui a été décimée à Cao-Dan. À cinq reprises les *medevacs*, hélicoptères du service médical, m'ont ramené à l'arrière. On m'a charcuté, recousu. C'est en faisant de la rééducation que j'ai commencé à tâter du culturisme.

Bumper savait tout de la guerre et des pouvoirs paranormaux. Il attribuait sa survie aux divers pressentiments qui l'avaient assailli là-bas, dans la jungle. Il croyait dur comme fer au sixième sens, aux signes, aux présages. Comme beaucoup de vétérans, il était extrêmement superstitieux. Caine réalisa qu'il entendait qu'on le prenne pour modèle. Le Culturiste fou, c'était lui! D'ailleurs il retouchait les dialogues sur manuscrit, grommelant lorsqu'il ne trouvait pas assez de bons mots dans la bouche du héros, ou que ce dernier n'employait pas suffisamment l'argot des vétérans.

— C'est pas dur, pourtant, soupirait-il. Y a qu'à m'écouter parler.

Le Culturiste fou et la fille aux yeux de panthère... Le Culturiste fou et la femme aux seins d'acier... Le Culturiste fou...

Caine avait enchaîné roman sur roman. Six par an, une sorte de plongée vertigineuse qui ne lui laissait plus le temps de penser. Une anesthésie de l'esprit qui lui permettait de supporter la douleur du réveil, chaque matin.

Bumper lui avait présenté sa fille : Mary-Sue. Une rousse au visage laiteux, d'une incroyable pureté, et à la bouche de petite fille. Elle sortait d'une école religieuse où elle avait fait de si brillantes études littéraires que la directrice de l'établissement lui avait proposé un poste d'enseignante dès que la jeune fille avait obtenu son diplôme.

Caine et Mary-Sue s'étaient mariés. Mais Mary-Sue avait un problème, Caine en prit conscience le jour où il la découvrit allongée nue sur le lit de la chambre à coucher, les jambes relevées dans une posture d'examen gynécologique. Appuyée sur ses coudes, elle examinait l'image de son sexe dans la glace recouvrant la porte de l'armoire.

— On dira ce qu'on veut, soupira-t-elle. Ça n'a pas visage humain, il faut vraiment être un homme pour oser s'enfoncer là-dedans.

Par la suite, elle fit montre de beaucoup

58

d'inquiétude chaque fois que Caine lui faisait l'amour.

— Tu vas t'infecter, murmurait-elle à son oreille pendant qu'il s'activait en elle. Les femmes sont pleines de saletés. Il faudra bien te nettoyer ensuite.

Cette phobie n'avait fait qu'empirer au cours des deux ans qu'avait duré leur vie commune. Peu de temps avant leur divorce, Mary-Sue en était arrivée à se considérer comme l'agent infectieux responsable du Sida. En confidence, elle avouait avoir « inventé » cette maladie — elle, et elle seule, parce qu'elle était la plus sale de toutes les femmes de la Création — et elle en concevait un grand sentiment de culpabilité. Bumper l'avait poussée à consulter les plus grands analystes de la Côte; elle avait refusé, rétorquant qu'elle n'était pas folle mais seulement contagieuse. Elle avait fini par se prendre pour une sorte de virus déguisé en femme. Elle vivait dans un appartement-bulle, n'entretenant aucun contact avec l'extérieur, n'acceptant les visites qu'à condition qu'on enfile une combinaison de nylon en sa présence. Elle essayait de se purifier par l'ascèse. En trois ans, elle avait perdu vingt kilos et tenait à peine sur ses jambes.

— Il faut affamer le virus, expliquait-elle. Lorsqu'il sera devenu très faible, une simple injection d'antibiotique le tuera.

Elle aussi ne parlait plus que stratégie, offensive, contre-attaque.

C'est à cette époque que Caine avait commencé à s'échapper, prenant la fuite sous le couvert de voyages de documentation. C'est à cette époque également qu'il avait commencé à racheter des carnets noirs.

Entre-temps il avait découvert que Bumper,

loin d'être un simple éditeur de séries populaires, avait beaucoup d'argent investi dans des secteurs aussi différents que l'industrie chimique de pointe ou l'aviation civile. Les éditions *Screaming Black Cat* n'étaient pour lui qu'un hobby. Certains n'auraient pas hésité à dire : une couverture... Qui était Bumper ? Personne ne le savait. Avait-il vraiment fait partie des forces spéciales ? Avait-il travaillé pour la CIA ? Sa faconde de clown et ses pectoraux de lutteur de foire ne parvenaient pas toujours à faire oublier l'éclat glacial de ses yeux bleus. À Venice, sur le toit de la maison d'édition, était remisé un hélicoptère *Tomahawk* racheté aux surplus. Certaines nuits, l'haleine empuantie par la Dexedrine « comme au bon vieux temps ! »), Bumper grimpait à bord de cet engin au profil de coléoptère venimeux, et lançait les rotors. Il avait la détestable manie d'entraîner Caine dans ces expéditions étranges au-dessus de la ville endormie.

— On se croirait au Nam, murmurait-il au bout d'un moment. C'est tout pareil. Écoute le bruit, tu entends ?

Caine n'aimait pas l'expression hallucinée que prenait alors son visage.

— Tu sais que l'hélico n'est pas entièrement désarmé ? chuchotait-il en expédiant un coup de coude à son gendre. Si on voulait, on pourrait faire un sacré carton... Du nettoyage par le vide...

Et comme Caine pâlissait, il lâchait avec un gros rire :

— Allez, te bile pas, c'était pour rigoler.

Mais le romancier n'en était pas totalement certain.

C'est peu de temps après que Mary-Sue ait décidé de ne plus le voir qu'au travers d'une vitre de protection, que Caine avait été gagné par l'illusion d'habiter un corps mort. Cela l'avait pris au cours d'une réception fastueuse. D'un seul coup il s'était vu, dans les miroirs qui tapissaient le hall de la galerie d'Art contemporain. Il s'était vu, avec son costume Armani, sa Rolex personnalisée, ses souliers Gucci... et il avait eu l'impression d'être un mort dont on venait de faire la dernière toilette. Un cadavre exposé dans un *funeral parlour*, quatre-vingts kilos de chair faisandée artistement maquillés et parfumés par le croque-mort local. Il était assez frotté de psychanalyse pour savoir que cette impression détestable avait tout du syndrome schizoïde. S'il restait là, une minute de plus, à macérer dans ce luxe auquel, de tout temps, il s'était senti étranger, il ne tarderait pas à rejoindre Mary-Sue dans la folie. Alors il avait rempli d'encre son fidèle stylo, glissé dans sa poche son second carnet noir, et s'était enfui.

Bumper l'avait approuvé. C'était une bonne idée de promener le Culturiste fou à travers le monde, de le confronter à des criminels internationaux, des sectes fanatiques et secrètes... Caine se moquait du Culturiste et de ses pressentiments. Il ne cherchait qu'un prétexte pour échapper à la procédure d'embaumement dont il faisait l'objet. Il devait se guérir lui-même, par ses propres moyens. Cesser d'être un cadavre dont on remplissait les veines de formol. Un cadavre souriant, analogue à tous ceux qui déambulaient dans les rues de Los Angeles. Des morts, des morts aux corps superbes, bronzés, admirablement proportionnés, mais des morts quand même, se déplaçant dans un décor en trompe-l'œil, un décor à la mesure des paysages factices de ces *murals* qui s'étendaient parfois sur des centaines de mètres carrés.

Trois coups frappés à la porte tirèrent Caine de son hypnose. Il réalisa qu'il était toujours assis sur la moquette, le carnet sur les genoux, et qu'il avait couvert dix pages d'une écriture fine, serrée, indélébile, sans même savoir de quoi il avait bien pu parler. Comme il tardait à réagir, la porte s'entrouvrit, laissant passer Kitty.

— Vous êtes encore vivant ? interrogea la jeune femme. J'ai cru un instant qu'un tireur des toits vous avait abattu.

— Non, soupira Caine. J'écrivais.

— Vous avez l'air défoncé, oui, observa Kitty en s'agenouillant sur la moquette décolorée.

Avec un sourire gêné, elle sortit une bouteille de vodka du sac informe qu'elle portait en bandoulière.

— Pour me faire pardonner, dit-elle. Je l'ai prélevée sur les réserves médicales de l'équipe scientifique.

— Vous êtes réellement géologue ? interrogea Caine.

Kitty secoua négativement la tête.

— Non, pas du tout, mais je me débrouille avec un bateau à voiles. J'ai un petit sloop qui me permet de faire la navette entre les îles volcaniques et San-Pavel. Dans un monde privé d'essence, c'est bien utile.

— Vous êtes bon marin ?

— On le dit. Vous voulez m'engager pour pêcher le marlin ?

— Peut-être.

La jeune femme avait plissé les yeux. Elle avait de nouveau une expression méfiante.

— Qu'est-ce que vous faites ici ? murmurat-elle. J'ai le pressentiment que vous allez nous attirer des ennuis. Vous avez l'air d'un dingue. Quand j'étais mannequin j'avais un petit ami, il était pilote de Formule 1. Chaque fois qu'il grimpait dans un de ses foutus bolides il avait la même tête que vous. Une espèce de regard qui passait au travers des choses... comme vous en ce moment.

— Qu'est-ce qu'il est devenu?

— Il s'est écrasé contre le mur des tribunes.

— C'est pour ça que vous avez renoncé à votre carrière de poupée professionnelle?

Kitty haussa les épaules et déboucha la bouteille.

— Posez-moi les questions, murmura-t-elle. Je veux dire : les *vraies* questions. Celles pour lesquelles vous êtes venu jusqu'ici.

— D'accord, fit Caine. Parlez-moi d'Ancho Arcaño. Le boucher...

La jeune femme écarquilla les yeux. La surprise l'avait figée, le bras en l'air, le goulot de la bouteille à quelques centimètres des lèvres.

— Y a pas à dire, haleta-t-elle, vous êtes *réellement* dingue! Vous venez de prononcer le seul nom vraiment tabou ici, à San-Pavel.

— Arcaño?

— Il est mort. Il a coulé avec son yacht en essayant de prendre la fuite la nuit où le peuple a mis le palais présidentiel à sac. Vous le savez. Tout le monde le sait.

— Non. On murmure des choses.

— Des légendes!

— Parlez-moi de lui.

— Vous voulez faire des cauchemars? C'était un fou sadique. Un tortionnaire. Même aujourd'hui, trois ans après sa mort, les gens ont encore peur de lui. Ils ne se font pas à l'idée qu'il ait pu mourir. Ils avaient fini par le croire indestructible et omnipotent, comme une sorte de démon. Il... il avait inventé un supplice : la cagoule. Lors de l'interrogatoire, dans les caves du palais, on vous attachait sur la tête un sac de toile épaisse, rempli d'araignées. Des mygales, des tarentules, je ne sais pas exactement. On serrait une corde autour de votre cou pour empêcher les bestioles de s'en aller, et on vous laissait là, ficelé sur une chaise, pendant que les araignées se promenaient dans vos cheveux, sur votre visage, essayaient d'entrer dans votre bouche si vous aviez le malheur de hurler. Beaucoup de gens ont fait des crises cardiaques sous l'effet de la terreur et du dégoût. Ça vous suffit comme documentation ? Je suppose que le Culturiste fou supporterait ça sans broncher ? Peutêtre même mangerait-il les araignées ?

— Arcaño, comment était-il, physiquement ?

— Un bel homme, mince, nerveux. Visage émacié, profil de rapace, style *Cocaïne cow-boy* de série télévisée. Très bien habillé. Il faisait peur aux femmes, et en même temps, elles s'accordaient pour le trouver terriblement séduisant. Je ne l'ai pas connu. Je suis arrivée ici au lendemain de la révolution.

— Alors, selon vous, il est mort ?

— Oui. Son yacht a coulé à pic. La tempête l'a brisé en deux alors qu'il essayait de gagner le large. L'équipage a fui, mais Arcaño est resté à bord.

— Comment sait-on cela ?

— Les marins, les gardes... Une des chaloupes s'est retournée, mais l'autre a pu rejoindre la terre. Quand les types ont débarqué, toute la population était là, à les attendre.

La jeune femme avait baissé instinctivement la voix et parlait en détournant les yeux. Elle évoquait les matelots et les tortionnaires saisis par la foule, frappés, lacérés par les femmes, les enfants.

— Pendant que les hommes les maintenaient, les femmes leur brisaient les doigts. Les gosses, eux, leur enfonçaient des tessons de bouteille dans les mollets. On les a forcés à marcher le long de la plage. À chaque pas, une main jaillissait de la foule pour leur arracher une poignée de cheveux. On dit que lorsqu'ils sont arrivés sur le lieu de l'exécution, ils étaient tous chauves, à demi scalpés. Les enfants galopaient autour d'eux en riant et leur plantaient dans les fesses et dans le ventre des bambous taillés en biseau. Quelques guérilleros ont essayé de s'interposer, de parler de procès, de jugement public, mais on les a fait taire.

Kitty but une gorgée de vodka au goulot, s'étrangla, toussa. La pénombre envahissait la chambre. Dehors, il s'était mis à pleuvoir, et l'averse cinglait le contre-plaqué des fenêtres en produisant un roulement sourd. En quelques phrases hachées, la jeune femme évoqua l'exécution : Les fuyards crucifiés au tronc d'un palmier au moyen de gros clous de forgeron, nus, saignant de toutes parts, et la foule s'acharnant, les dépeçant avec lenteur.

— Chaque fois qu'on leur arrachait un morceau de chair, on le jetait aux chiens. Chacun venait avec son meilleur couteau, même les vieillards, et les grand-mères aussi, les pleureuses, les *abuelas* avec leur tête recouverte d'un fichu noir. Cela formait une interminable file d'attente. Peut-être même y avait-il plus de femmes que d'hommes. Et l'on raconte qu'elles étaient les plus féroces... Elles les ont épluchés, en prenant leur temps. En veillant bien à les faire « durer » le plus longtemps possible.

D'une voix presque inaudible, elle expliqua qu'au matin, les os des prisonniers avaient été mis à nu sans qu'on touche cependant aux organes vitaux. Deux d'entre eux étaient morts sous l'effet de la souffrance. Quant aux survivants, on les ranimait à chaque syncope en les aspergeant d'eau de mer. La fête macabre avait rassemblé une foule immense qui noircissait les abords du rivage. Des adolescentes brandissant des torches couraient le long de la plage, à la lisière des vagues, dans l'espoir de découvrir le cadavre rejeté par la mer d'Ancho Arcaño, le boucher. On s'était promis de le profaner, de le faire dévorer par des porcs, de le laisser pourrir en plein soleil sur la place de l'hôtel de ville... Chacun rivalisait d'imagination pour infliger au tortionnaire de San-Pavel une ultime humiliation. Mais on ne découvrit que les débris d'une barque fracassée par les lames, et trois cadavres de marins, déshabillés par la tempête, livides, la bouche pleine de sable, d'algues et de crabes minuscules...

— Avant de mourir, les prisonniers ont tous juré avoir vu sombrer *el Crucero*, le yacht du boucher, conclut Kitty. Ils ont affirmé qu'une lame gigantesque l'avait englouti. C'est vrai qu'on n'a jamais découvert le moindre débris provenant de l'épave, mais les courants sont très puissants au large. Si l'on commet l'erreur de s'y engager un jour sans vent, et qu'on ne dispose pas d'un moteur assez puissant, on se met à tourner en rond, on devient prisonnier d'un cercle liquide dont le périmètre peut mesurer des milliers de miles. Il y a là, tout près, des dizaines de couloirs sous-marins qui forment un vrai labyrinthe et peuvent vous expédier de l'autre côté du cap Horn, ou au milieu du Pacifique. Si l'on se fait happer par l'un d'eux on part à la dérive, on se retrouve à des milliers de kilomètres de son point de départ. C'est arrivé à plus d'un pêcheur.

Caine ferma les yeux. L'humidité tropicale envahissait la chambre, apportant ses odeurs de moisissure. Les images évoquées par la jeune femme hantaient son esprit.

— Ils ont mis très longtemps à mourir, dit Kitty comme si elle devinait ses pensées. La foule ne les a pas achevés, elle a laissé ce soin aux oiseaux de mer, et aux crabes. Le président a eu, lui, une fin plus rapide. Quand la population a envahi le palais, il a mis le canon de son arme dans sa bouche et s'est fait sauter la tête. Ça a rendu les gens fous de colère. Ils ont profané son cadavre d'une manière que je n'ai pas envie de décrire. Ils étaient... frustrés. Terriblement déçus. C'est pour cela qu'il ne faut jamais évoquer le nom d'Arcaño devant eux. La simple idée qu'Arcaño soit mort sans payer ses crimes leur fait bouillir le sang.

— Ce... boucher, observa Caine. Il avait une maîtresse, non ?

— Oui, admit Kitty. Une certaine Carlita Pedrón. Une chanteuse qui était venue à San-Pavel en tournée. Arcaño lui a fait tourner la tête et elle est restée là. On la surnommait « la chienne ». Elle a tourné un feuilleton télé très célèbre ici : *La reine de l'Amazone*. Elle y charmait les animaux féroces et les hommes en chantant. C'était une actrice exécrable mais elle avait une belle voix, rauque, un peu... bestiale. Le type de voix qu'on donnait aux femmes fatales dans les films des années 50.

— Était-elle sur le yacht, la nuit du naufrage ?

Kitty fit la moue et secoua négativement la tête. ·

— Les marins n'en ont jamais parlé. On ne sait pas ce qu'elle est devenue. Elle a disparu de la circulation du jour au lendemain. Bien lui en a pris parce que les femmes de San-Pavel ne lui auraient pas pardonné d'avoir tant fait fantasmer leurs maris. Je crois qu'elles l'auraient défigurée, ou lui auraient coupé les seins.

Elle poussa un profond soupir et se redressa d'un coup de reins.

— Je ne sais pas ce que vous cherchez, dit-elle en considérant d'un air soucieux Oswald Caine, toujours assis sur la moquette. Mais faites bien attention à ne pas réveiller les fantômes de San-Pavel. C'est comme si vous vous amusiez à arracher les sutures d'une plaie mal cicatrisée. Tout cela date de trois ans à peine, et la haine est toujours là.

— Je ferai attention, murmura Caine.

— Vous feriez bien, siffla Kitty en tournant les talons. Sinon vous vous retrouverez cloué à un palmier avant d'avoir pu comprendre ce qui vous arrive. Ils vous éplucheront, comme les marins d'*el Crucero*. Ils sont très forts à ce jeu-là, par ici. Surtout les vieilles en fichu noir.

4

Caine dormit assez mal cette nuit-là. Retranché sous la moustiquaire couvrant le lit, il se retourna interminablement d'un côté sur l'autre avant de sombrer dans l'inconscience. L'absence de baie vitrée lui donnait l'impression de dormir dans une caverne béant à flanc de montagne. À plusieurs reprises, il fut réveillé par des coups de feu isolés ou le passage d'un hélicoptère de patrouille. Chaque fois qu'il fermait les yeux, les images évoquées par Kitty dansaient sous ses paupières. Il se leva de bonne heure, descendit à la salle à manger pour se faire servir ses habituelles pancakes, le sirop d'érable, et le litre de café noir très sucré sans lesquels il était incapable d'affronter une nouvelle journée.

En mangeant, il songea aux circonstances étranges qui l'avaient amené à s'envoler pour San-Pavel. Cela s'était produit à Venice, un jour qu'il déambulait le long de la plage. Tout à coup, en tournant la tête, il avait aperçu au bout d'une rue un *mural* qu'il ne connaissait pas. La fresque naïve occupait toute la hauteur d'un vieux mur. Inachevée, elle s'élevait à plus de dix mètres du sol. À Los Angeles, ces peintures urbaines étaient choses communes. Elles recouvraient parfois la façade d'un immeuble ou le mur aveugle d'une fabrique. Dans le quartier latino, elles avaient toujours une tonalité religieuse. Parfois, elles prenaient l'allure d'une revendication politique. La plupart du temps elles donnaient l'impression qu'un enfant géant s'amusait à barbouiller les murs de la cité de ses gribouillis maladroits. Cette fois, c'était différent. La fresque représentait un navire perdu sur une mer démontée, un navire au profil de crocodile, une barcasse de cauchemar fouettée par les embruns et à la proue duquel se tenait un homme maigre et nu, au visage émacié, qui paraissait dominer la tempête. En dépit de la facture naïve du dessin, il y avait tant de méchanceté dans le regard du navigateur solitaire que Caine en avait éprouvé un curieux malaise. Il avait pensé immédiatement qu'une photographie de cette œuvre approximative ferait une merveilleuse couverture pour l'un de ses prochains romans.

Il était resté planté devant la paroi de brique, fasciné par le visage pervers et menaçant du naufragé. Le vaisseau s'enfonçait sous les pieds du navigateur solitaire, avalé par les abîmes, mais l'homme paraissait s'en moquer, comme s'il se savait indestructible, plus fort et plus méchant que l'ouragan lui-même.

Caine prit la planque, attendant le passage de l'artiste. Il lui fallut trois jours pour voir enfin arriver un latino portant une grande échelle et tout un assortiment de pots de peinture dans un méchant sac de jute. C'était Anastasio Diario, l'homme qui avait rencontré le vaisseau fantôme...

— L'image, expliqua-t-il dès que Caine lui eut payé une bière, l'image elle est là, imprimée dans ma tête. Il faut que je l'en sorte ou sinon je deviendrai fou. Tu comprends, *hombre* ? Là-bas, dans mon pays, personne ne veut me croire, mais je l'ai rencontré, le bateau du maudit. Il n'a pas coulé, comme on le raconte. Il flotte toujours.

À l'époque, Caine n'envisageait pas autre chose que l'autorisation de reproduire la fresque moyennant finance, mais peu à peu le monologue d'Anastasio avait piqué sa curiosité. Anastasio avait été pêcheur, il venait du Terremoto, de San-Pavel, très exactement. Il avait fui son pays un an après la révolution, parce que le nouveau gouvernement l'avait fait interné dans un asile de fous.

— Ils ont dit que je colportais des propos démoralisateurs, subversifs, marmonnait-il, le nez dans sa bière. Qu'il ne fallait plus prononcer le nom du boucher, jamais. Et pourtant je l'ai vu, et il m'a regardé avec ses yeux de *demonio*, comme j'ai essayé de le représenter sur le dessin.

Son histoire était relativement simple. Partant pour la pêche, il avait été surpris par un grain et s'était mis à dériver, mât et gouvernail brisés, moteur en panne. C'est alors qu'il avait aperçu, jaillissant du brouillard, la silhouette terrifiante d'un yacht très abîmé mais flottant encore. L'étrave du navire avait failli couper sa barcasse en deux.

— Il puait comme une vieille barrique de saumure, balbutiait Anastasio chaque fois qu'il évoquait ce souvenir. Sa peinture avait pelé, et dessous on voyait la tôle de ses flancs, toute rouillée. Ses cordages pendaient du pont et flottaient derrière lui, comme les cheveux d'une femme noyée. Le mât s'était rompu à mi-hauteur, écrasant la dunette et le cockpit de commandement. C'était vraiment une épave, un bateau mort, mais qui flottait toujours. Ma barque a frotté sur sa coque, et j'ai encore le bruit du raclement dans les oreilles.

Obéissant à une impulsion, il avait tendu la main pour saisir l'un des filins.

— J'ai pensé que je pourrais amarrer mon canot bord à bord, et grimper sur l'épave. C'était sûrement plein d'objets de valeur. Des trucs faciles à revendre. Des vêtements, de l'alcool, des bijoux.

Sur l'instant il avait cru que le yacht appartenait à des gringos. Des crétins descendus de Californie et se prenant pour des navigateurs solitaires. Il suffisait d'une grosse tempête pour les expédier par-dessus bord. Le bateau, sans capitaine, se mettait ensuite à dériver au hasard des courants.

— Au moment où je me préparais à empoigner la corde, *il* est sorti d'une espèce d'abri fabriqué avec de la toile à voile, et *il* m'a regardé droit dans les yeux. Je l'ai reconnu aussitôt. C'était Ancho Arcaño, le boucher. Il avait maigri, mais il était vivant, et il avait l'air plus fou que jamais. C'était lui ! Et le bateau fantôme, c'était *el Crucero*.

De retour à terre, Anastasio s'était empressé de raconter son histoire dans toutes les tavernes du port. Deux jours après, on l'arrêtait pour propagande subversive. Comme il s'obstinait à proclamer sa bonne foi, on l'avait décrété fou et bouclé à l'asile de la Colombra, d'où il avait fini par s'échapper.

Cette histoire avait laissé Caine songeur. La légende du vaisseau fantôme l'avait fait sortir de l'état de léthargie dans lequel il végétait depuis six mois. Il avait commencé à se documenter sur San-Pavel et la dernière croisière du boucher. Bien évidemment, Anastasio Diario, demi-clochard travaillant au noir dans une entreprise de peinture dont il pillait les stocks pour parachever sa fresque, n'était pas un témoin très crédible, et pourtant... Caine avait commencé à rêver de l'épave flottante, du navire de rouille sur lequel s'obstinait à survivre un tortionnaire en fuite. Cette obsession était peu à peu devenue si vivace qu'il avait fini par prendre l'avion.

**

Caine acheva son déjeuner. Dès qu'il manifesta son intention de sortir en ville, le réceptionniste se précipita pour lui remettre un magnifique parapluie noir que n'aurait pas désavoué un businessman de la City.

— Contre les méfaits du soleil, bégaya l'employé du *desk.* Il faut faire très attention à ne pas s'exposer plus que de raison.

Caine s'empara du pépin et quitta l'hôtel. En déployant la corolle de soie noire, il se sentit d'abord un peu ridicule, mais il éprouva bientôt cette démangeaison à la hauteur de la nuque qui vous assaille lorsqu'on vous observe à votre insu. Caine se courba en avant, essayant de réduire sa haute taille de quelques pouces. Il n'avait aucune peine à imaginer que l'œil d'un viseur s'attachait à chacun de ses pas. Là-haut, sur les toits, quelqu'un l'avait-il déjà pris pour cible ? Il avançait en rasant les murs, accrochant son parapluie aux marchandises pendues aux crochets des échoppes. Aurait-il le temps de se jeter à terre lorsque exploserait la détonation ? Pour se rassurer, il se fit la réflexion que, vu d'en haut, son parapluie était semblable à tous ceux qui encombraient la rue. L'uniformité le protégeait. Du sommet des toits, aucun tireur ne pouvait plus désormais déterminer sous quel pépin se cachait le *gringo*.

Parvenu indemne et vivant jusqu'à la place de l'hôtel de ville, Caine fouilla dans sa poche à la recherche du plan sur lequel il avait indiqué la route à suivre pour rejoindre l'asile d'aliénés de la Colombra. Il ne voulait pas signaler sa qualité d'étranger en demandant trop souvent son chemin.

Il se trompa deux fois, à cause du dernier tremblement de terre qui avait obstrué la rue qu'il avait prévu d'emprunter. Le détour l'obligea à se lancer dans un labyrinthe de ruelles crasseuses où son parapluie le protégea à trois reprises des brocs d'immondices qu'on déversait par les fenêtres.

L'asile de la Colombra se trouvait situé en dehors de la ville, à la lisière de la jungle. Son parc, que personne n'entretenait plus, retournait lentement à l'état sauvage. La forêt vierge lançait ses lianes, ses mousses et ses hautes herbes à travers les grilles, envahissant chaque jour un peu plus la propriété. L'hôpital, quant à lui, se composait de trois gros bâtiments grisâtres en très mauvais état. Caine s'arrêta devant la porte d'entrée fermée par une chaîne et un cadenas. Un vieux gardien à barbiche blanche faisait les cent pas sur le trottoir, une batte de base-ball sous le bras.

— Hé, caqueta-t-il en avisant Caine. Tu veux entrer là-dedans, mon gars ? Fais bien attention...

— À qui ? demanda Caine. Aux malades ?

— Non, non. Aux singes, expliqua le vieux. Ils sortent de la jungle pour venir fouiller dans les poubelles. Ils s'enhardissent de plus en plus. Parfois même, ils essayent d'entrer dans la cuisine. Ils sont mauvais comme la gale, ils mordent tout le monde.

Le vieux agita sa batte, et proposa :

— Pour trois dollars je vous loue mon gourdin. Vous me le rendrez en sortant.

— D'accord, dit Caine. Mais je vous laisse mon parapluie en dépôt.

— Ça marche ! approuva le vieillard. Mais faites attention, c'est du sérieux. Avant j'avais une carabine et je leur tirais dessus, mais depuis que l'armée a confisqué toutes les armes, ils ont cessé d'avoir peur de nous.

Caine paya et s'empara de la batte. Le gardien tira alors de sa poche une grosse clé reliée à sa ceinture par une ficelle, et déverrouilla le cadenas.

— Je dois demander à quelqu'un l'autorisation de pénétrer dans le bâtiment ? s'enquit-il en franchissant le seuil.

— Mon pauvre gars, soupira le cerbère. Il n'y a

plus que dix infirmiers pour s'occuper des trois cents malades et combattre les singes. Faudra te débrouiller tout seul.

Caine n'en désirait pas davantage. Cette pagaille faisait son affaire, elle correspondait à la description que lui en avait donnée Anastasio Diario, le peintre de *murals*. Le romancier disposait également d'un plan détaillé fourni par l'ancien pêcheur. Le parc se révéla tout de suite envahi par la végétation. L'herbe caoutchouteuse, poisseuse de sève, avait recouvert la plupart des statues encore debout, mais aussi les bancs disséminés dans le jardin, et ce qui semblait être un kiosque à musique. Il aurait fallu tondre tout cela, repousser les assauts de la forêt, mais le personnel avait manifestement d'autres chats à fouetter. Caine emprunta l'allée centrale. Un brusque vacarme métallique le fit sursauter, et il aperçut trois singes occupés à renverser des poubelles dont on avait tenté de maintenir les couvercles en place au moyen de grosses pierres. Les animaux s'en donnaient à cœur joie, fouillant dans les détritus qu'ils goûtaient méthodiquement.

Il essaya de passer la tête haute, sans trahir la peur qui s'insinuait en lui. Les singes lui montrèrent les dents et esquissèrent une brève pantomime menaçante.

Un peu plus haut, il rencontra les premiers malades. Deux vieillards à la physionomie égarée et une Indienne très grasse qui tirait sur ses nattes en marmonnant une rengaine incompréhensible. Les deux vieux portaient pour tout vêtement une chemise dont les pans battaient leurs cuisses maigres. La femme était nue. Ils se pelotonnaient les uns contre les autres en suivant d'un œil effrayé le manège des singes qui escaladaient la grille d'enceinte pour s'introduire dans le parc. Un infirmier jaillit du bâtiment en brandissant un balai et entreprit d'en donner des coups sur les barreaux pour effrayer les bestioles. Il revint, en sueur, ficelé dans une blouse qui avait sûrement été blanche, un jour...

— Vous cherchez quelqu'un? aboya-t-il en dévisageant Caine. J'ai pas le temps de vous guider. Et puis ces connards de cinglés ne restent jamais dans les salles qu'on leur a attribuées.

— Ne vous inquiétez pas, fit le romancier. Je me débrouillerai. Vous avez déjà assez de problème avec les singes.

En disant ces mots, il avait glissé un billet dans la paume de l'infirmier qui se décida à sourire.

— Faites gaffe. Ces saloperies de macaques sont vraiment agressifs. Ils mordent. Ils essayent de s'introduire dans le bâtiment pour voler de la nourriture. Heureusement qu'il y a des barreaux à toutes les fenêtres.

Traînant son balai, il accompagna Caine jusqu'au pied de l'escalier.

— L'emmerdant, ajouta-t-il, c'est que les cinglés ont tellement peur d'eux qu'on n'arrive plus à les faire sortir prendre l'air.

— Il y a eu des accidents?

— Ouais, de vilaines morsures. Ces singes sont vicieux. S'ils trouvaient quelqu'un dans le parc, au milieu de la nuit, ils le mettraient en pièces. Le soir, on passe notre temps à compter et à recompter les malades pour s'assurer qu'on n'en a pas oublié un dehors.

Caine entra dans la bâtisse. Comme il l'avait prévu, la salle commune empestait l'urine. Les installations étaient vétustes, les murs couverts de moisissures et de graffitis exécutés à l'aide de matière fécale. Les malades, que personne ne surveillait, déambulaient le plus souvent entièrement nus. Certains se chamaillaient comme des enfants pour la possession d'un objet sans importance : un bout de chiffon, un vieux chapeau, mais la plupart demeuraient étendus sur leur paillasse, fixant le plafond tavelé, une expression d'effarement sur le visage.

Caine jeta un coup d'œil au plan dessiné par Diario et suivit les indications fléchées. Il traversa rapidement la salle commune du rez-de-chaussée pour grimper au premier. Des malades l'interpellaient au passage, lui posant des questions saugrenues. Caine essayait de leur adresser des sourires rassurants. Il savait, par le peintre de *murals*, que les infirmiers puisaient sans remords dans la pharmacie de l'hospice, revendant drogues et tranquillisants aux camés de San-Pavel. Les patients de la Colombra étaient donc le plus souvent abandonnés à leurs démons intérieurs sans aucune protection chimique. Cela les rendait parfois dangereux. Quand ils s'agitaient trop, on les bouclait dans une camisole et on les attachait sur leur lit jusqu'à ce que la crise passe. Anastasio Diario avait vite compris qu'il devait se faire oublier s'il voulait pouvoir s'enfuir. Il avait joué la prostration et on avait cessé de le surveiller.

« Je me suis échappé en pleine nuit, avait-il expliqué à Caine. À cette heure-là, les singes envahissent le parc. Les infirmiers savent que personne n'osera plus ni entrer ni sortir, et ils se rassemblent pour se soûler dans la salle de garde. » Anastasio avait descellé un barreau, au rez-de-chaussée, et s'était glissé dans le jardin. Là, il n'avait dû sa survie qu'à sa vélocité, car les singes furieux l'avaient aussitôt pris en chasse.

« Ce sont de vrais fauves, marmonnait-il

chaque fois qu'il évoquait cet épisode. S'ils vous mettent la main dessus, ils vous arrachent le nez et les oreilles. Les doigts aussi. Dès le coucher du soleil, le parc devient leur territoire. »

En arrivant au deuxième, Caine nota que de nombreux malades présentaient des traces de morsures suturées à la diable. La chaleur à l'intérieur du bâtiment était insupportable et il ruisselait de sueur sous ses vêtements. L'odeur de pissat le suffoquait, il crut un instant qu'il allait rendre son déjeuner au détour d'un couloir. La moisissure et la mousse recouvraient complètement certains murs, là où le bâtiment s'adossait à la forêt. En traversant la salle commune, il rencontra un autre infirmier à qui il graissa la patte. Le gorille, sanglé dans une blouse trop étroite, se désintéressa aussitôt de lui.

— Je cherche un vieux type avec qui j'allais pêcher le marlin, inventa le romancier. Une fois que j'étais passé par-dessus bord, il m'a sauvé la vie. On m'a dit qu'il avait perdu la boule et qu'il était ici.

Il débita cette fable deux fois encore avant d'atteindre le troisième étage. Les infirmiers ne semblaient guère décidés à s'éloigner des ventilateurs sous lesquels ils feuilletaient des revues érotiques de contrebande. Se guidant sur le plan d'Anastasio, il découvrit enfin ce qu'il cherchait : un long corridor auquel on accédait par une porte munie d'une serrure si simplette qu'il n'eut aucun mal à la crocheter. Derrière le battant s'étirait un couloir jaune, rongé par l'humidité, qu'éclairaient trois fenêtres munies de barreaux et renforcées par du grillage. « C'est l'ancien quartier des fous dangereux, avait chuchoté Anastasio. Celui des cellules capitonnées et des douches froides. C'est là qu'*elle* se cache. Je le sais, je l'ai vue à trois reprises. Et j'ai entendu sa voix. On n'oublie pas une voix pareille. »

Caine essuya la sueur qui dégoulinait de ses sourcils et lui brûlait les yeux. Il respirait avec difficulté, oppressé par l'atmosphère de déliquescence et de folie qui planait sur les lieux. Les talons de ses bottes résonnaient sur le dallage. Çà et là, s'ouvrait l'espace carrelé d'une salle de douches abandonnée. Il préféra ne pas prêter attention aux insectes qui grouillaient sur la porcelaine, escaladant les sanitaires. Alors qu'il était à mi-chemin, un brusque vacarme le fit sursauter, mais ce n'était qu'un singe furieux qui, agrippé aux barreaux d'une fenêtre, secouait le grillage pour essayer de se ménager une entrée. Caine pressa le pas, se rapprochant de la porte à œilleton qu'il n'avait cessé de fixer.

« C'est là qu'Elle est, lui avait dit Anastasio. La reine de l'Amazone. Elle n'est pas enfermée. Pourquoi le serait-elle ? Vous n'aurez qu'à tirer le battant pour la rejoindre. »

Caine s'immobilisa, les doigts sur la poignée de la porte. Et si Diario avait tout inventé, pour se faire valoir... ou, justement, parce qu'il était bel et bien fou ? Caine en arrivait presque à le souhaiter. Retenant son souffle, il ouvrit la porte. Une femme se tenait là, allongée sur un lit, vêtue d'un peignoir de soie rouge. Elle se redressa d'un bond à son entrée. Elle était très belle, la tête auréolée d'une épaisse chevelure d'un noir bleuté. C'était Carlita Pedrón, l'ancienne maîtresse d'Ancho Arcaño, le boucher de San-Pavel. Carlita Pedrón, ancienne chanteuse de tangos crapuleux et reine de l'Amazone dans un feuilleton télévisé peuplé de crocodiles en caoutchouc. Caine avait eu beaucoup de mal à mettre la main sur les disques qu'elle avait jadis enregistrés, car ceux-ci avaient tous été mis au pilon au lendemain de la révolution. Carlita, « la chienne », était là, devant lui, et il n'en revenait pas d'avoir pu la retrouver aussi facilement. C'était comme un fantôme surgi des brumes d'une époque de sang et de folie.

— Qui êtes-vous? dit-elle d'une voix que la peur rendait encore plus rauque que de coutume.

C'était maintenant que tout allait se jouer, en quelques secondes. Il suffisait qu'elle appelle à l'aide pour que la piste s'arrête ici.

— Ne craignez rien, dit Caine en lui tendant son passeport et l'exemplaire du roman qui ne le quittait jamais. Je suis écrivain, pas flic. Je ne vous veux pas de mal, seulement parler, et vous aider, si c'est possible.

Carlita avait pris le livre en tremblant.

— Oh, dit-elle avec un pauvre sourire. C'est vous qui écrivez ça... J'en ai lu des dizaines quand j'étais en tournée. Je trouvais ça bête mais je ne pouvais pas m'empêcher de les acheter au fur et à mesure. Je ne sais pas pourquoi...

Elle examina la photo, au dos du livre.

— Oui, soupira-t-elle. C'est bien vous. Mais vous avez vieilli.

La pièce était une ancienne cellule matelassée pour malade obsédé de l'auto-mutilation. Une ampoule nue pendait au plafond, et la lumière du jour pénétrait par une minuscule fenêtre grillagée ouverte dans la paroi, à plus de huit pieds du sol. Dans un coin, on avait installé un téléviseur et un magnétoscope. Une pile de cassettes vidéo trônait sur l'appareil. Caine vit qu'il s'agissait des différents épisodes de *La reine de l'Amazone*. Carlita Pedrón surprit son coup d'œil.

— C'est tout ce qui me reste de mes années de splendeur, dit-elle en se rasseyant. Ce feuilleton qui m'a rendue célèbre et m'a condamnée à me cacher ici. La reine de l'Amazone! Elle a bonne mine, n'est-ce pas? Au début je les regardais pour me consoler, mais maintenant, avec les coupures de courant...

Caine la regarda. Elle était restée belle en dépit de ses tristes conditions de survie. Sa chevelure épaisse semblait une fourrure jetée sur ses épaules, mais sa bouche aux lèvres épaisses avait pris une expression lasse, et ses mains tremblaient. À sa façon de renifler toutes les dix secondes, Caine devina qu'elle prenait de la cocaïne depuis longtemps.

— Ça me fait drôle de voir quelqu'un de l'extérieur, balbutia-t-elle. Comment m'avez-vous retrouvée?

Elle retomba sur le lit plus qu'elle ne s'assit. Dans un vieux réflexe de coquetterie, elle croisa très haut les jambes. Elle était nue sous le peignoir, mais ses cuisses avaient forci. Caine lui parla d'Anastasio Diario, il disposait de peu de temps et il voulait la rassurer le plus vite possible. Le contact se devait d'être bref pour ne pas éveiller la méfiance des infirmiers.

— Vous ne risquez rien, conclut-il. Anastasio vit à Los Angeles maintenant. Il ne vous dénoncera pas. Et puis c'est un de vos fans. Il pense toujours à vous, même là-bas. Il me raconte souvent des épisodes du feuilleton.

— Vous voulez parler de moi dans vos livres? interrogea Carlita en allumant nerveusement une cigarette.

Elle avait dit cela avec une sorte d'espoir puéril qui, l'espace d'une seconde, avait ranimé son visage amorphe.

— Ce n'est pas exclu, éluda Caine. Comment êtes-vous arrivée ici? Pourquoi n'êtes-vous pas partie avec Ancho Arcaño?

Tout de suite les traits de Carlita se durcirent, et elle prit une expression rusée qui permit à Caine de prendre conscience de ce qu'elle était réellement : une garce redoutable empâtée par la claustration. Il se maudit d'avoir failli céder à l'attendrissement. Pourquoi devenait-il aussi vulnérable dès qu'il repérait une ride naissante sur la peau d'une jolie femme?

— Qu'est-ce que ça me rapportera? siffla Carlita. Dans ma situation on ne donne rien pour rien...

— Qu'est-ce que vous voulez?

Elle eut un rire de souffrance un peu théâtral, qui lui renversa la tête en arrière.

— Vous êtes idiot ou quoi? cracha-t-elle. Sortir d'ici, bien sûr. Comment croyez-vous que je paye la complicité des infirmiers? Je suis leur pute. Depuis trois ans. Ils me cachent à condition que je me laisse baiser sans rechigner. Ils sont douze, et ils ne me font pas de cadeau. C'est un loyer très lourd à payer.

Elle haletait, tous ses traits reflétaient la haine. Sa bouche frémissait de rage contenue, et Caine crut qu'elle allait faire une crise de nerfs, là, sous ses yeux. Tout à coup ses épaules s'affaissèrent et elle se mit à parler d'une voix molle.

— Le jour où la révolution a éclaté, balbutia-t-elle, j'étais dans la jungle, en plein tournage. La catastrophe nous a cueillis à froid. En dix minutes l'équipe s'est débandée et je me suis retrouvée toute seule, en costume de reine de l'Amazone, comme une pauvre conne. Je n'ai pas pu rejoindre Ancho qui s'était replié au palais présidentiel, avec ce crétin de Naranjo. J'ai essayé, mais les rues étaient pleines de monde. Aucune voiture ne pouvait circuler sans être aussitôt arrêtée par les émeutiers, saccagée et enflammée. Il était hors de question que je sorte à visage découvert. J'étais trop célèbre. Toutes les femmes de San-Pavel me détestaient. Elles m'auraient arraché les yeux, mutilée. Ce sont des folles, des bigotes converties par les missionnaires. Elles disaient que j'avais la chatte en feu, et que le jour où elles me mettraient la main dessus, elles m'empaleraient sur un piquet de clôture, pour me calmer, définitivement. J'ai appelé Ancho, pour qu'il m'envoie un hélicoptère, mais l'armée avait déjà retourné sa veste.

Elle écrasa sa cigarette dans la soucoupe qui lui servait de cendrier et s'essuya les yeux.

— J'étais terrifiée, murmura-t-elle. Je ne savais pas quoi faire. La nuit tombait et je ne pouvais pas rester dans la jungle, alors j'ai appelé un type... Un fan, un admirateur. Une espèce de groupie qui me poursuivait depuis des années. Un pauvre type, et je lui ai demandé de venir à mon secours.

— Il était infirmier ici ?

— Oui. C'est lui qui dirige cet asile depuis qu'on a fusillé la plupart des médecins. Il m'a assuré que personne ne me trouverait ici. Pendant un mois j'ai vécu en paix, et puis ses collègues m'ont découverte, et tout a commencé. Il a fallu que je paye un « loyer » pour ne pas être jetée à la rue. Ils me tiennent, vous comprenez ? S'ils me chassaient je serais perdue. Pour les gens de San-Pavel je suis la putain du boucher... Mais jamais Ancho ne m'a traitée comme le font ces porcs !

À présent elle sanglotait, le visage caché dans les mains. Tout à coup, elle se jeta contre Caine, lui nouant les bras autour du cou. Son peignoir s'était ouvert et ses seins nus s'écrasaient sur la poitrine du romancier, boules chaudes et moites.

— Aidez-moi, supplia-t-elle. Vous êtes américain, vous avez des relations... Aidez-moi...

— Je ne peux pas faire prendre l'asile d'assaut par une compagnie de *marines*, objecta Caine. Mes pouvoirs sont limités. Je ne suis pas un agent de la CIA.

Carlita releva la tête, le fixant dans les yeux avec une énergie qui frisait la folie. Ses pupilles étaient deux énormes trous noirs.

— Je peux monnayer mon passage, haleta-t-elle. Je sais des choses que vous ignorez, que tout le monde ignore. Si vous m'aidez à sortir d'ici je vous rendrai riche. Plus riche que n'importe qui.

— De quoi parlez-vous?

— Du trésor d'Ancho Arcaño. *Son trésor de guerre*. Il était à bord du yacht, je le sais, il me l'avait dit.

— Carlita, le yacht a coulé...

La jeune femme se rejeta en arrière sans se soucier de rajuster son peignoir grand ouvert. Caine essaya de ne pas prêter attention à la grosse touffe noire de son pubis.

— Le bateau n'a pas coulé, souffla-t-elle. J'en suis certaine.

— Allons, fit Caine. Comment le sauriez-vous? Vous n'étiez pas là-bas le soir de la tempête.

— Je le sais, martela Carlita. Je le sais parce que je connais quelqu'un qui était à bord.

— Ils ont tous été lynchés.

— Non, pas lui. Il était dans la deuxième barque, celle qui s'est retournée. Il a pu nager jusqu'à la plage. Il s'appelle Sozo, c'était l'un des chiens de garde d'Ancho. Le plus dévoué peut-être.

Caine plissa les yeux. Son trouble sexuel s'était évanoui.

— Vous êtes certaine de ce que vous avancez ? interrogea-t-il. Sozo ? Et il aurait survécu à la tuerie ?

— Oui. Il a pu se faufiler dans les rochers pendant que la populace s'acharnait sur les marins. Il est entré dans la jungle, parce qu'il savait que personne ne chercherait de ce côté-là. Il m'a affirmé que le yacht n'a pas coulé, que l'équipage a cédé à la panique. Il regrettait d'avoir suivi les autres, d'avoir abandonné son maître. C'était une idée qui le torturait. Mais il avait eu peur de la mer, de l'ouragan. Je l'ai vu pleurer comme un gosse au souvenir de ce moment de faiblesse.

— Vous l'avez vu ?

— Oui, il est venu ici, il y a un an. Il avait longtemps cherché à retrouver ma trace. Mais il est malin, il a fini par se rappeler ce fan qui m'inondait de lettres et fouillait dans les poubelles du palais pour essayer de dénicher des sous-vêtements m'appartenant. Nous avions ri ensemble de ce cinglé, et Sozo a remonté la piste, lentement. Quand il est arrivé ici, il était méconnaissable, vieilli, barbu. Une épave...

— Et il vous a assuré que le yacht n'a pas coulé...

— Oui. Il voulait que nous partions à sa recherche, pour secourir Ancho.

— Cela vous semblait possible ?

— Je pense qu'Ancho est mort depuis longtemps. Personne ne peut survivre trois ans sur une épave, sans eau douce. Mais l'or est toujours là, dans les cales du bateau.

— Et comment vous y seriez-vous pris pour retrouver le navire ?

— Sozo avait noté la position exacte d'*el Crucero* au moment de son abandon. Avec ces coordonnées, on peut sûrement déterminer quel courant l'a emporté, et dans quelle direction il dérive.

Caine fourragea dans sa barbe, faisant crisser l'ongle de son pouce dans les poils gris couvrant sa joue droite.

— Mais Sozo n'est jamais revenu, dit-il. C'est ça, n'est-ce pas ? Il vous a oubliée.

— Non, cria Carlita. Il ne m'aurait pas laissée. Me ramener à Ancho, c'était pour lui la seule façon de se faire pardonner son moment de faiblesse. Je ne sais pas pourquoi il n'est pas revenu.

— Il vous a donné ces coordonnées ?

— Non. Il a peut-être dû se cacher, s'enfoncer dans la jungle. Il est peut-être malade, blessé...

— Ou mort, compléta Caine. Vous savez que sans lui on ne retrouvera jamais le yacht ? Les courants l'ont peut-être expédié à l'autre bout de la terre, on ne peut pas prendre la mer en s'en remettant au hasard. Il faudrait pouvoir au moins délimiter un secteur de recherches.

— Sozo connaît la dernière position du bateau, insista la jeune femme. Je vous dirai comment le retrouver si vous m'aidez à sortir d'ici.

— Comment voulez-vous que je m'y prenne ?

— Procurez-vous une arme. Vous menacerez les infirmiers. Ils ne pourront pas nous empêcher de partir. Une arme et une voiture.

— Mais ensuite ? Vous dîtes vous-même que tout le monde connaît votre visage...

— Vous me cacherez dans votre chambre d'hôtel. Vous m'emmènerez à l'ambassade des États-Unis et je réclamerai l'asile diplomatique. Vous êtes célèbre, vous m'appuierez. On vous écoutera.

Elle parlait à toute vitesse, sans reprendre respiration. Caine se demanda quelle tête ferait le consul en voyant débarquer une réfugiée « politique » à la réputation aussi douteuse. Si l'affaire s'ébruitait, ce serait un coup à se retrouver assiégé par la population en colère.

— Une fois à l'ambassade, continua Carlita, vous ferez venir un chirurgien esthétique d'Amérique, un docteur qui modifiera mes traits. Je vous rembourserai sur ma part du trésor. Dès que je serai méconnaissable, nous partirons à la recherche du bateau.

C'était de la folie pure, une stratégie de bande dessinée, mais elle semblait avoir perdu tout sens des réalités. Son visage et son corps ruisselaient de sueur.

— Calmez-vous, dit Caine en la saisissant aux épaules. On va vous entendre.

Brusquement, alors que Carlita se serrait contre lui, la porte de la chambre s'ouvrit violemment.

— Qu'est-ce que tu fous ici ? rugit une voix d'homme en colère.

L'instant d'après, Caine sentit un bras noueux s'enrouler autour de sa gorge, et il se mit à suffoquer. Carlita poussa un hurlement déchirant et se jeta griffes en avant pour secourir le romancier. Mais un autre infirmier s'interposa, la saisissant par les poignets.

— Du calme, *querida!* gouailla-t-il. Je suis sûr que tu n'as pas envie de te retrouver sous la douche froide ! Laisse-nous nous occuper de ce *marícon*.

Caine essayait de se débattre, mais les gorilles avaient l'habitude de maîtriser les agités. En quelques secondes, il se retrouva complètement paralysé.

— Sortez-le de là, aboya celui qui semblait

commander le groupe. Je vais lui passer l'envie de venir nous faire cocus !

Caine fut traîné le long du couloir tandis qu'on rejetait Carlita Pedrón à l'intérieur de sa cellule capitonnée.

À demi étranglé, le romancier suffoquait en expédiant au hasard des coups maladroits qui faisaient s'esclaffer ses tortionnaires. Dès qu'il fut dans la salle commune, ils entreprirent de le frapper avec méthode, se le renvoyant mutuellement comme un punching-ball humain. Le souffle coupé par la douleur, Caine essayait de dévier les coups en leur présentant les parties les moins vulnérables de son anatomie. Il ne pouvait pas faire mieux. Il avait dénombré cinq ou six aides-soignants taillés en hercules de foire. Excités par le spectacle de la correction, les fous s'étaient mis à gesticuler et à crier. Certains applaudissaient en riant, d'autres se cachaient la tête sous leurs draps.

— Qu'est-ce que tu fichais là-haut ? rugit l'infirmier-chef en saisissant Caine par les revers de sa veste de cuir. Qui t'a donné le tuyau ? Hein ?

— C'est un putain de journaliste ! gronda l'un de ses subordonnés. Si on le laisse sortir d'ici, il va tout raconter dans son putain de canard !

— C'est vrai ! renchérirent les autres. S'il ouvre sa gueule tout le monde saura, et on viendra nous la prendre...

Caine tomba à genoux, bavant du sang. Il n'arrivait plus à respirer par le nez car ses narines étaient emplies de caillots.

— Tu vois, lui chuchota son bourreau. Tu vas nous obliger à être très méchants avec toi. On l'aime, nous, notre petite reine de l'Amazone. C'est notre star à nous, pas question qu'on nous l'enlève. T'es mal barré, pédale. Je sens que tu es très mal barré...

Puis il le gifla avec une extrême violence en lui demandant comment il avait appris le secret de la cachette. Exilé à Los Angeles, Anastasio Diario ne risquait pas grand-chose. Caine livra son nom. Il avait l'impression que ses tympans avaient éclaté. Les infirmiers se concertèrent. Diario ? Oui, ils voyaient vaguement... Un petit bonhomme très tranquille qui passait ses journées à dessiner... Trop tranquille. Puis ils fouillèrent dans les poches de Caine, cherchant son passeport. La mention « écrivain » ne fit que confirmer leurs craintes.

— C'est un fouille-merde et un bavard, diagnostiqua l'infirmier-chef. Si on le laisse partir, il nous fera pisser le sang. Faut se débarrasser de lui, mais que ça ait l'air d'un accident... Ouais, d'un accident pour connard de touriste.

— Attendons la nuit et jetons-le aux singes ! proposa quelqu'un. Les singes lui feront son affaire !

Caine voulut se redresser, mais une matraque s'abattit sur sa nuque. Il vit le carrelage souillé se rapprocher de son visage à une vitesse prodigieuse, et il pensa : « Je vais me casser le nez, et en me réveillant j'aurai l'air d'un boxeur », mais il avait perdu conscience avant d'avoir touché le sol.

**

Quand il ouvrit les yeux, il était allongé par terre, et des bestioles couraient sur son visage. Il voulut bouger et découvrit qu'il était complètement entravé, pas par des cordes, plutôt au moyen d'une espèce de vêtement qui lui maintenait les bras croisés sur la poitrine. Une camisole. Une camisole de force ! Il tenta de bouger les jambes. Elles étaient garrottées elles aussi par de grosses lanières de cuir qui lui bloquaient les genoux et les chevilles. Il avait mal à la tête et envie de vomir. Il songea qu'il devait avoir un hématome gros comme une assiette à la hauteur de la nuque. Il resta ainsi un long moment, essayant de récupérer. Son ventre et ses côtes lui semblaient en charpie. Chaque fois qu'il bougeait, la douleur lui coupait la respiration. Soudain la porte du cagibi s'ouvrit, et les infirmiers entrèrent. Ils brandissaient des lampes-tempête autour desquelles bourdonnaient des nuées de moustiques. Caine comprit que la nuit était tombée.

Le chef du groupe s'accroupit. Il avait un visage gras que barrait une moustache soigneusement taillée de danseur de tango. Sans doute était-ce lui le fan débile venu au secours de Carlita Pedrón?

— On va te balancer dans le parc, expliqua-t-il. Les singes vont te réduire en miettes. Ce soir, ils sont particulièrement de mauvaise humeur... peut-être parce qu'on n'a pas cessé de leur jeter des cailloux tout l'après-midi, va savoir? Malgré leur petite taille ils sont très dangereux et très féroces. Je pense qu'ils vont t'arracher les oreilles, le nez et les lèvres. C'est toujours par ça qu'ils commencent. Tu pourras crier très fort si ça te soulage. Personne ne viendra à ton secours, ici on est habitué aux hurlements des cinglés. La camisole résistera un moment, mais ils finiront par la déchirer avec leurs dents. À trois ou quatre, ils sont capables d'écarteler un homme robuste. Une fois je les ai vus démembrer un gros chien : un dogue allemand. Ils lui ont arraché les pattes comme si c'était de la guimauve.

Il s'interrompit pour laisser à ses compagnons le temps de s'esclaffer.

— Demain matin on cachera les débris de la camisole, conclut-il. Et on mettra à côté de ton cadavre une caméra qui fera de toi un connard de touriste venu photographier les singes de la Colombra. Il y a déjà eu des accidents, ça n'étonnera personne.

Il se redressa et fit signe aux autres d'emmener Caine à l'extérieur. Le romancier fut traîné sur le carrelage à travers la salle commune du rez-de-chaussée. À son passage, les fous se dressaient sur leur paillasse et poussaient des glapissements déchirants.

— Ça t'apprendra, marmonna le gros homme moustachu avec une hargne d'enfant contrarié. Ça t'apprendra à venir déranger notre petite reine de l'Amazone. C'est à nous qu'elle appartient maintenant. Dehors on lui ferait du mal. Ici, on la protège. Elle est à l'abri.

On ouvrit l'une des portes blindées donnant sur le jardin, et Caine fut poussé dans l'escalier de marbre de l'entrée principale. Il roula sur les marches, se meurtrissant les côtes aux arêtes des degrés. Dès qu'il fut dans l'herbe, les infirmiers se dépêchèrent de refermer le battant.

Caine tenta de ramper, dans l'espoir imbécile d'atteindre la grille. Peut-être que s'il se rapprochait de la rue quelqu'un l'apercevrait et lui porterait secours ? Mais non, c'était idiot. La Colombra se dressait à l'écart de la ville, et personne sans doute n'éprouvait le besoin de venir se promener en pleine nuit du côté de l'asile d'aliénés. Les sangles qui lui liaient les jambes l'empêchaient de se redresser et d'esquisser le moindre pas. Il en était réduit à se traîner sur le ventre comme une limace. À bout de souffle, il s'immobilisa pour écouter la nuit. Derrière lui l'hospice n'était plus qu'une masse sombre. On avait éteint toutes les lumières afin de ne pas effrayer les singes plus longtemps, et de les encourager à se rapprocher. En jetant un coup d'œil autour de lui, Caine vit que ses bourreaux avaient même poussé le souci du détail jusqu'à répandre des débris alimentaires sur la pelouse pour éveiller la convoitise des animaux. Il y avait de la viande et des fruits gâtés. Des tranches de pain moisi arrosées de jus de tomate. Tout un rebut de cantine que les primates devaient flairer avec gourmandise derrière l'écran des broussailles.

Caine n'ignorait rien de la férocité des singes dès lors qu'ils sont à l'état sauvage et se déplacent en troupe. En Afrique, il avait vu une horde de cynocéphales s'en prendre à un léopard et le blesser grièvement. Il savait les singes irritables et facilement méchants. À Los Angeles il avait pu bavarder avec un gardien de zoo qui, un beau matin, s'était fait arracher trois doigts par un chimpanzé « parfaitement apprivoisé ». Ces petits corps poilus recelaient une force stupéfiante qu'on avait bien du mal à maîtriser en cas de violence.

Il ne savait que faire. Hurler ? Se débattre ? Combien de temps ses gesticulations tiendraient-elles les primates à l'écart ? La peur paralysait son intelligence. Il roula sur le flanc pour observer la partie broussailleuse du jardin. C'étaient de là qu'ils viendraient dès qu'ils l'auraient suffisamment observé. Caine s'installa sur le dos, de manière à pouvoir les frapper avec ses pieds lorsqu'ils seraient à sa portée. S'il réussissait à en tuer un, du premier coup, les autres prendraient peut-être la fuite ? Mais serait-il assez rapide ? Il s'entraîna à ramener les genoux sur sa poitrine et à détendre violemment les cuisses. C'était difficile, à cause des courroies qui lui bloquaient les articulations, et ses ruades manquaient de force. Par bonheur la lune était pleine, et sa lueur bleutée éclairait le parc, permettant de surveiller la pelouse mal tondue. Au bout d'une vingtaine de minutes ils sortirent des buissons. Courbés, appuyés sur leurs bras fléchis. Ils paraissaient se concerter avant de passer à l'attaque. Caine en dénombra une dizaine rassemblés autour d'un vieux mâle à la stature plus imposante. Ils se dandinaient en poussant des cris aigus de convoitise et de colère. La nourriture les alléchait mais la présence de l'homme les contrariait. Était-il là pour leur disputer leur part du butin ?

Caine hurla, sans parvenir à les effrayer. Probablement étaient-il habitués depuis longtemps aux vociférations des fous hantant le parc ?

Les singes s'approchèrent, d'abord lentement, puis très vite. Avant que Caine ait eu le temps de se rejeter en arrière, ils étaient là. Leurs petites mains terreuses tâtant la grosse toile de la camisole. Dès que le romancier esquissait un mouvement, ils sautaient en arrière mais revenaient aussitôt à l'attaque, obstinément. Ils criaient, caquetaient, comme une assemblée de vieilles femmes, se bousculant pour griffer la camisole. Deux d'entre eux, attirés par l'odeur du cirage, mordaient les bottes de Caine. L'écrivain leur expédia une ruade qui ne parvint pas à les effrayer. Déjà, ils s'enhardissaient, l'encerclant. Caine savait que s'ils lui touchaient le visage, il était perdu. Ils commenceraient à lui arracher les cheveux à pleines poignées, puis ce serait le tour de ses oreilles. Il entendait leurs ongles griffer la camisole. Ils s'énervaient de rencontrer tant de résistance. Leur odeur de suint et d'urine était insoutenable. Une main frôla sa joue, se referma sur sa barbe et tira, sèchement, lui arrachant une grosse poignée de poils gris. Il hurla, la chair à vif. Déjà d'autres doigts fourrageaient dans ses cheveux, cherchant à le scalper. Il se débattit, roula sur lui-même. La horde le recouvrit, le chevauchant comme une carcasse qu'il s'agissait de dépecer au plus vite. On le mordait à travers la camisole, et sans la protection de sa veste de cuir, il aurait eu la chair entamée par les dents des primates. Ses bonds excitaient la colère des animaux et ses ruades désordonnées ne leur causaient aucun préjudice. Il sentait leurs dents, partout sur lui, à travers le cuir des bottes, le maroquin de la veste. Deux d'entre eux l'avaient saisi par les bras et tiraient de toutes leurs forces dans l'intention de le désarticuler. Sans les lanières de la camisole qui lui attachaient les mains dans le dos, il aurait eu les bras arrachés. Il avait si peur qu'il pissa dans son jean, sans même s'en rendre compte. Il ne cessait plus de rouler sur lui-même pour protéger son visage. C'était la seule stratégie qu'il se sentait capable d'inventer.

Ses dérobades rendaient les bêtes folles de fureur. Grimpées sur ses épaules et son dos, elles l'écrasaient de leurs poids conjugués, rendant ses mouvements de plus en plus difficiles. Il comprit qu'au moment même où il cesserait de remuer, les singes lui arracheraient la tête. Malgré la terreur qui lui commandait de hurler de façon continue, il résistait à la tentation du cri, s'évertuant à conserver la bouche fermée de peur qu'une main velue ne s'introduise dans sa cavité buccale pour lui saisir la langue. C'était un mets de choix, que les prédateurs n'oubliaient jamais. Des ongles lui labourèrent le visage et une nouvelle mèche de cheveux céda sous la traction, lui laissant une partie du cuir chevelu à vif. Cette fois la horde le submergeait, l'empêchant de remuer. Il était perdu.

À l'instant où une face aux babines retroussées s'approchait de son nez pour le mutiler d'un coup de dents, la nuit explosa. Caine ferma les yeux, aveuglé par la gerbe d'étincelles qui venait de s'embraser au milieu de la pelouse. Cela scintillait comme un feu d'artifice, pétaradait en tous sens, projetant dans les broussailles des ricochets de lumière magnésique. Terrifiés, les singes prirent la fuite en couinant. Caine, ébloui, distingua une silhouette qui se penchait sur lui. La lame d'un couteau scia les lanières de cuir lui entravant les jambes.

— Est-ce que vous pourrez marcher? demanda une voix féminine.

C'était Kitty. Il voulut se mettre debout, trébucha, car ses muscles étaient engourdis.

— Appuyez-vous sur moi, commanda la jeune femme. Il faut redescendre vers la grille. La jeep est là.

Fébrilement, elle manipula une sorte d'énorme revolver dans lequel elle glissa une cartouche jaune, presque aussi grosse qu'une canette de bière.

— Attention, dit-elle. Fermez les yeux.

— Qu'est-ce que c'est?

— Des fusées d'alarme maritimes. Je n'avais aucune arme sous la main.

Elle tira. Une nouvelle gerbe de lumière incendia le parc, tel un feu d'artifice explosant au ras du sol.

Ils avaient atteint la grille. Caine vit que Kitty avait sectionné la chaîne retenant le cadenas au moyen d'une cisaille.

— Comment m'avez-vous retrouvé? interrogeat-il en se laissant tomber sur le siège de la jeep.

— Votre carnet, haleta la jeune femme. Vous l'avez oublié sur votre lit, à l'hôtel. Je l'ai lu. Vous parliez de votre intention de vous rendre à la Colombra.

Elle démarra et lança le véhicule dans la rue en pente.

— Je crois que je suis arrivée à temps, observa-t-elle. J'ai eu l'impression que vous ne parveniez pas à vous faire aimer de ces animaux.

Caine cracha une injure. Il avait eu trop peur pour avoir envie de plaisanter.

— J'en ai pissé dans mon froc, constata-t-il amèrement.

5

Kitty ne s'arrêta qu'une fois sur le parking de l'hôtel. À l'aide d'un couteau de plongée, elle entreprit alors de sectionner les lanières de la camisole dont Caine était toujours revêtu.

— Je vais vous raccompagner dans votre chambre, dit-elle. Essayez de faire bonne figure devant les gens du *desk*. Nous dirons que vous avez eu un accident de voiture.

Caine voulut approuver, mais, sous l'effet de la réaction nerveuse, il claquait des dents. Il avait du mal à surmonter le choc; jusqu'à la dernière seconde il avait été convaincu que les singes allaient le mettre en pièces.

Kitty refusa l'aide du chasseur et le soutint tout le temps qu'ils mirent à gravir l'escalier. Elle était forte et solide sous ses allures de jeune fille gâtée. Dès qu'ils furent dans la chambre, elle déshabilla le romancier. Caine se laissa faire. Il était trop secoué pour avoir encore le moindre réflexe de pudeur. Kitty avait ouvert les robinets de la baignoire. Si elle n'était pas chaude, l'eau était du moins parfaitement propre. Caine s'y laissa glisser. D'énormes hématomes marbraient déjà sa poitrine et son ventre, là où les infirmiers l'avaient frappé. Il renversa la tête en arrière et ferma les yeux. La jeune femme allait et venait dans la chambre, manipulant des flacons.

— Je vais nettoyer vos plaies et vous faire une injection antitétanique, dit-elle. J'ai pris la trousse de premier secours du bateau. J'espère que vous êtes vacciné contre la rage.

Caine s'abandonna, essayant de ne pas grimacer sous la morsure des désinfectants.

— J'ai parcouru votre carnet, murmura-t-elle tandis qu'elle officiait. C'est étrange... On dirait que c'est écrit par quelqu'un d'autre. C'est très beau. Tellement différent de vos histoires de Culturiste fou. Pourquoi ne les publiez-vous pas ?

— Je ne sais pas. Je crois que ça n'intéresserait personne.

— Vous vous trompez. Vous avez beaucoup de talent. C'est par pur masochisme que vous vous efforcez de passer pour un imbécile ?

Caine gémit. L'alcool à 90° coulait dans ses écorchures comme du feu liquide.

— Je vais vous laver, décida Kitty. Ne bougez pas.

Elle le savonna lentement. Elle procédait comme une infirmière, sans souci d'épargner la pudeur de son patient, lui nettoyant les parties intimes avec indifférence. Caine subit ces attouchements sans trouble aucun. Il était lessivé. Il avait la sensation affreuse que les singes allaient surgir tout à coup de derrière la porte et bondir dans la baignoire pour achever le travail qu'ils avaient commencé dans le parc.

— Vous êtes une boule de nerfs, constata la jeune femme. Allongez-vous sur le lit, je vais vous masser.

Elle l'aida à s'extirper de la baignoire. Caine aperçut son reflet dans le miroir, avec ses poils gris, collés, dégoulinants ; il se trouva l'air d'un grand chien efflanqué qu'on viendrait de sortir du canal. Il tituba jusqu'au lit et s'y étendit avec précaution.

— Vous êtes vraiment obligé de faire tout ça ? s'enquit Kitty d'une voix sourde. Je veux dire : prendre ces risques insensés, aller réveiller les fantômes d'une époque où les gens étaient tous plus fous les uns que les autres ?

— Oui, souffla Caine. Quand je me contente de vivre comme tout le monde j'ai l'impression d'être mort.

— C'est drôle, pouffa la jeune femme. Quand j'étais top model j'avais la même sensation. Mon psy y voyait un symptôme schizophrénique patent.

Elle rabattit le peignoir de bain sur les fesses maigres de Caine et commença à lui pétrir les muscles du dos.

— Alors vous l'avez trouvée, n'est-ce pas ? interrogea-t-elle. Carlita Pedrón, elle est là-bas, dans cet asile ?

Caine lui raconta ce qu'il avait appris au cours de sa brève entrevue avec la « star » déchue.

— Vous croyez qu'elle invente ? hasarda Kitty. Cette histoire d'or est tout à fait plausible.

— Et les courants ? Qu'en pensez-vous ? Vous qui êtes une spécialiste de la voile...

— Sans les coordonnées du lieu d'abandon, on ne peut pas déterminer quel courant a satellisé le yacht. Il y en a trop, et qui parcourent l'océan dans des directions contraires. Le bateau a pu partir vers le nord, le sud, l'ouest. Il nous faudrait au moins une indication pour restreindre les recherches.

Elle avait arrêté son massage, et traçait sur le drap, du bout de l'index, une carte approximative de la côte.

— Nous sommes dans une zone de turbulences extrêmes, insista-t-elle. Ces courants constituent de véritables couloirs d'aspiration où s'engouffre tout ce qui flotte à la dérive : vieilles barques, troncs d'arbre, cadavres...

— J'ai étudié les *derelicts*, dit pensivement Caine. On en a localisé qui sont devenus célèbres. La *Marie-Céleste*, par exemple. Certains de ces vaisseaux fantômes dérivaient depuis dix ans, sans personne à bord, et sans qu'aucun autre navire n'ait croisé leur route jusqu'au jour de leur découverte.

— Je sais, soupira Kitty. Mais, de nos jours, les épaves sont le plus souvent récupérées par les pirates.

— Pas *el Crucero*, riposta Caine. Personne n'oserait monter à bord de ce bateau. Il est maudit. Maudit et puissamment armé d'après ce que j'ai pu lire à son sujet.

— Vous êtes en train de vous embarquer dans une histoire de dingues, lâcha Kitty. De toute manière vous ne pouvez rien pour Carlita, n'est-ce pas ?

— Non, à moins de prendre l'asile d'assaut à la tête d'un bataillon de *marines*... C'est une opération qui pourrait tenter Bumper.

— À l'instant où cette fille sortira de sa cachette, elle sera lynchée, martela la jeune femme. Ne l'oubliez pas. Elle est en prison, d'accord, mais c'est sa seule chance de survivre. Pensez-vous qu'un consul accepterait de monter une opération pour la récupérer?

— Non, c'est hors de question. Elle s'est trop compromise avec Arcaño. On a dit d'elle qu'elle assistait aux séances de tortures et y prenait grand plaisir. Est-ce que c'était du roman? Nous ne le saurons jamais.

Kitty étouffa un bâillement. Décrochant le téléphone, elle appela le room service pour faire monter du café bouillant et de la vodka polonaise.

— C'était à un cheveu près, ce soir, dit-elle en se passant la main sur le visage. Si je n'étais pas montée ici et si je n'avais pas trouvé votre carnet ouvert sur le lit...

— C'est drôle, observa Caine. Parfois je ne me souviens même pas de ce que j'ai écrit. C'est un peu comme de l'écriture automatique. Je n'ai aucun souvenir conscient d'avoir parlé de la Colombra.

— Vous êtes un cinglé. Vous devriez repartir au Népal et recommencer à méditer, le cul vissé au sommet d'une montagne.

Le garçon d'étage frappa à la porte avant que le romancier ait eu le temps de répondre. Kitty fit le service, remplissant les verres et les tasses. Ils se mirent à boire en silence, alternant vodka glacée et café brûlant. Il faisait sombre dans la chambre qu'éclairait seulement la lumière provenant de la salle de bains dont la porte était demeurée entrouverte. Caine finit par s'endormir.

Ce fut la main de Kitty, secouant violemment son épaule, qui le réveilla. Il faisait jour et le soleil était déjà haut dans le ciel.

— Il se passe quelque chose! dit la jeune femme d'une voix sourde. Venez voir.

Caine voulut se redresser d'un bond, mais les hématomes constellant son torse freinèrent son ardeur. Ramenant sur lui les pans du peignoir de bain, il tituba jusqu'à l'ancienne baie vitrée. Kitty se tenait sur le balcon, le buste penché au-dessus de la rambarde.

— Là-bas! dit-elle en désignant un attroupement qui s'était formé à l'entrée du parking. On dirait qu'on pourchasse quelqu'un...

En effet, une horde de femmes hurlantes parcourait les ruelles en agitant des bâtons. Aucune d'entre elles n'avait pris cette fois la précaution de se munir du traditionnel parapluie noir. Des gosses précédaient ces furies, et elles encourageaient à fouiller les buissons, comme une meute de chiens de chasse lancés à la poursuite d'un gibier. D'où il se tenait, Caine n'eut aucun mal à localiser la « bête » poursuivie par les harpies. C'était une mince silhouette féminine qui se tenait pour l'heure ratatinée derrière un monceau d'ordures.

— Attendez, dit Kitty. J'ai des jumelles, dans mon sac.

Elle revint, brandissant une paire de 7 × 50 aux verres un peu rayés. Caine s'en empara, gagné par un pressentiment désagréable. Dès qu'il eut fait la mise au point, il jura grossièrement.

— C'est Carlita Pedrón, balbutia-t-il. Bon sang! C'est bien elle! Elle a réussi à s'échapper...

— C'est vous qu'elle vient voir, dit Kitty d'une voix blanche. Elle n'a pas eu grand mal à vous retrouver, il n'y a plus qu'un seul hôtel habitable en ville.

Caine observait la scène, les yeux rivés aux oculaires gainés de caoutchouc. Les lentilles lui donnaient l'illusion de se tenir à moins d'un mètre de la fugitive. Il la voyait haleter. Il discernait la sueur qui ruisselait sur son front. Elle avait essayé de cacher ses cheveux sous un fichu et s'était habillée d'oripeaux décolorés, sans doute volés à l'une des pensionnaires de la Colombra. Elle tenait quelque chose sous son bras, une sorte de baluchon fait d'un morceau de tissu écarlate. Dans l'espoir de tromper la curiosité des passants, elle s'était barbouillé les joues de terre, mais ce stratagème avait manifestement échoué. Quelqu'un l'avait reconnue. Une matrone prenant le frais sur le pas de sa porte. Une *abuela* en fichu noir qui s'était empressée de donner l'alerte. Déjà les abords du parking étaient noirs de monde. Une foule presque exclusivement composée de femmes jeunes ou vieilles, et qui hululaient en s'excitant au carnage, les unes les autres. Les gamins lancés en éclaireurs participaient activement à la chasse, n'hésitant pas à escalader les monceaux d'ordures ou à ramper dans les buissons. Recroquevillée derrière la haie que formaient les poubelles de l'hôtel, Carlita essayait de reprendre son souffle. Malgré son déguisement de pauvresse, elle restait belle, séduisante. Caine se fit la réflexion qu'elle avait l'air costumée pour un tournage. C'était sans doute cela qui avait éveillé la méfiance des commères : ce manque de naturel.

— Il faut prévenir la police, lança-t-il. Ces folles vont la massacrer.

— Vous ne connaissez pas les flics d'ici, ricana amèrement Kitty. Ils ne sont pas armés et ne se déplacent qu'à vélo. Ce sont les militaires qui assurent l'ordre. Et je ne suis pas convaincue qu'ils soient disposés à entrer en conflit avec la population pour sauver la « chienne du Boucher »...

Elle avait décroché le téléphone et appelait la

réception pour prévenir l'employé du *desk* du lynchage qui s'organisait sous les fenêtres de l'hôtel.

— Il faut descendre, lança Caine en cherchant ses vêtements. Nous ne pouvons pas laisser faire ça.

— Vous voulez nous faire massacrer ? hoqueta Kitty. Elles sont au moins cinq cents, et il en arrive de tous les côtés !

Elle n'exagérait pas. La meute des *abuelas* ne cessait de grossir. Vue d'en haut, elle évoquait un grouillement d'insectes noirs. Tout à coup un grand cri de victoire jaillit de la poitrine des matrones. Elles avaient découvert Carlita, recroquevillée dans son abri. Aussitôt des mains se tendirent, avides de faire mal.

— C'est trop tard, souffla Kitty en enfonçant ses ongles dans le bras de Caine. Elle est fichue.

Le romancier saisit les jumelles. Déjà, Carlita était emportée par la foule, soulevée, jetée dans les airs, secouée comme une poupée. Chaque fois qu'elle retombait, on lui arrachait une pièce de vêtement et une mèche de cheveux. Très vite elle se retrouva entièrement nue, le corps zébré de griffures. Elle se débattait en hurlant, mais la vocifération de la meute couvrait ses cris, et sa bouche grande ouverte ne semblait produire aucun son.

— Il faut descendre ! balbutia Caine.

Kitty s'accrocha à lui, l'empêchant de bouger.

— Non ! rugit-elle. Ces folles vont nous mettre en pièces. Je ne veux pas mourir pour cette pute ! Elle sera morte avant que nous soyons en bas.

La horde avait reflué vers l'entrée du parking. Les commères se pressaient les unes contre les autres, se bousculant, se battant presque. Chacune voulait sa part du carnage. Chacune voulait pouvoir griffer, pincer, cette peau laiteuse qui avait éveillé tant de rêves sales dans l'esprit des hommes. À présent Carlita n'avait presque plus de cheveux, et Caine eut un frisson de terreur en découvrant son crâne à demi chauve à travers les lentilles grossissantes des jumelles. Les matrones l'avaient presque scalpée, à mains nues, en empoignant chacune de ses mèches entre leurs gros doigts. Sans doute, en rentrant chez elles, jetteraient-elles sur la table du ménage leur part du scalp en disant à leur mari :

« Tiens, je t'ai rapporté un souvenir de la reine de l'Amazone. Je pensais que ça te ferait plaisir puisque tu n'en manquais jamais un épisode ! »

Carlita ne se débattait plus que mollement. Elle avait reçu tant de coups que ses yeux étaient fermés par l'enflure, comme ceux d'un boxeur massacré par son adversaire. La foule semblait la porter en triomphe, à bout de bras.

— Qu'est-ce qu'elles vont lui faire ? bégaya Caine.

— L'empaler, répondit Kitty. C'est ce qu'elles s'étaient toujours promis si elles lui mettaient la main dessus. L'empaler sur un de ces piquets où l'on suspend les filets, pour qu'ils sèchent.

— Mais qu'est-ce que font les flics ? s'emporta le romancier.

— Ils se planquent au coin de la rue en attendant la fin de la cérémonie, dit la jeune femme. Vous ne croyez tout de même pas qu'ils vont risquer de prendre un mauvais coup pour secourir la maîtresse du Boucher ?

Un cri terrible fusa soudain, dominant le grondement de la populace. Caine porta les jumelles à ses yeux. Carlita paraissait suspendue dans les airs, mais tout son corps était mou, et son menton reposait sur sa poitrine. Lorsque la foule s'écarta, il vit qu'on avait « assis » l'ancienne actrice sur une sorte de mât taillé en pointe que les pêcheurs avaient fiché dans le sol. L'épieu, en ressortant, lui avait crevé la peau du dos à la hauteur de la nuque. Le silence se fit, succédant au tumulte et aux you-you des femmes surexcitées. Les *abuelas* restèrent un moment figées, puis se dispersèrent en courant, poussant les enfants devant elles. En l'espace d'une minute le parking fut de nouveau vide. Les policiers arrivèrent alors, à pied, tenant leur vélo à la main. Caine abandonna les jumelles et sortit de la chambre, Kitty sur les talons. Le hall de l'hôtel était encombré de touristes effrayés, se serrant les uns contre les autres. Les employés de la réception, les garçons d'étage, les femmes de chambre, essayaient de leur dispenser des paroles rassurantes, ce qui n'était guère facile étant donné les circonstances. Lorsque Caine manifesta l'intention de gagner le parking, le responsable du *desk* essaya de l'en dissuader, mais le romancier ne lui prêta aucune attention.

À l'autre bout de l'aire de stationnement, les policiers en short kaki examinaient le cadavre de Carlita Pedrón, toujours empalé. Seraient-ils seulement capables de l'identifier ? Après ce qu'avait subi la jeune femme, Caine n'en était pas certain. La main de Kitty se referma sur son bras, l'arrêtant dans son élan.

— Ça ne sert plus à rien, murmura-t-elle. Ne faites pas de zèle inutile. Ces flics sont déjà de mauvaise humeur à l'idée qu'il va leur falloir rédiger un rapport.

Caine hocha la tête. Elle avait raison. Il s'immobilisa, fouillant machinalement dans ses poches. Il ne fumait pas, il n'avait même jamais fumé de sa vie, mais chaque fois qu'il était sous le coup d'une émotion vive, il se répétait qu'une cigarette l'aurait sûrement aidé à surmonter l'obstacle. C'était idiot, mais il avait soudain envie d'aspirer à pleins poumons la fumée âcre d'un tabac hautement cancérigène et de faire cliqueter le capot d'un gros Zippo nickelé. Comme si ces gestes magiques allaient le rendre plus fort. Il haussa les épaules. Subitement, alors qu'il allait rebrousser chemin, il avisa quelque chose derrière le rempart des poubelles renversées où s'était abritée Carlita. C'était le baluchon rouge qu'elle serrait contre sa poitrine au moment où elle était entrée dans le champ des jumelles. Elle avait lâché le paquet lorsque les matrones l'avaient empoignée, et, dans la confusion qui s'était ensuivie, personne n'avait prêté attention à ce ballot que fermait un nœud grossier. Caine s'assura que personne ne pouvait le voir, et s'empara du bagage. Ses doigts tremblaient en desserrant le nœud. Le châle, une fois défait, contenait une vingtaine de cassettes vidéo sur lesquelles étaient enregistrés les quatre-vingts épisodes de *La reine de l'Amazone*... et le roman que Caine avait utilisé comme carte de visite. Il soupira, déçu par ce butin dérisoire. Quittant l'asile, Carlita avait tenu à emporter ce qui, à ses yeux, constituait l'œuvre majeure de sa vie : la minable série télévisée dont elle avait été jadis la vedette.

Le roman, la soixante-quatrième aventure du Culturiste fou, ajoutait une note pathétique à cet ultime choix.

— Hé ! souffla Kitty. Regardez à l'intérieur du bouquin, il y a quelque chose d'écrit sur la page de garde...

Caine se dépêcha d'ouvrir le livre. On avait effectivement couvert les premiers feuillets d'une grosse écriture enfantine qui avait tendance à s'envoler en bout de ligne, comme si celle qui l'avait tracée n'avait pas l'habitude d'écrire ailleurs que sur du papier quadrillé.

« *Cher Monsieur Caine*, disait le message. *Votre visite m'a fait comprendre que je ne pouvais pas rester éternellement cachée à la Colombra. Je sais que vous avez échappé aux singes, j'ai entendu Chico, Carlos et les autres en parler ce matin. Je vais m'enfuir pendant qu'ils s'occupent du déjeuner des dingues. Ce n'est pas très difficile. Ils ne me surveillent pas, ils savent que mes chances de survie à l'extérieur sont très réduites. Ils ont raison, mais ça ne fait rien, je vais tenter le coup. Les serrures ne sont là que pour me protéger de la curiosité des cinglés, pas pour m'empêcher de partir, et j'ai la clé.*

Je ne vous ai pas menti pour l'or. Le trésor existe, c'est vrai, je le jure. Je vais me déguiser et j'irai à votre hôtel. Il n'y en a plus qu'un à San-Pavel. Si vous n'êtes pas là, je déposerai ce paquet à la réception, pour vous, et j'essaierai de me cacher quelque part jusqu'au soir, en attendant votre retour, parce qu'on ne me laissera pas monter habillée comme je le suis. J'ai peur. C'est la première fois que je mets le nez dehors depuis trois ans. Si les choses tournent mal (vous voyez ce que je veux dire, mais je ne l'écris pas parce que ça pourrait me porter malheur) prenez ce qu'il faut sur ma part du trésor et graissez la patte aux gens de la télévision californienne pour qu'ils diffusent La reine de l'Amazone, *ça me ferait très plaisir. Je vous mets les cassettes dans le paquet, comme ça, ça sera plus simple pour vous. Je ne serai peut-être plus là pour voir le feuilleton, mais cette idée me donne le courage de ficher le camp.* »

Le message s'arrêtait là, mais un peu plus loin,

au-dessus de la mention *Chapitre Premier,* on avait rajouté d'une écriture chaotique et presque illisible : « *Je crois que les bonnes femmes m'ont reconnue. Je suis fichue. Pour la personne que vous savez, allez jusqu'à Rancho-Colonial et entrez dans la forêt. Une heure de marche vers le sud. N'oubliez pas de faire diffuser le feuilleton.* »

Le texte était rédigé d'une manière phonétique, et Caine dut le relire deux fois avant de parvenir à le déchiffrer dans sa totalité. Kitty se pressait contre lui, essayant de regarder par-dessus son épaule.

— Elle vous donne l'emplacement de la planque de Sozo, observa-t-elle. Rancho-Colonial, c'est une ancienne mission en ruine que la forêt a fini par engloutir. Vous irez ?

Caine referma le roman et refit le baluchon. Kitty eut un ricanement.

— Vous emportez les cassettes ? Vous n'allez tout de même pas les faire diffuser ?

— Pourquoi pas ?

— Mon Dieu ! Vous êtes d'un romantisme tellement ringard que j'ai envie de vous flanquer des claques. Cette fille était une pute, et elle a partagé l'intimité d'un monstre sans jamais s'en offusquer. Flanquez ces merdes à la poubelle et n'en parlons plus.

Mais Caine avait déjà tourné les talons pour regagner l'hôtel. Kitty le suivit avec un temps de retard. Elle semblait furieuse.

— Vous allez partir à la recherche de Sozo ? interrogea-t-elle. Vous aurez besoin d'un guide, et d'une voiture. Rancho-Colonial, c'est très loin. Plus personne ne va dans ce coin-là depuis le dernier séisme. Le terrain est instable.

— Pourquoi cela vous inquiète-t-il ? persifla Caine. On dirait que vous vous sentez soudain impliquée dans cette affaire ? C'est le mot « trésor » qui vous a fait changer d'avis ?

— Je vous ai sauvé la vie, rétorqua sèchement la jeune femme. Vous n'avez pas le droit de me parler comme ça. Si nous étions des Indiens de la côte vous m'appartiendriez, comme un esclave. J'aurais désormais la liberté de décider de votre existence comme de celle d'un enfant. Je pourrais vous imposer d'être mon mari ou mon ouvrier, et vous devriez chaque soir m'en remercier en me lavant les pieds et en me préparant mon dîner.

— Ne rêvez pas, dit Caine. Vous n'êtes pas indienne, et pour ce qui est du dîner je ne suis pas sûr que vous seriez emballée, j'ai des habitudes alimentaires déplorables.

— Je sais, fit Kitty. Pancakes et sirop d'érable.

Ses doigts se refermèrent sur le poignet du romancier.

— Vous irez à Rancho-Colonial ? répéta-t-elle.

— J'ai très peu de qualités, dit Caine. Mais je suis entêté. Je vais toujours jusqu'au bout de ce que j'ai commencé.

6

La jeep cahotait sur la route défoncée. Au fur et à mesure qu'on se rapprochait de la jungle, Caine se sentait submergé par une moiteur pourrissante qui lui donnait l'impression d'avoir la fièvre. Tout son corps se liquéfiait, comme s'il avait soudain décidé de rendre l'eau contenue dans ses tissus. Il songea que sa veste de cuir allait puer encore un peu plus. Jadis, ç'avait été un sujet de dispute avec sa femme, Mary-Sue. Elle ne comprenait pas qu'il puisse conserver cette relique de sa jeunesse qui empestait le bouc à dix lieues à la ronde, cette veste de combat truffée de multiples poches dans laquelle il avait transpiré sous toutes les latitudes. Malgré les scènes de ménage, il s'était toujours refusé à faire nettoyer le vêtement par des spécialistes. Il avait l'impression que s'il avait agi ainsi, il aurait perdu quelque chose de son passé. Un peu comme s'il avait soudain jeté au feu les albums contenant toutes les photographies de son enfance. Il ne lui déplaisait pas d'imaginer que la sueur de ses vingt ans était toujours là, stockée dans l'épaisseur du cuir craquelé, comme à l'intérieur d'un buvard. Caine était un incurable romantique.

Kitty conduisait la tête rentrée dans les épaules, les doigts noués sur le volant, comme si elle se battait avec la piste. À chaque virage, les muscles saillaient sur ses avant-bras et on avait l'impression qu'elle affrontait le véhicule en un étrange rodéo. Caine observait le paysage. Point n'était besoin de grandes connaissances en géologie pour constater que les glissements de terrain avaient ravagé les lieux. Des centaines d'arbres brisés s'entassaient en un affreux pêle-mêle de chaque côté de la piste. La coulée de boue, à présent durcie, les avait à demi engloutis. Des millions de parasites grouillaient sous les écorces, se nourrissant de la pulpe du bois pourri. Seuls les Indiens se risquaient encore ici, pour collecter les larves qui constituaient leur ordinaire et les empêchaient de mourir de faim.

— C'est à moi de vous demander maintenant pourquoi vous vous lancez dans cette aventure ?

hurla Caine pour dominer le bruit du moteur. Vous n'avez pas le profil d'une femme désirant fourrures et bijoux...

— J'ai déjà eu tout ça, ricana Kitty. Le vison, les diamants, les résidences luxueuses. Quand on est top model, ce n'est pas difficile, tous les hommes veulent vous coucher sur un matelas de dollars.

— Alors? insista Caine. Pourquoi m'emboîter le pas?

— Peut-être pour m'offrir le luxe de venir en aide à ces familles qui bouffent des vers, qui font rôtir des cancrelats pour ne pas crever de faim... et dont les hommes politiques se fichent complètement.

— Une œuvre caritative dont vous seriez le sponsor indépendant?

— Pourquoi pas? Je ne suis pas douée pour aller mendier des fonds, pour quêter avec ma petite sébile et mon gentil sourire auprès des grandes compagnies. Je l'ai fait, mais ceux qui signent les chèques m'ont rapidement laissé entendre que le nombre de zéros augmenterait si j'écartais davantage les cuisses. Je n'ai pas encore atteint le degré de sainteté suffisant pour me désintéresser complètement de ce qui arrive à mon corps, vous comprenez? Alors je me dis : ce trésor, pourquoi pas? En le redistribuant aux pauvres ce serait une sorte de blanchiment.

Caine se garda de tout commentaire. Kitty était-elle sincère ou se moquait-elle de lui? Il s'avouait incapable de trancher, mais la conversion de la jeune femme n'avait rien d'exceptionnel après tout, on avait déjà vu des mannequins-vedettes devenir petites sœurs des pauvres, terroristes, ou aides-soignantes bénévoles quelque part dans l'un des multiples enfers du tiers-monde.

— C'est une histoire de dingue, insista Kitty. Avez-vous seulement pensé à ce que vous ferez lorsque vous vous retrouverez en face de Sozo ? Vous voulez vous associer avec cette ordure ? Vous croyez qu'il va vous donner pour rien les dernières coordonnées du yacht ? Vous serez forcé de l'emmener avec vous, et qu'est-ce qui se passera quand vous aurez mis la main sur le bateau fantôme ? Vous partagerez le magot, tranquillement, sans l'ombre d'un remords ? Ou bien vous croyez-vous assez fort pour le supprimer à ce moment-là ?

— Ne vous excitez pas, lâcha Caine. Si je vais à Rancho-Colonial c'est parce que je pense que Sozo est mort depuis longtemps. Sinon pourquoi aurait-il abandonné Carlita et son projet de sauvetage ? Je crois que si nous trouvons sa planque, nous avons une chance de découvrir une indication, un message, quelque chose... C'était un énorme secret. Il a peut-être essayé de le consigner quelque part. De tracer un plan ou je ne sais quoi... Il faut tenter le coup.

La jeune femme arrêta la jeep au pied d'une énorme souche hérissée d'échardes. Le bois spongieux grouillait de vermine.

— À partir d'ici il vaut mieux continuer à pied, annonça-t-elle. Mais attention à la boue, à certains endroits elle est aussi dangereuse que les sables mouvants. Posez de préférence vos semelles sur les pierres, et sondez le sol avec un bâton au fur et à mesure que vous avancez.

La touffeur des lieux était suffocante, l'odeur de pourriture végétale si intense qu'elle avait quelque chose d'excrémentiel.

— Qu'est-ce que vous savez de Sozo ? murmura Caine en mettant soigneusement ses pas dans ceux de sa compagne.

— Pas grand-chose, soupira Kitty. C'était une sorte de chien fidèle. Un Indien pétri de superstition. Il vivait dans l'ombre d'Arcaño. On dit aussi qu'il avait beaucoup d'imagination dès qu'il s'agissait de torturer un prisonnier. Il était bossu, mais c'est assez fréquent ici, à cause des mariages consanguins dans les tribus en voie de disparition. Certains clans sont tellement isolés du reste du monde qu'il ne leur reste plus que la solution de l'inceste s'ils ne veulent pas disparaître.

Ils se turent car un bâtiment en ruine venait d'apparaître devant eux. La bâtisse, dont l'architecture évoquait celle d'une église espagnole, avait été littéralement avalée par la végétation. Des arbres avaient poussé entre ses murs, crevant le toit. Des branches jaillissaient du clocher fissuré, et des torrents de lianes débordaient des fenêtres ogivales. La maçonnerie écartelée, émiettée par cette formidable poussée interne ne tenait plus debout que parce que la végétation l'enveloppait d'une espèce de filet naturel empêchant l'éboulement des pierres. Ce spectacle emplit Caine d'un mauvais pressentiment, et il frissonna à l'idée qu'ils allaient devoir s'engager sous le couvert.

— Ici la nature est plus forte que tout, murmura Kitty. C'est comme si la forêt voulait cicatriser. Un jour elle se refermera sur San-Pavel, et ce sera peut-être aussi bien comme ça.

Elle sortit une boussole de son sac et fit le point.

— C'est par là, dit-elle en jetant un coup d'œil à sa montre. Une heure de marche. Vous croyez qu'il est toujours là ?

— Est-ce qu'on peut survivre trois ans dans cet enfer ?

— Oui, quand on a du sang indien.

Dès qu'ils eurent franchi la lisière de la forêt, ce fut comme s'ils entraient dans la nuit. La voûte végétale était si dense qu'elle interceptait presque complètement la lumière du soleil. Une pénombre glauque régnait entre les troncs. Les hautes herbes, gluantes de sève et d'humidité, montaient au-dessus de leur tête. Kitty commença à s'ouvrir un chemin à la machette. La progression était lente et oppressante. Pendant une heure ils n'échangèrent pas un mot et se relayèrent au coupe-coupe, puis Caine trébucha sur le premier cadavre... Plus exactement son pied se posa sur une cage thoracique dont les os craquèrent. Il se figea, mais Kitty lui tapa sur l'épaule pour le rassurer.

— C'est un squelette de singe, haleta-t-elle. Ne paniquez pas.

Caine se remit en marche. Trois mètres plus loin, sa chaussure heurtait un crâne couvert de mousse.

— Bon sang, souffla-t-il. Il y en a partout. Regardez, c'est un cimetière...

C'était exactement cela. Un cimetière ou un champ de bataille. Ici l'herbe était plus rase qu'ailleurs, comme si on l'avait approximativement tondue pour dégager une sorte de clairière au centre de la forêt. Les squelettes se comptaient par dizaines, parfois disloqués, parfois intacts, à des stades divers de la pourriture. L'odeur levait l'estomac. Caine n'osait plus bouger, rien autour de lui n'expliquait cette hécatombe. S'agissait-il d'une guerre entre primates ? Un universitaire très sérieux lui avait affirmé un jour que les singes n'hésitaient nullement à se faire la guerre, comme les hommes, et à s'exterminer en de sanglants combats. Il consulta sa montre. Il y avait un peu plus d'une heure qu'ils marchaient. Si les renseignements communiqués par Carlita étaient exacts, ils devaient se trouver sur le territoire de Sozo, l'adjoint fidèle du bourreau de San-Pavel. Kitty respirait avec difficulté. La sueur avait inscrit sa coulée sombre sur le devant de son T-shirt militaire.

— C'est là, chuchota-t-elle. Et il est toujours ici. Regardez, certains de ces cadavres sont là depuis moins de trois jours.

Caine plissa les yeux et tourna lentement la tête, essayant de découvrir une cabane, un abri, mais le tissu végétal était si dense qu'on aurait pu y cacher une locomotive sans grande difficulté. Depuis qu'il était entré dans la clairière, le romancier avait la certitude d'être observé. C'était comme une démangeaison mentale assez désagréable.

— *Vous*... gronda soudain une voix qui tombait des arbres. Ne bougez pas... *Je vous vois*. Est-ce que vous êtes morts ou vivants ? Hein ? *Morts ou vivants ?*

Caine, qui parlait pourtant parfaitement l'espagnol, avait du mal à saisir tous les mots. Sans doute parce que la prononciation en était relâchée, pâteuse, à la limite du bredouillement. On eût dit l'invective d'un homme pris de boisson s'apprêtant à franchir la dangereuse frontière du *delirium tremens*.

— Morts ou vivants ? hurla de nouveau la voix.

Kitty frissonna. Il y avait quelque chose de bestial dans ce timbre caverneux. Une sauvagerie qui ne demandait qu'à exploser.

— Vivants ! répondit Caine sans réfléchir. Vivants et amicaux. Nous n'avons pas d'armes.

Il leva ses paumes nues pour faire preuve de sa bonne foi.

— Déshabillez-vous... ordonna la voix. Faut que je vérifie si vous n'avez pas de blessures. Vous pourriez être des morts déguisés... pour me tromper... et je serais forcé de vous détruire... Déshabillez-vous et tournez sur vous-même, pour que je voie bien votre corps...

— Obéissons, souffla Kitty. Ou sinon ce cinglé va nous flinguer comme les singes.

Elle avait déjà jeté son sac sur le sol et se dépouillait de son T-shirt. Caine l'imita. Ils furent bientôt nus au seuil de la clairière, leurs vêtements entassés sur le sol.

— Tournez, commanda la voix. J'ai des jumelles. Je peux voir si vous avez des plaies. Je ne laisse jamais les morts m'approcher... Jamais...

Caine et Kitty pivotèrent, les bras levés au-dessus de la tête. La peau de la jeune femme paraissait incroyablement blanche dans la lueur glauque du sous-bois. Caine ne put s'empêcher de constater qu'elle était très belle.

— Ça va... dit la voix. Vous pouvez venir. Mais ne vous rhabillez pas. Je veux pouvoir surveiller vos corps.

Ils se mirent en marche, enjambant les ossements des singes entassés. Caine nota que la plupart des crânes avaient explosé sous l'impact d'une balle de fort calibre. Quand ils eurent atteint le centre de la clairière, ils distinguèrent enfin une espèce de casemate juchée entre les branches d'un arbre à l'écorce rougeâtre. Une échelle de corde permettait d'y accéder. Pour le moment, elle était repliée à mi-hauteur.

« Bon sang, constata Caine avec un rire nerveux. C'est la cabane de Tarzan ! »

Mais au fond de lui-même il grelottait de peur. L'échelle fut dénouée et se déroula jusqu'au pied

116

de l'arbre en faisant pleuvoir des débris d'écorce sur la tête du romancier. Caine leva les yeux. Il distingua une figure hirsute au milieu des frondaisons. Un être contrefait, enveloppé dans des haillons, et dont le visage était à moitié mangé par une barbe broussailleuse. « Sozo », pensa-t-il en saisissant le premier barreau de l'échelle.

— Grimpez, dit l'ancien gorille. Je vous observe... J'ai un fusil et des balles, plein de balles... Si vous êtes des morts revenus pour m'embêter, je vous ferai exploser la tête...

Il avait de toute évidence perdu la raison. C'était sans doute pour cela que Carlita avait vainement attendu son retour. Caine entreprit de se hisser. C'était une échelle artisanale faite de simples bambous enchâssés dans des tresses de liane. Il lui fallut parcourir une hauteur d'environ dix mètres avant de pouvoir prendre pied sur la plate-forme entourant la cabane. Sozo s'était recroquevillé à l'autre bout de cet espèce de radeau coincé entre les fourches de quatre branches maîtresses. Sur le qui-vive, il brandissait un fusil rouillé dont il caressait nerveusement la détente. Sa barbe et ses cheveux emmêlés lui donnaient l'aspect d'un naufragé ayant peu à peu perdu toute humanité. Caine remarqua qu'il haletait et que ses pupilles n'étaient plus que deux énormes trous noirs. Kitty se hissa à son tour sur la plate-forme. Elle ne paraissait nullement gênée par sa nudité. Probablement avait-elle appris à perdre toute pudeur lorsqu'elle était mannequin.

— Approchez... balbutia Sozo. Faut que je vous touche. Faut que je voie si vous êtes chauds... Les morts sont glacés. Complètement glacés. Ils viennent, la nuit, poser leurs mains sur moi, pour me faire mourir de froid. C'est pour ça que je ne dors plus... Je monte la garde... Sinon ils viendraient me voler ma chaleur...

Brandissant son fusil d'une main, il se dandina à la façon d'un crabe pour s'approcher de Kitty. Sa main gauche, noire, terreuse, sortit de dessous ses haillons pour se poser sur le ventre de la jeune femme qu'elle palpa.

— Oui... oui, balbutia Sozo. Elle est chaude. Elle est vivante... pleine d'organes qui remuent sous la peau. À toi maintenant...

Caine dut se prêter à l'examen. La paume de l'ancien tortionnaire laissa une empreinte gluante sur son épiderme. Sozo paraissait avoir repris confiance. Il se laissa tomber sur la plateforme et releva le canon de son arme. La distorsion de son épaule s'était beaucoup accentuée au cours des dernières années et la bosse qui déformait son dos le pliait maintenant en deux. L'infirmité comprimait ses poumons et gênait ses mécanismes respiratoires, si bien que le moindre mouvement le mettait au bord de la suffocation, tel un asthmatique en pleine crise.

Caine et Kitty s'agenouillèrent avec précaution. La plate-forme était faite de rondins attachés avec des lianes. La cabane s'enracinait sur ce socle plus ou moins branlant, paillote de bambou, d'écorce et de feuilles habilement tressés. L'abri dégageait une puanteur qui prenait à la gorge. Caine crut y distinguer un sac de couchage militaire, une moustiquaire rapiécée, des caisses dont il ne put déchiffrer les inscriptions. On marchait sur les douilles qui formaient un tapis cliquetant. Une gamelle traînait, emplie d'une bouillie grisâtre. Caine se demanda s'il ne s'agissait pas d'une décoction de champignons hallucinogènes.

— Je m'étais caché ici, expliqua péniblement

Sozo. Mais les morts m'ont retrouvé... Ils n'arrêtent pas de me harceler. Je vois leurs silhouettes entre les troncs... Ils portent des manteaux de fourrure, comme les belles dames du palais présidentiel, dans le temps. Je leur dis de se déshabiller, comme j'ai fait avec vous, mais ils n'obéissent jamais. Ils s'obstinent à garder leurs manteaux malgré la chaleur... Alors je tire. Dans la tête. C'est de leur faute... Ils n'ont qu'à se déshabiller et à me montrer leur corps...

D'un geste tremblant il désigna la clairière où s'entassaient les cadavres des singes.

— Les morts, dit-il en baissant la voix. Ils ont la peau pleine de plaies... Des marques de tenailles... des brûlures de cigarette... Des morceaux de chair enlevés à la ponceuse, aussi... Je sais que c'est pour moi qu'il viennent, pour me montrer ce que je leur ai fait dans les caves du palais. *Mais ça sert à quoi?* C'est du passé tout ça... Je faisais ce que Son Excellence me demandait de faire, c'est tout. J'étais un bon ouvrier... J'essayais de contenter mon patron... Est-ce qu'on punit un bon charpentier? Ça ne tient pas debout ces histoires.

Il s'interrompit, dévisagea Caine et Kitty d'un œil fou et apeuré. Le romancier suait à grosses gouttes. Il s'était placé devant la jeune femme, essayant de masquer la nudité de sa compagne au cas où ce spectacle aurait allumé des idées gênantes dans la cervelle de l'idiot.

— C'est Carlita qui nous envoie, dit-il en détachant les syllabes. Carlita. La reine de l'Amazone.

— Ah! Carlita! répéta Sozo. Oui... oui... La petite poupée de Son Excellence. Elle était si mignonne avec son pagne en peau de léopard. Je regardais tous les épisodes sur la télé du palais. J'ai même tourné dans l'un d'eux... Si! Si! c'est vrai... J'avais rien à dire mais je jouais le rôle d'un sorcier... C'est Carlita qui avait demandé au metteur en scène de m'engager... Ça s'appelait *La reine de l'Amazone et le roi des crocodiles*. C'était pas moi qui faisais le roi des crocodiles, juste le sorcier, mais c'était bien quand même. Elle était gentille, Carlita.

Il se tut, soudain en alerte, le fusil de nouveau brandi. Un singe se faufila entre les lianes, atterrit dans la clairière et plongea dans les broussailles.

— Vous avez vu? triompha Sozo. Une fille avec un manteau de fourrure, encore! Un mort de plus qui venait exhiber ses plaies... *Qu'est-ce que j'en ai à fiche?* J'ai fait que mon travail. Le mieux possible, et j'avais pas le choix, Son Excellence ne rigolait pas avec le boulot. Souvent il me disait : « Mon vieux Sozo, si tu ne fais pas parler ce porc, je te jure que je te rentre ta bosse dans le corps, même si pour ça je dois t'allonger sous un marteau-pilon. » Alors les morts ils peuvent bien se pavaner sous mon nez avec leurs blessures, j'ai rien à me reprocher... J'étais une sorte de plombier, et eux c'étaient les tuyaux. Les tuyaux on les travaille au chalumeau, à la scie, à la tenaille, n'est-ce pas ?

Il se rassit, serrant son fusil contre lui. Le métal en était tout brillant là où ses mains ne cessaient de le caresser.

— Un plombier, répéta-t-il pour lui-même.

Caine ne savait comment procéder. Il redoutait une brusque explosion de colère. Encerclé par la jungle et par ses remords, Sozo avait de toute évidence perdu la tête depuis longtemps déjà. La piste du trésor s'arrêtait peut-être là, car comment extirper de cette cervelle détraquée les coordonnées exactes du naufrage ? Caine sentit le découragement le gagner. Le silence s'installa. Sozo semblait avoir oublié l'existence de ses visiteurs. Il chantonnait un air de tango, l'œil en éveil, surveillant le lacis de lianes derrière lequel se cachaient les singes.

— L'important c'est de ne pas dormir, dit-il sur le ton du secret. Si l'on dort, les morts se rapprochent... Il faut manger des champignons... *Estupendosos...* et le sommeil s'en va. Plus besoin de fermer les yeux, jamais...

Une heure s'écoula ainsi. Caine sentait ses genoux s'ankyloser. Il était étonné de voir sa sueur couler avec une telle régularité. N'aurait-il pas dû déjà être plus sec qu'une vieille momie ? La moiteur de la jungle lui paralysait l'esprit et une énorme migraine cognait à ses tempes, lui rendant toute réflexion difficile. Par bonheur, Kitty vint à son aide.

— Sozo, murmura-t-elle, vous étiez sur le bateau avec Son Excellence quand la tempête a éclaté...

— Comment vous savez ça ? aboya le bossu.

Il avait sursauté, leur faisant face, ses sourcils velus plissés par la méfiance.

— Carlita, s'empressa de lancer Caine. C'est Carlita qui nous l'a dit... Carlita a dit que vous vouliez affréter un bateau pour partir au secours de Son Excellence.

— Oui... oui, admit le fou. *El Crucero* n'a pas coulé. Je le sais. J'ai longtemps surveillé la plage pour voir si on trouvait des débris... Non, il ne pouvait pas couler... C'était un bateau militaire, en acier... J'ai été lâche, j'aurais dû rester, mais j'avais peur de la mer... Toute cette eau, tout ce bruit... et la colère des vagues... Ce n'était pas une bonne façon de mourir. J'aurais eu l'impression d'être dévoré, avalé par l'océan... Un coup de couteau, une balle, oui, mais pas ça. J'ai eu peur... Je suis monté dans le canot avec les autres. Et la barque s'est retournée avant d'avoir atteint la plage. Je ne sais pas comment j'ai réussi à nager. Je me suis caché dans les rochers pendant qu'on torturait les autres marins. Après... Après je suis entré dans la forêt.

Il marmonnait, évoquant sa longue planque dans la jungle. Il avait vécu comme un animal, sortant de temps à autre pour agresser un soldat, voler un fusil, des munitions, dans un poste de surveillance avancé. Il s'était déplacé, à plusieurs reprises, cherchant la cachette la plus sûre. Lorsque sa barbe avait suffisamment poussé, il avait commencé à se risquer en ville, pour retrouver les autres, ses anciens compagnons, mais tout le monde était mort. Il ne restait plus que Carlita. Carlita que certains croyaient noyée avec le Boucher. Sozo savait que c'était faux. Carlita se cachait, comme lui. Il fallait la retrouver. Cela lui avait pris des mois et des mois. Déguisé en vendeur de citrons, il hantait les ruelles. À force de vivre recroquevillé au fond des trous humides, sa bosse s'était développée, faisant de lui un infirme méconnaissable. Jamais on ne l'avait inquiété. Lorsqu'il avait retrouvé Carlita, la petite reine de l'Amazone, il avait cru que les forces allaient lui revenir, qu'ils allaient pouvoir, tous les deux, partir à la recherche de Son Excellence. Il avait même traîné sur le port, essayant de dénicher le bateau qui conviendrait. Une grosse barque solide, pas trop compliquée à manœuvrer. Il suffirait de la voler, ensuite... Ensuite, hélas, les morts avaient commencé à le persécuter, à venir lui voler sa chaleur, et il avait dû renoncer à sortir de sa cachette. Il était resté sous le couvert, mangeant des fruits, piégeant des rongeurs, ramassant les larves qui pullulaient sous les écorces. Il n'avait pas beaucoup de besoins, son estomac savait se contenter de peu.

Caine tenta à plusieurs reprises de lui faire raconter la tempête, le naufrage, mais Sozo se contentait de répéter les mêmes phrases, les mêmes mots. Parfois il s'arrêtait au milieu de son discours pour se mettre à fredonner un tango :

Se oían en el campo los gritos de los soldados,
Ahora, el crepúsculo tiene la color de la sangre
La derrota es amarga...

Il n'allait jamais plus loin que cette « amère défaite » et reprenait le couplet depuis le début, inlassablement.

Vers le soir, il alluma une pipe de marijuana qu'il tendit à Caine après en avoir tiré quelques bouffées.

— La demoiselle aussi, insista-t-il en désignant Kitty. Il faut faire provision de courage pour la nuit.

Caine prit garde d'inhaler le moins possible, mais l'herbe était très forte, redoutable même, et la tête lui tourna.

— La nuit, marmonna Sozo en levant un doigt vers la voûte végétale, la nuit va venir. Vous allez partager ma hutte... Je vous aime bien. Je chanterai pour la demoiselle, je connais plein de chansons, je les passais sur un électrophone quand je travaillais dans la cave du palais. Parfois c'était long, et je m'ennuyais.

À l'idée de passer la nuit dans la cahute de l'idiot, Caine sentit un frisson lui hérisser l'échine. Les moustiques le harcelaient depuis qu'il avait quitté ses vêtements et sa peau n'était plus qu'un immense semis de cloques. Il songea aux pastilles contre la malaria qui étaient restées dans la poche de sa veste de cuir. Kitty n'était pas mieux lotie. À force de grattage, ses seins étaient constellés d'estafilades rosâtres.

— Entrez! ordonna Sozo en désignant l'ouverture qui permettait d'accéder à la casemate. La nuit sera bientôt là. Il faut se barricader.

Caine se courba. L'odeur était effroyable. Un mélange d'urine et de crasse qui vous suffoquait à la première bouffée. Sozo fit entrer Kitty, puis obtura l'ouverture au moyen d'un panneau de bambous qu'il lia fortement. Il ne lâchait jamais son fusil très longtemps, et Caine vit, dans la trouée de ses hardes, qu'il portait un pistolet automatique à la hauteur du nombril. La casemate était si basse qu'il ne fallait pas espérer s'y tenir autrement qu'agenouillé. Le long de la paroi, on avait entassé des caisses d'aspect militaire. Des rations volées dans un poste avancé, ainsi qu'une grande quantité de cartouches. Sozo ouvrit une boîte de bœuf qu'il fit circuler à la ronde pour que chacun puisse y piocher avec les doigts, puis il désigna la paillasse, sous la moustiquaire.

— Vous allez vous coucher contre moi, décida-t-il. Pour me tenir chaud. Il y a trop long-temps que les morts me volent ma chaleur. C'est à mon tour maintenant...

Comme Caine hésitait, Sozo devint véhément, et il fallut obéir. Kitty s'allongea sur le flanc, essayant de cacher ses seins et son ventre. Sozo se défit de ses haillons, dévoilant son corps maigre et distordu. Sa bosse était énorme sous la peau tendue à craquer. Il s'allongea sur la paillasse, avec pour seul vêtement son pistolet qui lui pendait sur le bas-ventre dans un étui de cuir graisseux. Tout de suite il se colla contre la jeune femme qu'il enlaça de ses bras maigres.

— La chaleur de la demoiselle est bonne, marmonna-t-il. Elle me fait du bien aux os.

Redoutant le pire, Caine chercha du regard un objet qu'il pourrait faire exploser sur le crâne du fou au cas où les choses prendraient mauvaise tournure. Du bout des doigts il attira une calebasse. Il dut rejoindre le couple sous la moustiquaire et se coller lui aussi contre Sozo qui grelottait.

— C'est l'heure de la fièvre, hoqueta le bossu. Il me faut de la chaleur. La chaleur des vivants... C'est bien, votre peau est bonne, vous allez me guérir.

Caine serra les dents. Il lui semblait déjà sentir la vermine le recouvrir. Sozo ne semblait pas attendre d'eux autre chose qu'un simple contact épidermique. L'usage continuel de la drogue l'avait sans doute réduit à l'impuissance depuis longtemps, mais c'était déjà une dure épreuve de supporter son intimité sur cette couche que la saleté avait graissé de son suif. Après quelques minutes de marmonnements incompréhensibles, il s'endormit. Caine, en dépit des bruits de la forêt, entendit claquer les dents de Kitty.

— Ça va? s'enquit-il à voix basse.

— Je crois que je vais devenir folle, gémit la jeune femme. Est-ce que vous pensez qu'il va nous tuer?

Tout était à craindre, et Caine n'était guère rassuré quant à la suite des événements. D'ailleurs le répit fut de courte durée car Sozo s'éveilla au bout d'un quart d'heure.

— Ils ne sont pas venus? demanda-t-il. Les morts, ils ne vous ont pas touchés?

— Non, non, s'empressa de répondre Caine. Tout va bien.

— Alors il faudra que vous restiez avec moi, décida le bossu. Vous me faites du bien. Avec vous je sens que je vais guérir. Quand j'irai mieux, il faudra aller chercher Carlita et partir au secours de Son Excellence.

Caine eut l'impression que ses cheveux se dressaient sur sa tête. Avait-il bien compris ? Le bossu leur avait-il réellement annoncé qu'ils étaient désormais ses prisonniers ?

— Ta femme transpire bien, observa Sozo. Avec vous je vais vite redevenir un homme. Quand j'aurais retrouvé mes forces de jadis je vous ferai l'amour, à tous les deux. J'avais beaucoup de femmes dans le temps. Toutes les prisonnières du palais. Elles m'aimaient bien parce que je savais leur faire découvrir le plaisir. Elles m'avaient surnommé « le roi Sozo ». J'allais les retrouver dans leur cellule... et les garçons aussi. Je leur faisais du bien pour me faire pardonner d'avoir à leur faire du mal, le lendemain. C'était une compensation. Plaisir pour douleur...

Caine se demanda s'il serait assez rapide pour saisir la crosse du pistolet qui bougeait doucement sur le ventre de l'idiot, au rythme de sa respiration. Il n'en était pas certain. Il essaya de décomposer le mouvement dans sa tête : attraper la crosse, armer la culasse... Non, c'était trop long. Sozo sentirait venir le danger. D'ailleurs le pistolet n'était peut-être même pas chargé... C'était sans doute un appât, un piège pour tester leurs intentions. Les tremblements spasmodiques de Kitty se communiquaient à toute la paillasse. Caine comprit qu'elle était sur le point de faire une crise de nerfs.

— Le bateau, dit rêveusement Sozo. Je sais où il est. Je suis bête, mais je sais lire les cartes. Son Excellence m'avait appris. Avant de grimper dans le canot, j'ai regardé les instruments du bord. L'écran électronique. Ça aussi je savais le faire. Je sais bien me servir des machines. Sur *el Cru-*

cero c'était facile, à cause des cadrans où tout s'inscrivait en lettres rouges. C'est là, dans ma tête... Je me rappelle de tout. Ça fait des années que je me le répète pour ne pas oublier. Le yacht, je sais quel courant il faut suivre pour le rejoindre. Son Excellence m'attend. J'espère qu'il me pardonnera. Je lui dirai : « Punissez-moi, je l'ai mérité, je ne suis qu'un Indien peureux. Mais je me suis racheté, je suis venu vous chercher. »

Caine veilla toute la nuit, bercé par le marmonnement de Sozo. Quelques minutes avant l'aurore, il sommeilla, fauché par la fatigue, mais le bossu n'entendait pas leur laisser de répit. Dès que le soleil fut levé et que ses rayons percèrent la voûte de feuilles, le bossu se dressa, menant grand tapage sur la plate-forme.

— Allez ! Allez ! s'impatientait-il. Il faut monter la garde. Et puis il faut aller au ravitaillement... Hier c'était fête, j'ai ouvert une boîte de conserve, mais aujourd'hui il faudra que vous trouviez vous-même votre nourriture. Je ne veux pas entamer mes réserves, j'en aurai besoin si les morts décident un jour de m'encercler.

Caine et Kitty furent poussés dehors, hagards. La jeune femme se retrancha dans un angle de la plate-forme, les bras croisés sur les seins. Elle avait le visage ravagé par la tension nerveuse et ses épaules tremblaient spasmodiquement. Caine essayait de faire bonne figure car Sozo les observait.

— Descendez, ordonna l'ancien bourreau. Mais ne sortez pas de la clairière, les morts vous prendraient... Vous n'aurez qu'à soulever les écorces pour trouver des larves, c'est facile et très bon.

Caine n'aimait pas la lueur de méfiance et de ruse qui brillait dans ses yeux rougis. Les mains du bossu manipulaient le fusil, comme s'il brûlait de s'en servir. Caine se demanda s'il n'allait pas les abattre dès qu'ils auraient posé le pied dans la clairière.

— Venez, dit-il en prenant Kitty par la main.

Sozo jeta l'échelle de corde le long du tronc pour leur permettre de descendre. Dès qu'ils furent en bas, Kitty se jeta contre la poitrine du romancier.

— Fichons le camp ! gémit-elle. Je n'en peux plus. Il n'a pas arrêté de me tripoter toute la nuit. Je sens encore ses mains sur moi. J'ai l'impression que je les sentirai toujours.

— Je crois qu'il ne nous laissera pas partir, murmura Caine. Nous sommes ses prisonniers. Si nous tentons de sortir de la clairière, il nous abattra.

La voix du bossu tomba du haut des branches, aiguë, trahissant son impatience.

— Ne bavardez pas ! gronda-t-il. Cherchez la nourriture si vous voulez manger.

Caine dut tirer Kitty par le bras pour la forcer à remuer. La jeune femme grelottait comme si elle avait la malaria et ses mâchoires claquaient de façon continue. Ils firent le tour de la clairière, enjambant les carcasses de singes, arrachant avec les ongles le bois spongieux des écorces. Le bossu avait dit vrai : de grosses larves jaunes, extrêmement vulnérables, se prélassaient dans la pulpe des arbres. Les Indiens avaient l'habitude de s'en gaver, et on les commercialisait jusqu'au Mexique où on les servait frites, saupoudrées de sel, et cela dans les meilleurs hôtels. En réalité, leur chair avait un goût de coco. Lors des stages de survie, on habituait les apprentis Marines à s'en repaître. Caine entassa les larves au centre d'une grande feuille arrachée à un buisson. Il savait que Sozo observait chacun de ses gestes, son index noirâtre polissant interminablement la détente de son arme.

Ils passèrent près de leurs vêtements abandonnés. Des insectes les recouvraient. C'était cela la jungle : moins les grands fauves qu'une prolifération de la vermine. Des insectes par millions, qui sourdaient du sol, de l'herbe, de l'écorce. Une armée de pattes, de carapaces et de mandibules qui recouvrait tout. Une faune minuscule perpétuellement grouillante, se reproduisant à une vitesse hallucinante.

Pour leur faire comprendre qu'ils ne devaient pas s'attarder ni s'éloigner, Sozo abattit un singe qui filait à travers le feuillage. C'était un coup de fusil magnifique étant donné la vitesse à laquelle l'animal se déplaçait. Le corps du primate tomba comme une pierre jetée du haut des arbres, fracassant les branches. Kitty hurla quand la dépouille roula à ses pieds, le pelage inondé de sang. Sozo tirait avec un fusil d'assaut, et l'impact de la balle avait à demi déchiqueté la bestiole.

— Calme-toi ! souffla Caine. Il ne faut rien faire qui puisse exciter ce dingue un peu plus.

— Ça suffit, aboya Sozo au même moment. Revenez. Vous avez vu ? Les morts se rapprochent. Ils ont senti votre chaleur.

Caine plia en quatre la feuille contenant les larves qui se tortillaient, et étreignit la main de sa compagne.

— Pas de panique, murmura-t-il. Il ne faut pas qu'il sente notre peur. Il faut rester amicaux, lui sourire si possible.

La jeune femme le regarda comme s'il était devenu fou, et il n'osa insister. Ils étaient tous deux à bout de nerfs et la fatigue commençait à se faire sentir. Ils regagnèrent la plate-forme. Kitty voulut s'installer le plus loin possible de Sozo, mais Caine la contraignit à s'en rapprocher. Il voulait se trouver le plus près possible du dément afin de pouvoir lui sauter dessus si celui-ci faisait mine de braquer son arme dans leur direction.

— Mangez, mangez, commanda le bossu en désignant les larves. Il faut vous nourrir pour conserver votre chaleur. Si vous maigrissez vous deviendrez froids, et vous ne me servirez plus à rien.

Caine mourait de faim. En Asie il avait déjà mangé des larves, mais grillées. Il savait que ce n'était pas un mets beaucoup plus répugnant que ces escargots dont se délectent les Français. Comme le bossu insistait, il fit un effort de volonté et écrasa en deux coups de dents la première bestiole. Kitty, elle, refusa d'y toucher.

La matinée s'écoula dans une moiteur qui paraissait figer l'écoulement du temps. La lumière verte filtrée par la voûte installait dans la clairière une atmosphère irréelle de cauchemar éveillé. Sozo avait repris sa faction, la joue collée à l'acier de son arme. Il chantonnait son irritante petite chanson, répétant à n'en plus finir ce couplet inachevé qui finissait par vous scier les nerfs. De temps à autre il abattait un singe d'un coup de fusil magistral. Caine songea que s'il devait fuir en compagnie de Kitty, ils n'auraient pas une chance de sortir de la clairière vivants. Sozo semblait capable de faire mouche sur un timbre-poste à cent mètres de distance, et cela en dépit d'une luminosité exécrable.

Quand il eut tué son troisième singe, le bossu se mit à monologuer. Il parlait du passé, des années durant lesquelles il avait fidèlement assisté Ancho Arcaño.

— J'aimais bien la crypte, dit-il rêveusement. Quand je marchais dans la travée des cellules, l'écho de mes semelles montait jusqu'à la voûte. C'était comme une espèce d'église. J'observais les prisonniers derrière les barreaux. C'était bizarre de les voir allongés dans leur saleté, tout nus. Avant d'entrer dans la crypte ils avaient porté de beaux vêtements. C'étaient des professeurs, des journalistes, des banquiers, des écrivains. Des gens qui parlaient avec des tas de mots compliqués et qui ne m'auraient pas jeté un regard si j'étais passé à côté d'eux dans la rue. C'étaient des gens qui voulaient le bonheur du peuple mais n'auraient jamais serré la main à un pauvre de peur d'attraper des poux... Et puis d'un seul coup, ils se retrouvaient là, à poil, forcés de faire leurs besoins pendant que je les regardais. Et ils dormaient en grelottant sur une fourchée de paille, et ils apprenaient subitement que les grands mots ne peuvent pas tuer les morpions...

Il eut un rire caquetant et fourragea dans sa barbe hirsute.

— La politique j'y ai jamais rien compris, avoua-t-il. C'était trop compliqué pour moi. Ce que je voulais c'est être un bon soldat... me dévouer pour un grand général. Être un outil... Le reste je m'en foutais. Je crois que Son Excellence était contente de moi, et c'est ça qui comptait... seulement ça...

Caine devait lutter contre l'engourdissement que faisait naître en lui cette voix monocorde alternant confidences et fredonnement. Le sommeil lui tombait sur les épaules, aggravé par l'abominable touffeur de la forêt.

Un peu plus tard, au début de l'après-midi, Sozo évoqua la nuit de la tempête. Il employait toujours les mêmes tournures de phrase comme s'il récitait une sorte de poème naïf dont il aurait été l'auteur.

— L'or, dit-il soudain. Je l'ai vu. J'ai aidé Son Excellence à le mettre en tas dans la cale. C'était très lourd, des lingots dans des petites cassettes de bois avec deux tresses de corde qui servaient de poignées. Ça brillait... Ça paraissait chaud comme la croûte d'un gâteau merveilleux. Un gâteau de soleil. Il y en avait une montagne. Son Excellence disait qu'avec ça on pouvait acheter un pays entier et les âmes de tous ses habitants... Je ne sais pas s'il plaisantait ou s'il disait la vérité, j'ai jamais rien compris à l'argent. J'ai jamais eu envie d'être riche. Tout ce que je voulais c'était des habits propres, un beau chapeau, un beau fusil, et avoir toujours mon assiette pleine... Le reste c'est trop compliqué.

Caine avait dressé l'oreille. Il n'osait interrompre le monologue du bossu par une question malhabile, sachant qu'il risquait de provoquer une réaction de méfiance instinctive.

— L'or, répétait Sozo. En l'entassant, j'avais l'impression de poser les briques d'une maison. Je bâtissais un mur. Un mur qui scintillait. Je n'arrêtais pas de toucher les lingots... Ça me faisait drôle de ne pas me brûler les doigts. Après, Son Excellence a fermé la porte de la cale. Une grosse porte de coffre-fort, comme dans les banques. Ça a fait « clong ! », et les tôles de la soute ont vibré. C'était tout blindé, partout, dessus, dessous. Même que le capitaine râlait parce que ça alourdissait le bateau.

Caine haletait, chaque détail s'inscrivait au fer rouge dans sa mémoire. Ainsi *el Crucero* avait été construit comme une chambre forte flottante. Une version améliorée du coffre au trésor des pirates de jadis. S'il voulait mettre la main sur les lingots, il lui faudrait s'ouvrir un chemin au chalumeau oxhydrique, découper des plaques de tôle épaisses de plusieurs centimètres... Comment se procurer et transporter un tel équipement sans éveiller l'attention?

Puis le doute s'empara de lui. Et si le bossu inventait tout cela? Pouvait-on se fier à ce détraqué amoindri par l'usage quotidien des hallucinogènes?

Le passage d'un nouveau singe brisa le monologue de l'infirme qui épaula, tira, puis se remit à fredonner. Dans les heures qui suivirent, il n'évoqua plus jamais le trésor du Boucher. Kitty demeurait prostrée à l'écart. Elle ne cessait de trembler que pour se gratter jusqu'au sang. La vermine passait à l'attaque, et Caine lui-même ne pouvait résister aux démangeaisons qui l'assaillaient.

Lorsque Kitty voulut descendre de l'arbre pour satisfaire ses besoins naturels, Sozo entra dans une violente colère et lui interdit de bouger. Elle n'avait qu'à faire là, en équilibre au bord de la plate-forme, expliqua-t-il. D'ailleurs lui-même ne procédait pas autrement. Kitty dut s'exécuter. Et, durant toute l'opération, le bossu ne cessa de l'examiner, le sourcil froncé, comme si ce caprice l'avait déçu.

— T'es trop coquette, grogna-t-il tandis que Kitty se détournait, morte de honte. Tu me fais penser à ces belles dames qu'on m'amenait dans la crypte... Elles en faisaient des chichis, mais je les dressais vite. Ici, t'es chez moi, faut te plier à mes lois. À la loi de Sozo le Bossu. Sinon ça ira mal...

L'incident l'avait contrarié, et à partir de cet instant son humeur vira au noir. Il frappa Caine dans les côtes avec le canon de son fusil parce que le romancier l'avait gêné pendant qu'il ajustait un singe.

— Salopards de cochons blancs, grommelat-il. Vous avez intérêt à ce que j'aie bien chaud cette nuit, sinon je coupe les tétons de la petite dame. J'ai pas besoin d'outils, je peux le faire avec les dents, comme pendant les interrogatoires.

Et il partit d'un rire hystérique qui fit s'envoler les perroquets massés dans les branches. L'estomac de Caine se noua. Les choses allaient mal tourner, cela devenait évident. Une fois de plus il chercha une arme ; mais toutes les armes réelles : pistolet, poignard, baïonnette étaient suspendus au ceinturon militaire que Sozo avait bouclé autour de sa taille, sous le poncho loqueteux qui dissimulait sa nudité. Malgré son infirmité le bossu était rapide et nerveux. En prédateur professionnel, il savait anticiper les mouvements de ses adversaires avec un véritable instinct animal. Caine s'estima incapable de le prendre de vitesse s'ils devaient s'affronter face à face.

L'atmosphère ne cessa de s'alourdir au fil des heures. Sozo ne dissimulait plus son exaspération qui se focalisait principalement sur Kitty. Le réflexe de pudeur de la jeune femme avait réveillé en lui de vieux souvenirs qu'il remâchait en grommelant. Caine devina que la crise exploserait à la tombée de la nuit, et qu'elle serait grave.

Alors que les rayons du soleil s'éteignaient et que l'obscurité s'installait dans la clairière, Sozo s'approcha de Kitty et emprisonna dans ses doigts sales les paumes glacées de la jeune femme morte de peur.

— T'as les mains froides, constata-t-il avec un rictus de méchanceté. Si ça se trouve tu ne me réchaufferas même pas cette nuit... T'as intérêt à avoir la fièvre d'ici que je me couche, si tu ne veux pas que je te punisse.

Puis il marmonna quelque chose à propos des belles dames prétentieuses qu'il avait dressées autrefois, dans les caves du palais.

— Dès qu'on leur avait coupé deux ou trois doigts, ricana-t-il, c'est fou ce qu'elles devenaient obéissantes. J'en avais honte pour elles, c'est terrible de manquer de dignité à ce point-là.

Caine n'avait qu'à observer les tics qui déformaient le visage du bossu pour savoir que les prochaines heures seraient difficiles. Il n'était plus question désormais de chercher à lui extirper un quelconque renseignement, mais bel et bien de s'organiser pour survivre.

Sozo s'enfonçait dans une bouderie ponctuée de brusques invectives. Il se retrancha à l'autre bout de la plate-forme pour absorber quelques cuillerées de sa décoction de champignons. Caine avait posé les mains à plat sur ses cuisses pour les empêcher de trembler. Il pria pour que les hallucinogènes foudroient le bossu, leur permettant de s'échapper, mais bien sûr cela n'arriva pas, et Sozo redressa la tête, les pupilles plus dilatées que jamais. Il parlait très vite, dans un dialecte indien que Caine ne comprenait pas. Cramponnant son fusil d'assaut à deux mains, il se redressa sur ses jambes maigres et esquissa un dandinement qui pouvait passer pour une danse rituelle.

— J'ai peur, gémit Kitty en glissant sa main glacée dans celle de Caine. Il va nous tuer, j'en suis sûre.

Brusquement Sozo poussa un hurlement démentiel et braqua son arme à quelques centimètres de leurs deux visages.

— Dans la maison! ordonna-t-il. Le vieux Sozo est redevenu un homme... Le bossu est redevenu un guerrier... Il va entrer en vous et pomper toute votre chaleur... Vite. Sur le lit, tous les deux...

Caine et Kitty reculèrent; à quatre pattes, ils se glissèrent dans la cahute. Comme ils tardaient à s'exécuter, Sozo leur expédia un coup de crosse entre les épaules, les forçant à s'allonger sur la paillasse. Puis il retourna l'arme, en glissa le canon entre les genoux serrés de la jeune femme, la forçant à écarter les jambes.

— Je veux voir ta figue, balbutia-t-il. Je vais aller chercher ta chaleur tout au fond de ton ventre, là où tu la caches. C'est de ta faute puisque tes mains sont froides.

Kitty sanglotait sans qu'aucune larme ne coule de ses yeux. Caine voulut se redresser sur un coude, mais Sozo lui enfonça le canon du fusil dans l'abdomen, juste au-dessous du nombril, le clouant sur le matelas de chiffons.

— Bouge pas, gronda-t-il. Ton tour viendra... Toi aussi je te prendrai. Vous allez me tenir bien chaud, tous les deux. Je veux vous voir suer. Je veux que vous soyez brûlants comme deux briques qu'on tire du feu. Sinon...

Il ôta le chargeur de son arme, éjecta la cartouche qui se trouvait dans la culasse, et posa le M. 16 au pied de la couche, puis il saisit son pistolet et le brandit à bout de bras tandis qu'il se débarrassait de son poncho. Il visait tour à tour Caine et Kitty, pointant le canon à droite et à gauche, tour à tour, en un mouvement extraordinairement rapide.

— Toi d'abord, dit-il à la jeune femme en s'agenouillant entre ses jambes. Tu vas réchauffer le vieux Sozo.

Caine écarquilla les yeux, ouvrit la bouche et désigna la porte en tremblant, comme si un spectacle abominable se déroulait derrière le bossu.

— *Les morts!* hurla-t-il. Ils grimpent à l'échelle! Les morts! Ils sont là!

Sozo sursauta. Un réflexe superstitieux le poussa à regarder par-dessus son épaule. C'était ce qu'attendait Caine. Joignant ses deux pieds, il le frappa de toutes ses forces en pleine tête. Le bossu perdit l'équilibre. Il tira par réflexe, mais la balle s'enfonça dans la paillasse, entre les genoux de Kitty. Caine s'était déjà redressé. Fonçant, tête basse comme un footballeur exécutant un magnifique placage, il propulsa l'infirme hors de la cabane. La paroi de bambou céda avec un craquement. Sozo tira une seconde fois, et Caine sentit la balle tracer un sillon de feu entre ses omoplates. Le romancier tomba à plat ventre, mais Sozo partit en arrière, battant désespérément des bras. Caine le vit dépasser les limites de la plate-forme et basculer dans le vide. La seconde suivante, un choc sourd lui apprit que l'ancien bourreau d'Ancho Arcaño venait de s'écraser au pied de l'arbre.

Kitty se précipita contre lui.

— Tu saignes, sanglota-t-elle. Tu es blessé, ton dos est plein de sang.

— C'est superficiel, balbutia Caine. Juste une écorchure. Il va falloir attendre le jour pour repartir. Tu crois que ça ira?

— Oui, haleta Kitty. Mais regarde s'il est bien mort...

7

Il faisait déjà trop sombre pour que Caine puisse distinguer le pied de l'arbre, et la lueur de la bougie était bien trop faible pour percer les ténèbres de la jungle. Ils durent attendre l'aube dans l'incertitude, tressaillant au moindre craquement, terrifiés à l'idée que Sozo pourrait bien n'être que blessé. Caine avait remonté l'échelle de corde, mais il ignorait si le bossu ne disposait pas d'un autre moyen pour regagner sa cabane. Pour comble de malheur, le fusil était tombé dans le vide au cours de la bataille, si bien qu'ils ne disposaient d'aucune arme efficace pour affronter le dément si celui-ci revenait à l'assaut.

Ils essayèrent de monter la garde à tour de rôle, mais c'était leur deuxième nuit blanche, et ils éprouvaient de plus en plus de difficulté à conserver les yeux ouverts. « Tout ça pour rien ! » ne pouvait s'empêcher de penser Caine. Sozo mort, la piste se perdait dans les sables mouvants. Personne ne pourrait jamais retrouver le yacht du Boucher de San-Pavel. Kitty l'avait bien souligné : au large de la côte, les courants tissaient un labyrinthe qui pouvait vous faire dériver n'importe où à l'autre bout de la terre. S'en remettre au hasard c'était chercher une pièce de monnaie au fond de l'océan.

Malgré tous ses efforts, Caine s'endormit pendant son tour de garde et ne se réveilla qu'au moment où son front heurtait le sol de la baraque. Il se redressa aussitôt, le cœur battant à tout rompre. Kitty avait elle aussi fini par s'assoupir au creux de la paillasse. Il n'eut pas le courage de la secouer. La jungle les entourait de son vacarme et de ses craquements. Caine tremblait de voir soudain s'encadrer dans l'orifice permettant d'accéder à la cahute la tête hirsute et sanglante de Sozo. Il lui semblait qu'une telle canaille ne pouvait pas mourir d'une simple chute. Il s'était peut-être simplement cassé la jambe, ou le bras... La couche d'humus recouvrant le sol de la clairière était très épaisse, Caine avait pu s'en rendre compte au cours du ramassage des larves. À certains endroits on s'enfonçait jusqu'à la cheville dans un matelas végétal moisi et gorgé d'humidité, une pourriture chaude grouillante d'insectes. Ce rembourrage naturel était parfaitement capable d'amortir une chute sévère, et...

Il s'obligea à ne plus penser. S'il continuait ainsi il allait devenir fou. Pour se donner l'illusion de posséder une arme, il ramassa un gros bambou qu'il serra à deux mains. Il hésitait à allumer la bougie qui ferait d'eux une cible trop vulnérable, mais les ténèbres lui étaient insupportables et il se surprit à suffoquer d'angoisse.

L'aube le trouva ainsi, recroquevillé, les épaules nouées par les crampes. Sous les piqûres des moustiques, ses paupières avaient doublé de volume, et il avait bien du mal à tenir les yeux ouverts. Kitty se réveilla avec le premier rayon de soleil qui perça la voûte. Elle était blême, sale, et presque laide. Son corps n'inspira aucun désir au romancier. Son premier mot fut : « Est-ce qu'il est mort ? » Caine n'en savait rien. S'allongeant sur le plancher, il rampa jusqu'au bord de la plate-forme pour jeter un bref coup d'œil dans le vide. Il avait à peine sorti la tête du rempart de bambou qu'une balle siffla à son oreille et alla se perdre dans le feuillage.

— Bordel ! rugit-il en roulant sur le dos. Il n'est pas mort... Il est là, en bas... Juste au pied de l'arbre...

— Oh! Non! gémit Kitty en se cachant le visage dans les mains.

Mais Caine avait eu le temps d'apercevoir la silhouette de Sozo, étendu sur le dos, en travers d'une racine. La position de ses jambes laissait penser qu'il s'était fracassé le bassin, toutefois le haut de son corps paraissait intact, et Caine l'avait vu brandir le pistolet à deux mains pour ajuster la plate-forme.

— Ça peut durer des heures, marmonna-t-il. Il a plein de cartouches dans son ceinturon, et s'il lui prend l'idée de mitrailler la cabane il finira par nous atteindre.

— Il faut l'achever, murmura Kitty avec une sauvagerie qui plissa son visage de manière hideuse. Tue-le! Tue-le *vraiment* cette fois!

Il y avait du reproche dans sa voix, une impatience haineuse qui allumait un éclat fou au fond de ses yeux. Alors que Caine allait répondre, un nouveau projectile creva le plancher à moins de trente centimètres de leurs visages, les aspergeant d'esquilles.

— Les caisses, haleta la jeune femme. Écrasons-le sous les caisses!

Elle désignait les deux containers marqués au pochoir. Caine hocha la tête, il ne voyait aucune autre solution. Ils durent s'arc-bouter pour parvenir à remuer les deux cubes de bois pleins de conserves et de munitions. Le plancher irrégulier freinait le déplacement des boîtes. Devinant qu'on préparait quelque chose, Sozo tira trois fois de suite. Caine sentit distinctement le choc des projectiles crevant la plate-forme juste sous lui. Par bonheur, les balles furent arrêtées par l'empilement des conserves et ne ressortirent pas de l'autre côté de l'emballage, ce qui le dispensa d'avoir la poitrine perforée à la hauteur du sternum. À chaque détonation Kitty poussait un hurlement de bête blessée qui faisait croire à son compagnon qu'elle avait été touchée.

La sueur lui brûlant les yeux, Caine amena les deux caisses au bord de la plate-forme, à l'aplomb de l'endroit où était tombé Sozo. Il savait qu'il n'avait pas le droit de se tromper. Si le bossu s'était déplacé, les containers s'enfonceraient dans l'humus sans lui causer le moindre mal, Kitty et lui se retrouveraient du même coup encore plus vulnérables qu'auparavant.

— Regarde ! lui ordonna Kitty. Regarde s'il est encore là.

C'était plus facile à dire qu'à faire, surtout avec un tireur de la classe de Sozo. Caine risqua toutefois un bref coup d'œil. Immédiatement, une balle siffla, lui entamant le cuir chevelu. Cette fois il ne pouvait plus attendre. Bandant ses muscles, il entreprit de faire basculer la première caisse.

Il priait pour qu'elle ne rebondisse pas sur le tronc au cours de sa chute, déviant du même coup de sa trajectoire. Il était si fatigué qu'il crut qu'il ne parviendrait pas à la pousser dans le vide. Kitty vint se joindre à lui. Leurs pieds nus, en sueur, dérapaient sur le plancher de bambou sans parvenir à prendre prise. La caisse bascula enfin, et le hurlement du bossu leur vrilla les oreilles. Caine serra les dents. La boîte, remplie de conserves, devait peser dans les quatre-vingts kilos...

Le choc se répercuta dans les racines de l'arbre et courut le long du tronc, jusqu'à la plate-forme. Caine et Kitty demeurèrent un long moment immobiles, l'un contre l'autre, essayant de reprendre leur souffle.

— Je crois qu'on l'a eu, soupira la jeune femme.

Caine rampa vers le vide. Il était si fatigué qu'il envisageait avec une certaine indifférence de mourir subitement, d'une balle en pleine tête.

En bas, la caisse avait frappé le bossu de plein fouet. L'homme et l'emballage avaient explosé sous la puissance de l'impact, et l'infirme avait eu la cage thoracique broyée. Sa tête et ses bras ne se rattachaient plus au reste de son corps que par le sillon blanc de la colonne vertébrale. Il était mort sans lâcher son arme, les yeux grands ouverts, une expression de haine plaquée sur les traits.

— Viens, dit Caine. On s'en va.

Et il jeta l'échelle de corde dans le vide. Comme Kitty ne répondait pas, il se retourna. Avec une certaine stupeur, il découvrit qu'elle était en train de retourner la cahute sens dessus dessous, fourrageant dans les chiffons de la paillasse.

— Qu'est-ce que tu cherches ? demanda-t-il.

— Je ne sais pas ! glapit-elle d'une voix suraiguë. Un plan, une carte marine... Quelque chose qui ferait qu'on n'aura pas supporté tout cela pour rien !

Elle s'agita comme une possédée durant deux ou trois minutes puis fondit en larmes. Il n'y avait rien. Ni carte, ni carnet. Pas même une inscription chiffrée sur les planches. Le secret avait tout le temps été caché dans la cervelle de Sozo, et il y resterait, à jamais.

Ils descendirent comme des somnambules, évitant de regarder le cadavre étendu au milieu des débris de la caisse. Ils traversèrent la clairière et récupérèrent leurs vêtements trempés d'humidité et couverts d'insectes. Caine secoua soigneusement chacun de ses habits avant de les enfiler. Kitty l'imita. Il s'enfoncèrent dans la jungle sans échanger un mot. Le chemin ouvert deux jours auparavant s'était déjà refermé, et ils durent de nouveau travailler de la lame pour rejoindre la voiture. Quand ils émergèrent de la forêt, la lumière du soleil les aveugla et ils titubèrent, hagards, avec l'impression d'être restés un siècle sous les arbres.

Heureusement la jeep était toujours là. Kitty démarra. Elle conduisait brutalement, se soulageant les nerfs sur la machine. Au carrefour, elle prit la direction de la plage et roula jusqu'à la lisière des vagues. Là, elle arracha ses vêtements et plongea dans la mer. Caine l'imita.

Ils nagèrent longtemps, chacun dans une direction différente, évitant de se toucher. C'était comme si Sozo les avait souillés tous les deux. Il avait suffi du contact de ses mains, de sa chair moite, pour que le dégoût s'installe en eux. Caine revint vers la plage et se frictionna le corps avec du sable, à la manière indienne, puis il replongea, si heureux de se purifier qu'il ne pensait même plus aux crocodiles. Quand il sentit venir la crampe, il regagna la terre et s'allongea, bras et jambes à la dérive, laissant le soleil sécher sa peau douloureuse. Le sel avivait ses démangeaisons mais il n'avait même plus la force de se gratter. Kitty avait roulé sur le ventre au milieu des algues, à quelques mètres de la jeep. Il devina qu'elle lui en voulait mortellement pour l'avoir entraînée dans cette aventure. Ils s'en étaient tirés de justesse mais le pire avait été à deux doigts de se produire. Et ils en avaient éprouvé une telle peur que c'était *presque* comme si cela s'était effectivement produit... La souillure était là, sur eux. Elle mettrait un certain temps à disparaître.

Et tout cela pour rien. Ils avaient tué un

homme et ils revenaient les mains vides. Caine songea qu'il aurait longtemps dans les oreilles le bruit de la caisse explosant en touchant le sol.

— Viens, dit Kitty en se redressant. Il ne faut pas rester là. Nous risquons de nous endormir et de ne pas entendre les crocodiles s'approcher.

Ils se rhabillèrent et grimpèrent dans la jeep.

— Allons au bain de vapeur, lança la jeune femme. Il faut nous désinfecter, prendre des pilules contre la malaria. J'espère que la fièvre ne va pas nous tomber dessus.

Caine la laissa prendre la direction des opérations. Ils se retrouvèrent ainsi dans les faubourgs de San-Pavel. Une vieille femme aux joues tatouées les accueillit au seuil d'une maison ocre qui se révéla être un hammam à l'indienne. La vapeur emplissait les couloirs d'un brouillard suffocant, mais Caine s'abandonna aux mains expertes des officiantes. C'étaient toutes des matrones, des *abuelas*, obèses, les cheveux noués en une natte unique qui leur fouettait les épaules. Elles allaient, presque nues, le corps seulement couvert d'une pièce d'étoffe humide qui collait à leurs formes plantureuses.

Dès que Caine et Kitty eurent pénétré dans la petite rotonde qu'emplissait la vapeur, les *abuelas* les dévêtirent et les allongèrent sur une pierre plate qui ressemblait à un autel.

— Laisse-toi faire, dit Kitty, elles vont nous épouiller et soigner nos cloques. Elles ont des pommades miraculeuses pour ce genre de chose.

Caine ferma les yeux tandis qu'une vieille entreprenait de passer dans ses cheveux un peigne d'os aux dents extrêmement serrées. Une seconde matrone, munie d'un instrument identique, s'affairait sur les poils de sa poitrine et de son pubis.

— Elles désinfecteront nos vêtements en les cuisant entre des pierres brûlantes, expliqua Kitty. De cette manière aucune larve n'aura la liberté de pondre ses œufs sous notre peau.

Caine était anéanti. Il s'endormit à plusieurs reprises pendant que les matrones l'enduisaient de pommade. Il savait qu'il avait perdu son pari et qu'il ne lui restait plus qu'à rentrer en Californie.

— Je suis désolé de t'avoir entraînée là-dedans, lança-t-il à l'adresse de Kitty.

— Il a dit quelque chose... murmura la jeune femme. Il l'a dit à plusieurs reprises. Ça concernait le lieu du naufrage.

— Quoi ?

— Il a dit : *Je me le répète tout le temps pour ne pas l'oublier*... ou quelque chose d'approchant. Tu te rappelles ?

— Oui. Je suppose qu'il ne se fiait pas trop aux capacités de stockage de sa cervelle. Sans doute n'avait-il pas tort.

— Sans doute, comme tu dis. Mais ça semblait faire allusion à une espèce de moyen mnémo-technique, tu ne trouves pas ?

Caine rouvrit les yeux. Il voyait soudain parfaitement où la jeune femme voulait en venir.

— Et il fredonnait tout le temps une espèce de petite chanson, souffla Kitty. Un air de tango. Il semblait n'en connaître qu'un seul couplet...

— C'est vrai, fit Caine en se redressant sur les coudes. Ça parlait de soldats blessés...

— De bataille perdue, compléta Kitty.

Ils se turent, chacun cherchant à recomposer les paroles du refrain populaire.

Se oían en el campo los gritos de los soldados,
Ahora, el crepúsculo tiene la color de la sangre
La derrota es amarga... récita soudain la jeune femme.

— Oui, lança Caine. C'est ça. Mais ça ne veut rien dire. Ou alors ce serait un code?

Il n'y croyait pas. Sozo n'était plus mentalement en état de procéder à des transpositions compliquées. S'il avait choisi la béquille d'un moyen mnémotechnique, ce moyen était simple.

— J'ai l'impression que ça me dit quelque chose, murmura Kitty. Mais je ne peux pas dire quoi.

— *On entend dans la campagne les cris des soldats,* traduisit Caine. *Maintenant le crépuscule a la couleur du sang. La défaite est amère...* C'est ça?

— À peu près... Ça te fait penser à quoi? interrogea la jeune femme en s'asseyant brusquement.

— À un affrontement, hasarda Caine. À une bataille.

— C'est ça, martela Kitty. Viens, je vais te montrer quelque chose.

Elle repoussa les matrones qui protestaient, réclama ses vêtements et demanda à Caine de payer ce qu'on lui réclamerait. Ses yeux brillaient d'excitation.

Ils enfilèrent leurs habits brûlants qui sortaient à peine du four, et quittèrent la maison aux couloirs embués. Dès qu'ils furent dans la jeep, Kitty fouilla dans la poche à cartes. Elle en déploya plusieurs, des cartes marines de la côte, très détaillées, et auxquelles le romancier ne comprenait pas grand-chose tant elles étaient surchargées de symboles.

— Là, dit-elle en désignant un point sur le papier. À cent miles de la côte. Tu vois ce symbole? Il indique la présence d'un groupe de récifs. Il y en a beaucoup sur le littoral à cause de la structure volcanique de la région. Les

146

pêcheurs ont l'habitude de leur donner des noms qui ne figurent pas sur les cartes officielles. Ce sont des appellations locales, qui peuvent changer avec les générations... Ce groupe-ci est très dangereux, parce que les vagues le recouvrent par gros temps, et qu'on peut s'y écraser sans l'avoir vraiment vu venir. Les matelots le surnomment *el emboscado*... l'embuscade.

— Et alors ?

— *L'embuscade*... c'est le titre du tango que fredonnait Sozo toute la journée. C'était une chanson célèbre dans les bordels militaires, un air des années trente, je viens de m'en souvenir. Une chanson de Jaíme Corazo.

Caine s'empara de la carte, la froissant dans sa précipitation. La chiure de mouche se voyait à peine au milieu des chiffres.

— Et toi, dit-il. Comment connais-tu les noms des récifs ?

— À force de faire la navette avec mon bateau entre San-Pavel et les îles volcaniques. Les pêcheurs ont tous tenu à m'abreuver de leurs conseils. Une fille, n'est-ce pas, ça ne peut pas se débrouiller toute seule !

— Cette coulée bleu pâle, là, dans le secteur sud/sud-ouest, interrogea Caine. Ça signifie quoi ?

— Ça signale l'emplacement d'un très fort courant. Le plus puissant de tout le littoral. Quand il happe une barque de pêche non motorisée, il ne la rend jamais. Pour s'en dégager il faut faire machine plein gaz, et avoir de la puissance sous le capot, sinon...

— Sinon ?

— On est capturé, prisonnier, et on se met à tourner en rond. Mais c'est une chance pour nous.

— Pourquoi?

— Ce courant, on l'appelle ici *el tiovivo*... le manège, si tu préfères. Cela veut dire qu'il tourne en rond sur plusieurs centaines de milliers de miles. Si le yacht d'Arcaño s'y déplace, il repasse ici, régulièrement, comme un bateau-fantôme. C'est pour cette raison que certains pêcheurs l'ont aperçu au cours des trois dernières années. Il vient et repart, amené et remporté par *el tiovivo*... Cette caractéristique nous laisse une bonne chance de le rattraper. Les épaves sont lentes, ce sont des masses inertes qui n'exploitent plus le vent, faute de mâts et de voiles. Avec une bonne surface de toile, un moteur, nous irons plus vite que lui. Un peu comme si nous nous mettions à courir sur un tapis roulant. Tu comprends?

Caine comprenait. Tout redevenait possible, la chasse au trésor recommençait.

Ils gagnèrent le port, laissèrent la jeep sur le parking des docks que surveillait un énorme Noir armé d'une batte de base-ball, et longèrent le quai délabré pour sauter dans le dinghy de Kitty. Là, comme partout ailleurs, les séismes avaient imprimé leur marque. La plupart des embarcadères s'étaient effondrés, et le môle béait sous les fissures. À certains endroits, les crevasses étaient si larges qu'on avait dû jeter des passerelles en travers. La mer clapotait au fond de ces blessures où stagnaient tous les détritus du port. Le quai était lui aussi placé sous surveillance, afin que personne ne vienne siphonner les réservoirs des navires amarrés. Le carburant, à San-Pavel, était l'objet d'une convoitise farouche. Ils s'installèrent dans le dinghy, qui, de près, se révéla vieux et constellé de rustines. Kitty lança le moteur, et ils sortirent du port.

— Nous allons sur ton île? demanda Caine.

— Mon bateau est ancré là-bas, expliqua la jeune femme. Ne t'attends pas à découvrir un coursier des mers. C'est un petit sloop de rien du tout, et plutôt délabré, mais la coque est saine et le moteur en bon état. Bien sûr il faudrait un nouveau jeu de voiles, et le mât peut casser en cas de tempête, mais ici il est difficile d'effectuer des réparations.

— Qu'est-ce que vont dire les gens de l'équipe de recherches quand ils me verront ?

— Rien, ils s'en foutent, ce sont des tarés. Pour eux je suis une non-scientifique, donc une demi-mongolienne tout juste bonne pour la bouffe et la baise. C'est Bumper qui m'a procuré ce boulot, après ma dépression. Au début j'ai trouvé ça exaltant : les volcans, l'île qui pouvait disparaître d'un moment à l'autre... C'était romantique en plein ! Et puis j'en ai eu assez de faire la bonniche pour ces surdoués.

Le dinghy filait en cognant à la crête des vagues qui grossissaient au fur et à mesure qu'on s'éloignait de la côte. D'une main, Kitty désigna la terre.

— Au-dessous de nous, expliqua-t-elle, c'est la fosse sous-marine du Pérou-Chili, une zone de faille instable d'où naissent les séismes. L'activité volcanique est très vivace. Il y a beaucoup d'éruptions sous-marines. La lave finit par former un cône qui émerge au-dessus du niveau de la mer, créant une île. Cette terre peut exister un million d'années, mais elle peut aussi s'effondrer au bout de trois ans. Comme ça, du jour au lendemain, à la suite d'une forte tempête.

— Tu veux dire que les îles font naufrage ?

— Exactement. Lorsque le cône est constitué de scories mal soudées, il suffit d'une grosse lame pour disloquer le tout. Parfois, également, le fond de la mer s'affaisse sous le poids de l'île, et la terre s'enfonce sous les eaux, comme un sous-marin en plongée. On a vu des îlots de vingt hectares emportés en quelques heures par un ouragan. Ici commence la ceinture de feu du Pacifique, tout est possible. La nature a concentré là le plus grand nombre de volcans actifs recensés de par le monde.

Caine fronça les sourcils, soudain mal à l'aise. Des formations de lave noirâtre perçaient les vagues çà et là. Kitty louvoya entre ces récifs.

— Là-bas, dit-elle. C'est l'île B-38. C'est là que nous allons. Depuis trois ans les gens de l'équipe essayent de prévoir sa durée de vie. Ils ne sont pas d'accord entre eux. Certains sont persuadés qu'elle va s'effondrer d'un jour à l'autre. Il y a un type : Bruce Kenton... Il ne quitte plus son gilet de sauvetage. Je crois même qu'il dort avec.

— C'est un asile de fous ?

— À peu de chose près. Il y a des règles : Il ne faut pas parler à voix haute, il ne faut pas taper des pieds à proximité des sondes sismographiques. Ces types vivent en vase clos depuis trois ans, ils sont en train de perdre la boule. Ils ne parlent même plus. Ils écoutent craquer l'île. Un jour ils s'entre-tueront. Il est temps que je parte.

— Pourquoi ne plient-ils pas bagage ? demanda Caine.

— Parce que ce sont des scientifiques, pouffa Kitty. Jamais ils ne trouveraient ailleurs un aussi beau spécimen à étudier.

L'atoll B-38 apparut soudain, masse rébarbative et noire que recouvrait une mince pellicule de végétation. Une nuée d'albatros montait la garde aux abords de la crique.

— Il faut faire attention, dit Kitty. On n'a pas

pied, il n'y a pas de plage. Les parois s'enfoncent sous l'eau à la verticale, comme une falaise.

Un petit voilier se balançait, une mouette perchée à sa proue. Il était assez malpropre, en grande partie taché de fiente séchée.

— La merde d'oiseau, soupira la jeune femme. C'est la grande calamité ici. Il vaut mieux vivre avec un chapeau sur la tête. On passe ses journées à se faire asperger. Max Lowry, le chef de l'équipe, dit qu'on finira par découvrir qu'en réalité l'île n'est pas une formation volcanique mais un gigantesque agglomérat de fiente.

Elle manœuvra pour accoster.

— Tu leur diras que tu es photographe pour un journal féminin, murmura-t-elle. Ils te mépriseront aussitôt et te ficheront la paix.

Ils débarquèrent. Le campement était sommaire, les tentes entièrement plâtrées de déjections, comme les vêtements des trois hommes que Kitty présenta brièvement à Caine. Le romancier songea qu'ils avaient l'air sortis d'une bande dessinée avec leurs cheveux ras, leurs grosses lunettes, et leurs jambes maigres sortant de ces shorts kaki qu'avait dû porter l'armée anglaise du temps de Rudyard Kipling. Soucieux, ils n'accordèrent aucune attention à ce nouvel arrivant. L'un d'eux se dépêcha d'ailleurs d'arpenter l'île d'un bout à l'autre, l'œil fixé sur la pointe de ses chaussures.

— Qu'est-ce qu'il fait ? s'enquit Caine.

— Un relevé des lézardes, dit Kitty avec un haussement d'épaule. Il suit jour après jour les progrès de la maladie. Le soir, on confronte les différents symptômes et on essaye d'établir un pronostic de longévité. C'est là que ça dégénère.

— Tu n'as pas l'air de beaucoup les apprécier, observa Caine.

Kitty haussa les épaules.

— Au début je les ai admirés. Je voyais en eux des chercheurs purs et durs, capables de prendre des risques pour faire progresser la science. Je me disais que j'avais mené une vie de pétasse, inutile, et que je devais me dévouer pour eux. Les servir. Et puis j'en ai eu assez de recoudre leurs boutons et d'essayer de me rappeler quelles étaient leurs exigences sexuelles réciproques. Depuis quelques mois déjà j'ai cessé de me sentir bête.

Ils firent le tour de l'atoll, provoquant de bruissants envols de mouette au fur et à mesure qu'ils avançaient.

— On partira demain, décida Kitty. Il faudra tout charger cette nuit. La réserve à matériel est très fournie. Il y a même un chalumeau oxhydrique, on en aura besoin ?

— Oui, pour percer la porte de la chambre forte.

Kitty ramassa des cailloux et en bombarda les oiseaux. Son visage avait pris une expression obstinée, presque farouche.

— Quand tu t'es embarqué pour San-Pavel, dit-elle les yeux fixés sur la ligne d'horizon, tu avais potassé mon dossier, n'est-ce pas ? C'est Bumper qui t'a parlé de moi...

— Oui, admit Caine. Il voulait que j'ai une correspondante sur place, quelqu'un capable de me guider.

— Salaud, siffla Kitty. Tu savais que j'avais un bateau. Tu avais étudié mon profil. Tu es venu avec l'idée préconçue de m'embarquer dans cette histoire.

— Disons que je n'ai pas écarté cette éventualité.

La jeune femme serra les mâchoires. Pendant

une seconde elle parut à deux doigts d'exploser, puis ses muscles se relâchèrent.

— Tu ne vaux pas mieux que les connards en short trop large qui me donnent des ordres depuis trois ans, soupira-t-elle.

— Peut-être, mais je n'oserais jamais m'habiller comme ça, rectifia Caine. J'aurais l'impression d'être un vieux major en poste à Bombay.

Kitty pouffa nerveusement.

— Tu sais qu'ils ne portent pas de slip en dessous ? lança-t-elle. Quand ils s'assoient, on voit leurs couilles. Ils pensent que ça m'excite. Des trucs de mecs, quoi...

Ils s'assirent sur un rocher dont la texture évoquait la pierre ponce, et Kitty passa en revue le matériel qu'ils devraient emporter.

— Tu crois qu'il flotte encore ? interrogea Caine. Je veux dire : *el Crucero*...

— C'est un coup de poker. Il est repassé plusieurs fois au large puisque les pêcheurs l'ont vu. Généralement c'est la rouille qui a raison des derelicts. La coque perd son revêtement protecteur, elle s'oxyde et prend l'eau. L'épave s'enfonce et disparaît de la surface des océans. Mais le yacht d'Arcaño n'est pas en mer depuis assez longtemps pour avoir atteint ce degré de délabrement. Enfin, je crois... on ne peut jamais savoir avec les épaves. Dès qu'un bateau se met à dériver, il se dégrade très rapidement, les coquillages pullulent sur sa coque, personne ne gratte plus la rouille. S'il y a une voie d'eau, elle attaque de l'intérieur, c'est ce qu'il y a de pire, tout pourrit en un temps record.

— Et... le Boucher, murmura Caine. Est-ce qu'il y a un risque qu'il soit encore vivant ?

Kitty frissonna. Une fiente de mouette avait maculé son épaule nue mais elle ne paraissait pas s'en apercevoir.

— Trois ans, dit-elle. C'est long. Le problème majeur c'est l'eau douce. Le yacht était probablement équipé d'épurateurs automatiques, mais étaient-ils encore en état de fonctionner après l'abandon du navire?

— Si le bateau est resté prisonnier du courant, c'est que ses moteurs sont en panne.

— Ou qu'Arcaño n'a pas su les faire fonctionner. Mais je crois plutôt qu'une voie d'eau s'est ouverte. Elle a noyé la machinerie et s'est stabilisée. Le circuit électrique a dû sauter et le sel a corrodé le moteur. Ce sont des choses qui se produisent très vite en haute mer. Si l'on ne dispose pas à bord d'un homme compétent, le navire peut devenir ingouvernable.

— Mais Arcaño... insista Caine. A-t-il pu survivre?

— Non, décida Kitty. Je ne pense pas. Ce n'était pas un marin. Il a dû mourir dès que la provision d'eau douce a été épuisée. Ses derniers bidons vidés, il s'est mis à boire de l'eau de mer, comme tous les néophytes, et ses reins se sont bloqués.

On sentait qu'elle voulait croire de toutes ses forces à cette version des choses, et Caine décida de l'imiter. La perspective de se retrouver en face du Boucher ne l'enchantait guère.

— De toute manière, dit la jeune femme en se tournant brusquement vers lui. On ne peut plus renoncer. Plus maintenant. Il faut aller jusqu'au bout pour... pour se racheter...

— Pour se racheter?

— Oui... ces gens, que nous avons côtoyés. Carlita. Sozo. Ils nous ont souillés... C'est comme si nous étions un peu leurs complices. C'est ce que je ressens en tout cas. Dans la jungle... Dans cette cabane... j'ai eu l'impression que nous

154

étions en train de devenir comme eux. Comme ce dingue. Je crois que j'ai ressenti une espèce de plaisir malsain quand tu l'as écrabouillé. J'aurais voulu le... *le torturer*, oui, je crois. Pour que ses souffrances durent plus longtemps. C'est dégueulasse.

Caine n'essaya pas de la rassurer. Il comprenait ce qu'elle éprouvait.

— L'or, reprit la jeune femme. Il faut le retrouver pour le blanchir. Le purifier... et nous laver avec lui. Tu feras ce que tu veux de ta part, mais moi j'essaierai de faire le bien, aussi idiot que ça puisse paraître.

Elle tourna le dos à son interlocuteur, ramassa de nouveaux cailloux, et recommença à viser les mouettes. Au troisième essai elle réussit à en frapper une en pleine tête.

8

Ils occupèrent le reste de la journée à préparer le bateau. Comme Caine s'inquiétait à l'idée que les scientifiques pourraient se retrouver privés de tout canot de sauvetage pour quitter l'île en cas où celle-ci viendrait à s'effondrer, Kitty lui assura — avec toutefois un soupir excédé — qu'elle leur laisserait le dinghy.

Le voilier de la jeune femme n'avait rien de ces jouets luisants, vernis, astiqués que le romancier avait pu admirer dans les ports de plaisance californiens. C'était une sorte de grosse barque gréée en sloop, treize mètres hors tout, un mètre cinquante de tirant d'eau, équipé d'un diesel de cinquante chevaux, et muni d'une minuscule cabine à deux couchettes. L'intérieur empestait le moisi et le mazout. Le bois du pont était très abîmé, hérissé d'échardes, et il était hors de question de s'y déplacer pieds nus si l'on n'avait pas la voûte plantaire recouverte d'une épaisse couche de cal.

Marcheur infatigable, grimpeur, apte à survivre au milieu des forêts les plus épaisses, résistant particulièrement bien au froid comme à la faim, Caine ignorait tout de la mer. L'immensité de l'océan lui faisait peur. Les abîmes liquides qui clapotaient contre la coque lui donnaient le vertige. Dès qu'il fut à bord du voilier il dut lutter contre un sentiment de malaise qu'il essaya de dissimuler à sa compagne. Kitty faisait l'inventaire des vivres et de l'eau.

— Nous serons limités par l'eau douce, dit-elle. Mon épurateur est cassé. Nous partirons à la voile, pour économiser le fuel. Je veux garder le moteur pour nous dégager du courant si le vent tombe.

— Combien de jours de mer? interrogea Caine.

— En nous rationnant, deux semaines. Je suis embêtée par le poids des bonbonnes du chalumeau. Elles sont très lourdes et elles vont beaucoup nous encombrer. Il faudra bien les arrimer si tu ne veux pas qu'on chavire à la première grosse lame.

Caine fit la grimace mais évita tout commentaire.

De retour à terre, Kitty lui mit dans les mains un appareil photo et lui ordonna de se promener dans les rochers en faisant semblant de prendre des clichés, car il ne fallait pas donner l'éveil aux trois scientifiques toujours en maraude.

Lorsque la nuit tomba, ils se rassemblèrent

tous sous la grande tente qui servait de réfectoire. Kitty fit réchauffer des conserves que les sismologues avalèrent distraitement sans prêter la moindre attention à la présence de Caine. Le repas à peine achevé, ils entreprirent de se quereller à propos des relevés d'une sonde. Très vite ils s'injurièrent et s'adressèrent des gestes de menace. Caine et Kitty s'éclipsèrent pour se glisser dans la réserve à matériel. Ils eurent beaucoup de mal à transporter les bonbonnes d'acier destinées à l'alimentation du chalumeau. Terriblement lourdes, elles étaient presque aussi hautes que la jeune femme. Les installer sur le dinghy et les transborder sur le pont releva de l'exploit. Caine tomba deux fois à l'eau. La corvée terminée, ils étaient tous deux d'une humeur exécrable. Kitty ne cessait de pester parce que le voilier, déstabilisé, penchait sur tribord.

— En cas de roulis on va embarquer de pleins paquets de mer, grognait-elle. Déjà que ce rafiot est un peu bordier...

Caine jura. À cheval sur les bonbonnes, il essayait de boucler un nœud à peu près satisfaisant.

— Je laisse le dinghy aux autres tarés, soupira Kitty. Mais ça signifie que nous n'aurons pas de canot de sauvetage en cas de pépin. Tu persistes dans ta décision ?

Caine persista. Il lui semblait inacceptable de lever l'ancre en abandonnant les scientifiques sur l'île instable. Ce n'était pas un sort qu'on pouvait imposer à quiconque, même à des hommes affublés de shorts trop larges.

Quand tout fut prêt, ils s'allongèrent chacun sur une couchette, dans l'odeur de moisissure emplissant la cabine. Caine flottait, l'esprit détaché du corps, dans un état qui mêlait l'épuisement et la surexcitation.

157

— Dès que nous aurons pénétré dans le courant nous irons très vite, murmura Kitty. Les pêcheurs disent que *el tiovivo* coule comme un torrent au milieu de la mer. Il est très froid, ce qui tient les requins à l'écart car ils préfèrent les eaux chaudes. Par contre, si l'on y tombe, on est vite transi et les muscles s'engourdissent.

Caine ferma les yeux. Le sommeil était en train de le terrasser. Il entendit Kitty qui remontait un antique réveil mécanique.

— Nous partirons à l'aube, dit-elle. J'ai écouté la météo, il n'y a pas d'avis de tempête pour les jours qui viennent.

— Tu as un émetteur à bord? marmonna Caine.

— Tu veux rire? ricana la jeune femme. La police militaire a saisi tout notre matériel de transmission. Ici, une simple CB est considérée comme aussi subversive qu'un cocktail Molotov. En cas d'avarie, nous ne pourrons compter que sur nous-mêmes. Il sera tout à fait inutile d'attendre la moindre aide de l'extérieur.

— O.K., capitula Caine. Je ne poserai plus de questions idiotes. Mais es-tu vraiment certaine de vouloir continuer?

— Oui, fit Kitty d'un ton tranchant. Nous n'avons plus le choix depuis que Sozo nous a touchés.

**

Ils levèrent l'ancre comme des contrebandiers, aux premières lueurs de l'aube. Le sloop partit vent arrière, ce qui accentuait considérablement le roulis. Les bonbonnes de gaz suivaient le mouvement, faisant grincer leurs amarres. Caine, qui se sentait inutile, allait vérifier les nœuds tous les quarts d'heure. Le ciel était gris, le vent soufflait dix nœuds, mais en raison de la position du bateau, on ne le percevait guère. Kitty affirmait que c'était un beau temps pour faire de la route et naviguait « tout dessus ». Caine, lui, trouvait la mer foncée, inquiétante. Les sifflements du vent dans les haubans lui semblaient de mauvais augure.

Contrairement à ce qu'il redoutait, les trois sismologues ne jaillirent pas de leur tente pour courir le long de la plage en brandissant un poing furieux. Ils dormaient toujours quand le sloop prit la route de la haute mer en direction du secteur sud/sud-ouest.

Le fret, mal réparti en raison de l'exiguïté des lieux, réduisait la flottabilité, et le navire, selon l'expression employée par Kitty, « allait sur le cul », c'est-à-dire qu'il était mou à la manœuvre. Cela ralentissait son allure; de plus, en cas de gros temps, il pouvait embarquer des paquets de mer par l'arrière.

Caine, qui s'évertuait à seconder la jeune femme dans le maniement des voiles, ne tarda pas à prendre conscience d'un autre point faible : tous les cordages étaient en chanvre, ou en manille. Ils vous mettaient la paume des mains à vif ou se révélaient à demi pourris.

Kitty s'était installée à la barre. Malgré ses traits tirés, elle paraissait calme, confiante. Caine s'assit près d'elle, écoutant grincer le mât.

— Le yacht d'Arcaño, dit-il pour tromper sa nervosité. C'était un bâtiment spécial, non ?

— Oui, répondit la jeune femme. Un bateau militaire trafiqué. On a raconté que c'était un hydroptère de 45 mètres capable de filer à 60 nœuds, ce qui représente une vitesse de 110 km/heure. C'est considérable.

— Un hydroptère ? C'est un truc avec des ailes sous la coque, c'est ça ?

— Oui, des ailes immergées et équipées d'hélices qui diminuent la portance de la coque à grande vitesse. Avec un engin pareil, Arcaño pouvait échapper à n'importe quel courant. Aucun navire traditionnel n'aurait pu se lancer à sa poursuite. Il avait fait de son *Crucero* une espèce de fusée aquatique...

Caine tira de sa poche son carnet noir à couverture de caoutchouc et le feuilleta pour retrouver les notes qu'il avait prises à Los Angeles.

— D'après mes recherches, dit-il, et à la lueur de ce qui a été publié après la révolution, il semble que cet engin bizarre ait été maquillé en secret...

— Ce sont des bruits qui ont couru, effectivement, admit la jeune femme. Mais on n'a jamais pu retrouver les charpentiers censés avoir travaillé à la modification des superstructures. On a mis la main sur des débris de plans, dans les archives du palais. Pour certains il aurait été déguisé en goélette de luxe, la coque et le pont gainés de bois, de manière à ce qu'on le prenne pour un bateau de croisière inoffensif. On aurait embarqué à son bord tout un matériel de camouflage destiné à modifier son apparence, son profil. De la peinture en quantité pour lui permettre de faire peau neuve si le besoin s'en faisait sentir. Bref, de quoi dérouter tout poursuivant éventuel.

— Assez impressionnant.

— Oui. Mais l'équipage n'était pas à la hauteur. Arcaño ne connaissait rien aux choses de la mer. Il a préféré s'entourer de crapules dévouées plutôt que de vrais marins. Je pense surtout qu'il avait préparé sa fuite sans trop y croire.

— Une manière de conjurer le destin.

— Sans doute. Mais c'était vraiment un très grand bateau pour un homme seul et sans compétence. Je ne vois pas comment il aurait pu survivre.

Caine fit crisser l'ongle de son pouce dans sa barbe grise. Il essayait d'imaginer Ancho Arcaño, le Boucher de San-Pavel, seul, déambulant dans les coursives de son grand navire désert, prisonnier d'une magnifique épave dont il ignorait le mode d'emploi. Combien de temps avait-il tenu, résistant au désespoir et à la peur ? Ce devait être terrible de se découvrir prisonnier d'une carcasse à la dérive, sans la moindre terre à l'horizon.

— Il ne pouvait pas utiliser la radio, dit Kitty. Quel message aurait-il pu lancer ? « Bonjour, je suis le Boucher de San-Pavel, venez à mon secours » ? Les canots, les marins les avaient pris... et même s'il avait disposé d'un dinghy de l'armée, un truc avec un moteur surpuissant, où serait-il allé ? Sa tête avait été mise à prix, comme celle d'un bandit de l'Ouest. On promettait une fortune à qui le ramènerait mort ou vif.

— De toute manière il n'aurait pas abandonné son trésor, observa Caine. Les lingots, c'était sa seule chance de recommencer ailleurs, d'acheter des complicités, de se faire fabriquer un nouveau visage par un chirurgien pas trop scrupuleux. Non, je pense qu'il est resté à bord, jusqu'au bout.

Caine plissa les paupières, comme chaque fois qu'il se préparait à écrire. Il imaginait Arcaño, épuisant peu à peu les réserves du yacht, se rationnant à l'extrême. Privé d'électricité, il n'avait pu faire fonctionner l'épurateur d'eau de mer qui lui aurait fourni de l'eau douce à satiété. Il s'était déshydraté, progressivement. Peut-être s'était-il suicidé ?

Et s'il avait sabordé le yacht, pour emmener son trésor avec lui, dans les abîmes? Cette éventualité fit passer un frisson sur l'échine du romancier. Si le yacht avait sombré, personne ne retrouverait jamais les lingots... Non, non! C'était impossible, *un homme qui détestait l'océan ne pouvait désirer s'y engloutir.* S'il s'était suicidé, Ancho Arcaño dérivait toujours sur la mer, allongé dans son cercueil flottant comme l'un de ces rois Vikings de jadis.

« Nous le découvrirons dans sa cabine, songea Caine. En smoking ou en grand uniforme d'apparat. Il se sera tiré une balle dans la tête et son cadavre sera momifié, réduit à l'état de poupée de cuir... »

L'image, morbide à l'excès, le fit grelotter, et il se dépêcha de la chasser de son esprit tout en sachant qu'elle ne cesserait de le hanter au cours des jours à venir. Pour la première fois depuis le début de la quête insensée dans laquelle il s'était lancé sur un coup de tête, le vaisseau fantôme devenait quelque chose de palpable, plus seulement une idée séduisante, pittoresque, mais une menace très réelle, un lieu mystérieux où pouvaient s'être donné rendez-vous tous les dangers. « Et si, avant de se faire sauter la tête, lui murmura une voix insidieuse, Arcaño avait piégé le bateau? Hein! Tu y as pensé? Il ne connaissait peut-être pas grand-chose à la mer, mais il n'avait probablement plus rien à apprendre en ce qui concerne le maniement des explosifs. Des charges de plastic, ici et là, juste sous la ligne de flottaison. Des charges reliées à un détonateur commandé par l'ouverture de la porte menant à la cale, par exemple... »

Caine s'ébroua, chassant la voix. C'était ça le problème quand on était romancier, l'imagina-

162

tion vous jouait de mauvais tours. On se mettait à échafauder des théories, à spéculer... Il se vit soudain, ouvrant une écoutille, posant le pied sur le premier barreau de l'échelle plongeant au cœur de la chambre forte... et d'un seul coup les charges explosaient, pulvérisant la coque. L'eau s'engouffrait à gros bouillons. Le yacht sombrait en moins d'une minute, entraînant les intrus dans les ténèbres des grands fonds...

Il s'aperçut qu'il transpirait en dépit de la brise. Il ne devait pas trop penser, il n'en n'avait plus le droit. Il avait toujours détesté ces aventuriers de pacotille qui font des safaris au Kenya et tirent les grands fauves depuis la plate-forme d'une Land Rover blindée, grillagée, bien à l'abri, en utilisant des balles explosives de préférence, ou même un fusil d'assaut bloqué en position « rafale ».

Pour se calmer, il décapuchonna son *Bright Flood Shadow* et se mit à gribouiller. La belle luisance de l'encre noire avait toujours sur ses nerfs un pouvoir apaisant. Il finissait par fixer le contour des lettres sans plus penser à ce qu'il écrivait. Sans même *savoir* ce qu'il écrivait.

Dans l'heure qui suivit, il n'échangea pas un mot avec sa compagne. Une certaine tension nerveuse s'était installée, et ils évitaient de se regarder. Lorsqu'ils se parlaient, c'était uniquement dans le cadre d'une manœuvre à effectuer.

Les vagues étaient maintenant plus fortes. Elles giflaient la coque et aspergeaient le pont d'écume. Kitty portait de plus en plus souvent les jumelles à ses yeux.

— Là, dit-elle tout à coup. À trois quarts tribord devant. Les écueils... *el Emboscado*...

Elle avait pâli. Caine se saisit des jumelles. Les rochers noirs, luisants, affleuraient à peine la surface. Seules les vagues qui se croisaient, butant sur l'obstacle, signalaient leur approche. La nuit, il devait être impossible de détecter leur présence. C'était cette masse sournoise que le yacht d'Arcaño avait probablement heurté la nuit où le Boucher de San-Pavel avait tenté de prendre la fuite. Un yacht de bois ou de fibre de verre aurait explosé sous le choc, mais *el Crucero* possédait une coque blindée, une coque de navire de guerre. Il s'était contenté de faire eau...

— En dessous de nous, fit Kitty d'une voix sourde. Le fond de la mer est couvert d'épaves. Les carcasses de tous les bateaux victimes de l'embuscade. Il doit y en avoir des dizaines...

Elle corrigea le cap. Les lames explosaient sur le piton rocheux, aspergeant le pont d'énormes éclaboussures. Caine enfonça ses ongles dans le bois du bastingage. Le sloop de Kitty lui semblait soudain bien petit. Le bruit de l'eau avait quelque chose d'inquiétant et des turbulences sous-marines secouaient la coque, faisant mousser une écume épaisse et très blanche.

— *El tiovivo*, haleta la jeune femme, c'est ici qu'il a dû prendre le yacht en charge. Va à la proue et regarde à un quart tribord devant, tu devrais le voir.

Caine répugnait à l'idée de remonter le passavant jusqu'au balcon dominant l'étrave, mais il obéit, les doigts crochés aux écoutes pour conserver son équilibre. Le roulis lui donnait l'impression qu'il allait passer par-dessus bord d'une seconde à l'autre. Bon dieu ! Le maelström allait l'avaler ! Il coulerait comme une enclume et s'en irait rejoindre les cadavres de tous les noyés prisonniers des épaves amassées au pied du rocher. Il ne voulait pas mourir comme ça, englouti, mangé par les abîmes liquides. Il se

164

cramponna à la rambarde métallique du balcon, le vent dans le dos. Comme l'avait annoncé Kitty, il distingua bientôt une coulée sombre au milieu de la mer, comme si, à cet endroit précis, une sorte de ligne frontière avait été dessinée sur la peau de l'océan. C'était une sorte de boulevard qui filait vers la ligne d'horizon et qui contrariait le flux des lames.

« Comme un torrent qui coulerait au milieu de la mer » avait dit la jeune femme. C'était exactement cela. Le sloop tangua fortement, montant et descendant de plus en plus vite. Les vagues explosaient sur son étrave, et, en l'espace de quelques secondes, Caine fut trempé de la tête aux pieds. Une monstrueuse succion aspirait le voilier, le déroutant. Kitty avait largué les voiles en catastrophe, de manière à se laisser satelliser par le flot. Caine serrait les mâchoires à s'en faire éclater les dents, puis, soudain, le calme revint. Le sloop se déplaçait maintenant dans la coulée d'eau sombre, plus vite qu'il ne l'avait fait jusqu'à présent.

Caine rebroussa chemin pour aller aider Kitty à hisser les voiles.

— Voilà, haleta la jeune femme quand ils retombèrent tous deux à l'arrière, à bout de souffle. C'est ce qui est arrivé la nuit de la tempête. Le moteur du yacht a calé, les marins ont mis les canots à la mer, et *el Crucero* a continué sur sa lancée... Comme il n'était plus gouverné, *el tiovivo* l'a capturé. Nous sommes exactement sur la route qu'il a suivi.

Caine se pencha par-dessus bord. Il avait froid tout à coup.

— Il n'y a plus qu'à attendre, observa Kitty. Mais comme tu peux le voir, c'est un courant très puissant. Un nageur, même robuste, ne pourrait pas échapper à son attraction. C'est un véritable boulevard liquide qui va nous emporter comme un tapis roulant.

— On pourra s'en éloigner? s'inquiéta Caine.

— Avec le moteur, oui, dit la jeune femme. Avec la toile c'est moins sûr. Mes voiles sont vieilles, et les écoutes risquent de craquer.

Caine jeta un coup d'œil en arrière. On ne devinait plus la présence de la terre qu'à la stagnation des nuages au-dessus de la jungle. L'impression de solitude était extrême et terriblement angoissante.

— Il faut s'armer de patience, soupira Kitty. Et surveiller l'horizon. Nous sommes sur le « manège ». Quelque part, devant ou derrière nous, dérive le yacht d'Arcaño. Le problème des courants, c'est qu'ils charrient des épaves. Des fûts métalliques, des billes de bois qui sont tombés du pont d'un cargo. Ces objets peuvent nous heurter et endommager notre coque. Il faudra ouvrir l'œil.

— Des billes de bois? s'étonna Caine.

— Oui, insista Kitty. Des troncs d'arbre entiers, mal arrimés, et qui par forte houle passent par-dessus bord. C'est la hantise de tout skipper. Être heurté par l'un de ces trucs, c'est comme de prendre un coup d'éperon au-dessous de la ligne de flottaison. On coule en trois minutes. Si par malheur on était en train de dormir, on n'a même pas le temps de sortir de la cabine.

Caine renifla.

— Je vais faire du café, dit-il pour changer de conversation.

— Fais attention avec le réchaud à gaz, plaisanta Kitty. C'est une des causes principales de la destruction des yachts.

166

✳✳

La tension nerveuse s'atténuant, la fatigue les rattrapa. Bientôt le café bouillant ne les réchauffa plus, et ils se pelotonnèrent l'un contre l'autre.

« Pas de quoi se prendre la tête, songea Caine. Dans quinze jours nous n'aurons toujours rien trouvé. Nous sortirons du courant, et adieu le trésor! Ça n'aura finalement été qu'une excursion un peu mouvementée... »

Il essayait de se rassurer, mais au fond de lui-même il n'y croyait pas. Lorsque le sloop s'était engagé dans la coulée d'eau sombre, il avait été assailli par la certitude obscure qu'ils venaient de franchir une frontière interdite. Ce torrent glauque, qui s'étirait au milieu de l'océan lui avait fait penser au Styx, le fleuve des morts cher aux Grecs de l'Antiquité.

« Conneries! » ragea-t-il intérieurement. Allait-il donc se laisser posséder par tout le foutoir romantique des vieux loups de mer?

Il regarda le jour baisser avec une certaine appréhension. Verraient-ils le yacht? Se couleraient-ils contre sa coque rouillée? Et si cela se produisait, que feraient-ils ensuite? « Monter à bord, pensa-t-il. S'assurer que les accès aux cales ne sont pas piégés. Puis transborder les bouteilles et commencer à découper le coffre. » C'était là le point délicat. Par où attaquer? Par la porte ou par le plafond? Il faudrait sonder, essayer d'évaluer l'épaisseur du métal. Un vieux casseur, qu'il avait interrogé à des fins de documentation pour l'une des aventures du Culturiste fou, lui avait assuré qu'il fallait toujours attaquer les coffres par-derrière.

Une fois la chambre forte éventrée, restait le

problème de l'or... Quelle quantité en pourrait-on charger sur le sloop? En remplir la cale, la cabine, jusqu'à ce que le niveau de la mer atteigne presque le plat-bord? De la folie! Revenir, alors? Plus tard? Mais comment être sûr de retrouver l'épave? Ce serait un crève-cœur d'abandonner la moitié du trésor.

L'or. Cette seule idée lui enflammait tout à coup l'esprit. L'or c'était la liberté totale. La liberté reconquise. Il abandonnerait Bumper, paierait toutes les amendes qu'on exigerait de lui pour rupture de contrat. Il fonderait sa propre maison d'édition et ne publierait plus que pour le plaisir, de beaux textes n'intéressant qu'une poignée de lecteurs, sans souci de rentabilité... Il éditerait enfin ses carnets noirs, ses carnets secrets que Bumper lui avait toujours interdit de mettre en circulation, même sous pseudonyme. L'or du vaisseau fantôme l'affranchirait du souci de rentabilité. Il pourrait perdre de l'argent à loisir, en se moquant des criailleries des comptables. Ne plus travailler que pour une poignée de fidèles.

Il se secoua, stupéfié par sa propre niaiserie. Qu'espérait-il donc? Se refaire une virginité, lui, l'homme qui s'était compromis avec le Culturiste fou?

Pourquoi voulait-il cet or en fait? *Parce que c'était un défi!* Un défi qui tisonnait son désir de vivre et lui réapprenait le goût des choses. Bon sang! Jamais il ne s'était senti aussi bien qu'après la peur que lui avait infligé Sozo. Dans la maison du bain de vapeur, pendant que les matrones le malaxaient, il avait été soulevé par une allégresse puissante, inexprimable. La joie toute simple d'être encore en vie, de posséder un corps en état de marche, d'avoir faim, soif. Et envie de faire l'amour. Toutes ces choses qu'il avait désapprises là-bas, dans sa prison dorée de Venice, dans le ronron d'un succès qui jamais ne se démentait.

— Je vais prendre le premier quart, dit Kitty. Va dormir. Je crois que tu en as besoin.

9

Ce fut une nuit pénible, débitée en tranches de veille et de sommeil alternées. Chaque fois qu'il se retrouvait seul à la barre, Caine était écrasé par l'immensité des ténèbres. Le ciel couvert ne laissait pas voir les étoiles, le voilier filait, coincé entre deux abîmes nocturnes : la voûte céleste et l'océan. On avait beau plisser les yeux, on ne distinguait aucune lumière à l'horizon, pas même les feux de position d'un méthanier ou le clignotement d'une balise. C'était comme si le sloop dérivait au cœur d'un cosmos aveugle. Caine redoutait le brusque surgissement d'un obstacle : une épave, un récif contre lequel le petit navire s'écraserait. Kitty lui avait donné une lampe torche très puissante en lui recommandant toutefois de ne pas en abuser. De temps à autre, quand l'angoisse devenait trop forte, Caine saisissait le lourd cylindre métallique, en pressait le bouton pour jeter une brève giclée de lumière au cœur des ténèbres.

— Écoute le bruit de l'eau, lui avait dit la jeune femme. Il n'est plus tout à fait pareil quand on s'approche d'un corps flottant.

Mais Caine aurait pu écouter le bruit de l'eau à

s'en faire saigner les oreilles, il aurait été foutrement incapable de détecter la proximité d'une épave! Quand Kitty vint le relever, il tituba jusqu'à la cabine et s'effondra sur sa couchette, heureux de retrouver l'humidité de la paillasse.

Le lendemain, le ciel se révéla gris et bas. Le sloop filait toujours, porté par le courant. L'écume moussait de part et d'autre de l'étrave avec un bruit soyeux. Ils burent du café au lait très sucré, un mélange indigeste qui leur couperait l'appétit et leur permettrait d'économiser leurs provisions. Puis Caine s'installa à la proue, les jumelles rivées aux yeux pour tenter d'apercevoir l'épave. C'était un peu puéril mais il ne pouvait s'en empêcher. Ils se trouvaient maintenant au cœur du secteur sud/sud-ouest.

Au cours de la matinée ils rencontrèrent les premiers débris charriés par le courant, et qui se déplaçaient dans la même direction qu'eux. Des fûts goudronneux, contenant sans doute un restant d'huile, une vieille barque de pêche, très abîmée, à demi submergée, et qui ne tarderait pas à sombrer, une pirogue indigène, pourrie, au bois gorgé d'eau. Un tronc d'arbre, très dangereux, encore muni de ses branches et de ses racines, et que Kitty évita habilement.

Caine avait l'impression de se déplacer sur une route à grande circulation, et de zigzaguer entre les camions. Un peu avant midi, il aperçut même un crocodile mort, la panse gonflée par la putréfaction, et qui flottait sur le dos. Les requins lui avaient mangé la moitié de la queue. Que faisait-il là, si loin de la côte? Sa présence ajoutait une note surréaliste au convoi hétéroclite des épaves prisonnières du courant.

Vers quatorze heures, Caine prit conscience qu'ils étaient encerclés par les requins. Des

170

dizaines de squales dont les ailerons se déplaçaient parallèlement au sloop, plongeant et
remontant comme pour un agaçant jeu de cache-
cache. Les prédateurs nageaient au-dehors du
courant, mais, de temps à autre, l'un d'eux se
rapprochait de la coulée sombre pour une brève
incursion. Attiré par les remous du voilier, il frô-
lait la coque, s'y frottait, puis repartait, dégoûté
par cette eau glacée qui ne lui convenait guère.
Caine quitta son poste d'observation pour
rejoindre Kitty à la poupe. La jeune femme surveillait, elle aussi, le manège des ailerons.

— Il y en a beaucoup trop, remarqua-t-elle.
C'est bizarre. D'habitude ils ne se déplacent pas
en bande à moins d'avoir été appâtés. Le requin
est une bête solitaire.

Caine fronça les sourcils. Les prédateurs conti-
nuaient à les accompagner, formant une étrange
garde d'honneur de part et d'autre du voilier.

— Tu as vu ? marmonna-t-il. Il y en a un qui
s'est glissé dans le courant et a pu en repartir.

— C'est normal. Ils disposent d'une force mus-
culaire prodigieuse. Ce sont de véritables torpilles vivantes. S'ils étaient assez intelligents
pour y penser, ils pourraient défoncer notre
coque à coups de museau. Heureusement leur
cerveau est minuscule, incapable d'élaborer la
moindre stratégie.

Caine grogna, à demi rassuré. La vue des ailerons déchirant les vagues lui hérissait le poil.

— Mais il y en a trop, murmura la jeune
femme. Je n'y comprends rien. On dirait qu'ils
attendent quelque chose.

— On dirait des dauphins dans le bassin d'un
zoo, cracha Caine. À l'heure de la représentation,
quand les touristes leur jettent des sardines.

La journée s'écoula sans autre incident. Les

squales venaient, repartaient, sans qu'on puisse déterminer ce qui motivait leur rassemblement.

Alors que le soleil commençait à se coucher, Caine crut distinguer une masse droit devant. Mais la luminosité n'était plus assez forte pour lui permettre de déterminer la nature de l'objet flottant.

— C'est gros et bas sur l'eau, expliqua-t-il à Kitty. Ça ne peut pas être un yacht.

La jeune femme le relaya au poste d'observation, mais la nuit tombait, et elle ne put se faire une idée plus précise de ce qui se déplaçait devant eux.

— Ça pourrait tout de même être un yacht dont les superstructures auraient été arrachées par les tempêtes, dit-elle pensivement. Au bout de quelques années, les bateaux fantômes se réduisent le plus souvent à une simple coque pontée. Tout ce qui se dressait au-dessus du bastingage a été emporté par les lames. C'est pour cette raison que les radars n'arrivent pas à les repérer, ils sont trop bas sur l'eau.

— Quand le rattraperons-nous ? interrogea Caine.

— En hissant toute la toile, demain sans doute. Vers midi, si le vent est avec nous.

Une sourde excitation s'installa en eux. Pourtant ils savaient qu'il y avait peu de chance pour qu'il s'agisse d'*el Crucero*. Ç'aurait été trop beau. Trop rapide également. Ils mangèrent en silence. Caine, qui jusqu'alors avait pensé que la claustration sur un bateau perdu au milieu de l'océan poussait obligatoirement les gens aux confidences, aux monologues chuchotés, découvrait que Kitty n'était guère sensible à cet aspect des choses. Elle paraissait... *verrouillée*, fermée à double tour, n'ouvrant la bouche que pour des raisons utilitaires, se taisant avec obstination dès qu'on débordait du strict cadre informatif. Pour Caine, elle évoquait un beau fruit, mais dont le noyau, par une aberration naturelle quelconque, aurait été constitué de métal. « Une pêche, pensait-il. Une pêche au cœur inoxydable. » Au cours de la soirée toutes ses tentatives de conversation tombèrent à plat. La jeune femme se contentait de répondre par des grognements, les yeux perdus dans le vague, comme si son esprit n'habitait son corps qu'à temps partiel. Caine, à Berkeley, avait connu une fille — une fumeuse de thé, comme on disait du temps de Kerouac — qui passait ses week-ends allongée sur son lit, à fixer le plafond et ne consentait à s'animer que pour aller au petit coin. Kitty avait-elle les mêmes penchants ? Il décida de ne pas s'en émouvoir outre mesure, car il avait entendu dire que les amoureux de la mer, dès qu'ils sont au large, ont coutume de perdre tout vernis de civilisation et se transforment aisément en bêtes brutes.

Cette nuit-là, quand Kitty vint le secouer pour qu'il prenne le second quart, le romancier, cédant à une impulsion idiote, l'attira contre lui. Glissant les mains sous le chandail de la jeune femme, il lui caressa le ventre et les seins, s'émerveillant du contact de cette peau jeune et ferme. Pourquoi agissait-il ainsi ? Par pur désir physique ou pour tenter de redonner un peu de chaleur à cette poupée aux yeux trop vides qui lui faisait peur, par moments ? À la seconde où il croyait que Kitty allait s'abandonner, la jeune femme recula, se dégageant sans se débattre, mais fermement. Elle resta agenouillée près de la couchette, dans l'obscurité. Son souffle haletant emplissait la cabine.

— Non, dit-elle enfin. Je ne peux pas. Pas

depuis que Sozo m'a touchée... Je sens tes mains et j'imagine aussitôt les siennes. La nuit je le vois tout le temps... J'ai l'impression qu'il sera toujours là, dans mon lit, comme une espèce de fantôme malpropre...

Sa voix s'était cassée sur le dernier mot, et Caine devina qu'elle pleurait.

— Je n'ai rien contre toi, murmura encore Kitty. *C'est lui...* Je n'arrive pas à oublier son corps collé contre le mien, là-bas, dans la cabane.

— Ce n'est rien, souffla Caine. Ça finira par passer.

— Non, rugit la jeune femme. Ça ne passera pas tout seul. Il faut que je fasse quelque chose pour me laver du contact de cette ordure, sinon ça restera toujours sur moi... Il était si... si *mauvais*. J'ai l'impression que ça a déteint sur mon corps. Que c'est *entré* en moi, comme une espèce de virus...

Caine ne chercha pas à la raisonner. Il comprenait ce qu'elle essayait de lui dire. Sozo faisait partie de ces êtres dont la seule vue vous avilit. Il était le mal, et surtout, il était contagieux.

— C'est pour ça que j'irai jusqu'au bout, dit-elle. Pour essayer de guérir. Si nous nous emparons du trésor, *ils* n'auront plus aucun pouvoir sur nous.

On eût dit qu'elle parlait d'un envoûtement. Caine se glissa hors de la couchette et alla prendre sa place à la barre. Le malaise de la jeune femme s'était insinué en lui. Est-ce qu'en approchant Carlita Pedrón et Sozo, il n'était pas en quelque sorte — lui, Oswald Caine — devenu leur complice, comme ces journalistes qui, pour décrocher un scoop, s'introduisent dans la planque d'un terroriste poseur de bombes, et refusent ensuite de donner la moindre indication à la police?

C'était une impression vague mais gênante qui le tourmentait. Le trésor du Boucher pesait son poids de sang et d'agonie, comme tous les trésors de guerre. Il était constitué d'une prodigieuse accumulation de morts, d'exécutions, de tortures. Il y avait en lui quelque chose de maléfique qui portait malheur. D'ailleurs Arcaño n'avait-il pas été puni le soir même de sa destitution, alors qu'il tentait de prendre la fuite? La tempête l'avait frappé de sa justice, le condamnant à la réclusion sur une épave errante... Caine se secoua. Allons! Voilà qu'il perdait la tête, qu'il sombrait dans la superstition, comme les Indiens du littoral. C'était à cause de la nuit. Cette nuit sans lune, si opaque... si désespérante.

⁂

Le lendemain fut un mauvais jour. Le vent tomba, faisant place à un calme blanc qui réduisait l'avance du sloop seulement porté, désormais, par le courant. Kitty ne put venir relever Caine, et le romancier découvrit qu'elle avait la fièvre. Elle s'agitait sur sa couchette, entortillée dans ses draps, couverte de sueur. C'était sûrement là une conséquence des multiples piqûres de moustique subies dans la jungle, et de l'arrêt momentané du traitement préventif à la Nivaquine. Il lui fit absorber plusieurs comprimés de quinine. Elle transpirait et claquait des dents en bredouillant des mots incompréhensibles. Caine essaya de la réconforter, mais elle ne semblait pas l'entendre. Il crut comprendre qu'elle parlait de Sozo. Dès qu'elle eut sombré dans la somnolence, il regagna le pont. Les voiles pendaient, flasques; jusqu'à l'horizon la mer était lisse, sans une ride. Seule la coulée sombre du courant sous-marin plissait la peau de l'océan. Le sloop se déplaçait sur cet étroit chemin liquide, mais son avance avait beaucoup perdu de son impétuosité des jours précédents.

Caine en profita pour reprendre ses observations. La masse sombre était toujours visible, droit devant. Dans la lumière du matin, elle se présentait sous une forme trapézoïdale dépourvue de superstructures. Ce pouvait être une coque à la dérive, comme le suggérait Kitty. Un yacht scalpé par les lames, et dont le mât, le roof avaient été arrachés. Caine ne distinguait pour l'heure que la masse de sa poupe sans grâce, lourde, et basse sur l'eau. Si c'était un yacht, il n'avait pas été dessiné par un constructeur talentueux. Des nuées d'oiseaux tourbillonnaient au-dessus de la coque abandonnée. Mouettes et goélands allaient, venaient, se posant et s'envolant tour à tour, comme si l'épave constituait pour eux un perchoir bienvenu leur permettant de faire halte et de se reposer en pleine mer.

Le romancier se fit du café et mâchonna quelques biscuits de mer qu'il tenta vainement de ramollir dans le breuvage brûlant. Il aurait donné son oreille droite pour une assiette de pancakes au sirop d'érable.

Kitty refusa de s'alimenter. Recroquevillée sur la couchette, elle grelottait. Caine lui jeta une couverture sur les épaules et repartit à la proue. Allait-il tomber malade lui aussi? Ce serait la catastrophe! Chassant ces pensées moroses, il reprit les jumelles. Plus il l'observait, plus la masse sombre qui flottait devant eux lui inspirait un sentiment de peur. Il n'aurait su dire pourquoi, mais la silhouette de l'épave avait quelque chose de funeste qui faisait froid dans le dos. Sa noirceur et ses angles évoquaient un bâtiment métallique, peut-être militaire. Une vedette en perdition ? Non, les formes étaient trop lourdes, pas assez effilées.

Le moral plutôt bas, Caine se retrancha à l'arrière, sortit son carnet, et se mit à écrire. Cette auto-hypnose personnelle lui permit de s'abstraire de la réalité et de ne plus voir les nageoires caudales des requins dont le ballet s'intensifiait de part et d'autre du sloop.

À midi Kitty n'avait toujours pas émergé de sa torpeur. Le voilier, avec sa toile flasque, avait tout du vaisseau fantôme. Le silence de la mer était insupportable.

Caine n'osait plus toucher aux jumelles, mais il lui arrivait de plus en plus souvent de plisser les yeux pour localiser la masse noire de l'épave. Était-ce *el Crucero* ? Non, ç'aurait été incroyable. Et pourtant, si le yacht du Boucher n'avait pas coulé, il allait surgir tôt ou tard dans leur champ de vision. Caine ne savait plus s'il souhaitait que la chose se produise. Le pressentiment désagréable qui l'avait assailli le matin même lui nouait encore le ventre, refusant de s'en aller.

Kitty ne reprit conscience qu'à la tombée de la nuit, la fièvre ayant baissé, mais elle était très faible. Caine dut la contraindre à prendre un peu de soupe et la soutenir jusqu'aux toilettes.

L'obscurité venue, le romancier s'installa à la poupe, sa torche électrique à la main. Les requins ne dormaient pas, de temps à autre leurs ailerons dessinaient une faux scintillante dans le faisceau de la lampe. Caine s'assit dans le cockpit, le dos à la barre, et rentra la tête dans les épaules. Il dormit ainsi quelques heures, d'un sommeil entrecoupé de crampes douloureuses.

Au matin Kitty allait mieux. Le vent soufflait à 20 nœuds et l'on devait élever la voix pour parler.

On naviguait sous la bourrasque, grand largue, et la jeune femme dut modifier la toile. La gîte augmenta en même temps que la vitesse, car le voilier, allant sur cul, était toujours trop mou.

Kitty se cramponnait à la barre, une couverture sur les épaules, le visage chiffonné. Caine ne disait rien car on voyait maintenant se rapprocher à l'œil nu la silhouette trapézoïdale de l'épave. La jeune femme murmura que le sloop l'aurait rejointe avant une heure, et Caine se demanda s'il fallait s'en féliciter. Le ballet des mouettes s'intensifia, emplissant l'air de ricanements ironiques qui évoquaient un rire de vieille femme, ou de sorcière de dessin animé.

— Ce n'est pas un yacht, diagnostiqua Kitty après l'avoir étudié à la jumelle. C'est trop bas sur l'eau. On dirait une barge. Elle est bien trop loin de la côte mais elle a pu dériver.

— Une barge ?

— Oui, parfois elles font la navette entre le port et les minéraliers qui ne peuvent pas s'avancer suffisamment en raison du manque de fond, mais je ne comprends pas comment elle a pu dériver à ce point.

Caine lui reprit les jumelles. À présent on voyait nettement les contours de l'épave, gros cube aux flancs dépourvus de hublots et rougis d'oxydation. Une embarcation sans grâce, corrodée par le sel, et qui, en raison de sa flottabilité médiocre, tenait mal la mer.

Au fur et à mesure que le sloop s'en rapprochait, l'angoisse de Caine grandissait. Il ne parvenait plus à détacher son regard de la barcasse, bien qu'une répulsion instinctive lui commandât de s'en éloigner au plus vite. Les cormorans menaient grand tapage, indisposés par l'arrivée des intrus. Le bec largement ouvert, ils hurlaient et battaient des ailes dans un grand froissement de plumes.

— Il faudrait l'aborder et la visiter, murmura Kitty.

— Pourquoi? fit Caine en se raidissant.

La jeune femme haussa les épaules.

— C'est sûrement idiot, dit-elle, mais je pense à tout ce qu'on raconte à propos du yacht d'Arcaño, tu sais bien : des superstructures modifiables... des panneaux coulissants permettant de transformer l'allure de la coque...

— Il ne peut pas s'agir d'*el Crucero,* grogna Caine. C'est trop différent.

— Il faut tout de même aller voir, s'entêta Kitty. Par acquit de conscience.

Caine se mordit l'ongle du pouce. Elle avait raison, mais une épouvante irraisonnée s'emparait de lui à la simple idée de poser le pied sur le pont de la barge. Quand ils furent à la hauteur de l'embarcation, Kitty jeta habilement un grappin sur le pont de fer, et amena toute la toile. Caine inspecta le navire d'un regard méfiant. C'était une péniche carrée, laide. Un assemblage de tôles rouillées où l'on aurait cherché en vain une identification quelconque. Les vagues battaient contre sa coque, éveillant dans ses flancs des échos inquiétants. Une frayeur rageuse s'empara dès lors des mouettes qui s'éparpillèrent en hurlant, se cognant aux haubans du sloop. Elles ne cédaient le territoire qu'à regret. D'ailleurs elles ne s'éloignèrent pas, se contentant de voler en cercle au-dessus de l'épave. Elles attendraient que les humains s'en soient allés pour revenir se poser sur le pont.

Kitty avait amarré les deux bateaux flanc contre flanc. La torche électrique à la main, elle sauta sur la barge dont le pont était recouvert d'un capot de ferraille en tôle ondulée. Caine la rejoignit. Ses semelles résonnèrent désagréablement sur le caillebotis métallique. Tout était soudé par la rouille, même les chaînes qui traînaient sur le sol. Kitty fit la grimace et marcha vers la dunette, cette petite cabine servant de poste de pilotage. La fiente des oiseaux de mer plâtrait complètement la vitre et les hublots, si bien qu'il était impossible de jeter un coup d'œil avant d'entrer. De manière assez insolite, Caine n'éprouva aucune difficulté à tourner la poignée de la porte. Le battant, qu'il s'était attendu à trouver soudé au chambranle, pivota en grinçant, mais sans trop rechigner.

La cabine empestait la viande pourrie, et Caine crut une seconde qu'une mouette achevait de s'y décomposer, mais il n'y avait rien, qu'une table vissée au plancher, deux chaises et une Thermos renversées. Sur la petite table carrée, un jeu de cartes s'étalait, jeté en vrac et taché de café.

— On a dû évacuer en catastrophe, murmura Kitty. Une panne de moteur sans doute. La barge a été captée par le courant et les marins l'ont abandonnée.

— Qu'est-ce qu'ils transportaient? s'impatienta Caine. Ça pue comme l'enfer...

— Sans doute du guano, hasarda la jeune femme. Certaines îles en sont tapissées sur plusieurs centimètres d'épaisseur. On s'en sert comme engrais.

Caine sortit un mouchoir de sa poche et le pressa contre son visage.

— Fichons le camp, dit-il. Il n'y a rien.

— Il faut aller voir en bas, riposta Kitty. Soulève la trappe, là... en dessous c'est la cale.

Caine jura. S'agenouillant, il saisit l'anneau qui permettait de rabattre le panneau d'acier. Il démasqua un trou noir abritant une échelle de fer. La pestilence le frappa de plein fouet, le faisant suffoquer. Du guano, avait dit Kitty. Les dents serrées, il posa son pied sur le premier échelon.

— Éclaire-moi, lança-t-il à la jeune femme. J'ai l'impression de descendre ausculter le trou du cul du diable !

« Du guano... » se répéta-t-il mentalement pour ne pas prendre la fuite. Mais sa chair se hérissait comme à l'approche d'un danger. Tout son instinct lui criait de ficher le camp sans demander son reste. Il toucha le fond. Le moindre mouvement éveillait d'étranges sonorités sous la voûte du capot. La nuit complète régnait dans la soute. Il s'immobilisa, de peur de tomber. À l'arrière se trouvait le moteur et l'arbre de l'hélice, à l'avant la masse du fret. Kitty entreprit de le rejoindre. Le faisceau de la torche allait et venait, éclairant fugacement un décor de tuyauteries rouillées. Les machines baignaient dans trente centimètres d'eau salée. Caine retenait sa respiration pour inhaler le moins possible la puanteur qui régnait sur les lieux. Et tout à coup Kitty braqua le halo de la lampe sur le fret. Elle eut un tel spasme de surprise que la torche faillit lui échapper et se briser sur le caillebotis.

Il ne s'agissait pas de guano.

La masse informe entreposée à l'avant se composait uniquement de cadavres. Des dizaines de cadavres jetés pêle-mêle, et qui constituaient un abominable charnier flottant.

Caine releva immédiatement le faisceau de la torche pour ne plus rien voir de cette horreur, mais il savait déjà que l'image terrible, entr'aperçue l'espace d'une fraction de seconde, ne s'effacerait jamais de sa mémoire. Une pyramide de

corps nus, des hommes, des femmes, enchevê-
trés, bras et jambes formant des angles impos-
sibles. Des cadavres dont la décomposition était
déjà ancienne, et qui ressemblaient à des momies
pré-colombiennes en attente de sépulture.

Kitty hoquetait dans l'obscurité, essayant de
vomir une bile acide. Caine avait instinctivement
reculé, et ses épaules avaient buté contre la
masse de la chaudière. La tache jaune de la
lampe n'éclairait plus que le sommet de la pyramide. Là, se tenait plantée une fourche... Caine
ne voyait plus que cet outil aux dents rouillées,
enfoncé dans la masse indistincte des morts ano-
nymes comme au faîte d'une meule de foin.
C'était l'odeur, l'odeur de tombeau prisonnière
de la cale qui attirait les mouettes depuis plusieurs années déjà. Les corps s'étaient desséchés,
mais la pestilence formidable avait tout impré-
gné, s'attardant alors même que toute chair avait
disparu.

— On... on ne peut pas les laisser comme ça,
bredouilla Kitty. Il faut les libérer...

— Comment ? interrogea Caine.

— Tout près de nous, expliqua la jeune
femme, quelque part le long de la rambarde, il
doit y avoir une manette qui permet d'ouvrir le
fond de la barge, ça fonctionne comme la trappe
de largage découpée dans le ventre des avions...

— Et ça sert à quoi ?

— À larguer la pierraille, les déchets, en pleine
mer.

Ils explorèrent la passerelle, évitant d'éclairer
le charnier. Le levier de largage se trouvait bien
là, mais Kitty eut beau s'y suspendre, elle ne parvint pas à l'abaisser. La rouille avait soudé entre
eux tous les engrenages du mécanisme rudimen-

taire. Comme elle s'entêtait, poussant des gémissements plaintifs, il la tira en arrière.

— Partons, dit-il, ça ne sert à rien. Il ne faut pas rester au milieu de ces miasmes.

Il dut la pousser vers l'échelle. Quand ils furent sur le pont, Kitty se plia en deux, cassée par les spasmes, mais son estomac était vide et elle ne parvint pas à vomir.

— C'est quoi ce bateau ? interrogea Caine quand elle eut repris son souffle.

— Je pense qu'il s'agit de ce que le Boucher et ses sbires appelaient « une benne à ordures », balbutia la jeune femme. On s'est longtemps demandé ce que devenaient les corps de tous les malheureux torturés dans les caves du palais. Les commissions internationales ont enquêté sans jamais pouvoir mettre le doigt sur une preuve réelle. Les opposants au régime disparaissaient sans qu'on puisse les retrouver. Arcaño prétendait qu'ils avaient choisi la fuite dans la jungle, l'exil volontaire...

Elle s'interrompit pour se passer la main sur le visage. Elle avait les traits tirés et des cernes mauves soulignaient ses yeux.

— On a longtemps cru qu'il se débarrassait des corps mutilés dans la forêt, mais on se trompait... C'est ici qu'il envoyait ses gorilles larguer les cadavres. En pleine mer, là où les requins se chargeaient d'effacer toute trace des persécutions.

Caine regarda instinctivement par-dessus le bastingage. Il comprenait maintenant la raison de la prolifération inhabituelle des squales. Pendant plus de quinze ans, les prédateurs avaient été régulièrement engraissés par la milice d'Ancho Arcaño. Grassement nourris, ils avaient pris l'habitude de se rassembler à l'endroit où les barges venaient décharger le contenu de leur benne. Trois ans après la chute du régime, ils s'obstinaient encore à hanter les lieux, espérant le retour de la manne.

— Viens, décida Caine. Il faut partir.

Au-dessus d'eux les mouettes s'enhardissaient, devenant agressives, volant de plus en plus bas, pour les chasser de leur territoire. Leurs ailes claquaient dans l'air. Kitty se redressa, enjamba le plat-bord et sauta sur le pont du voilier. Caine la rejoignit aussitôt. Ils larguèrent les amarres et hissèrent toute la toile, tenaillés par le besoin de s'éloigner au plus vite du charnier flottant. Ils filèrent vent arrière, beaucoup trop vite, et le petit bateau se mit à rouler bord sur bord, mais ils n'y prêtèrent attention ni l'un ni l'autre. Ils gardaient le silence, visage fermé, lèvres serrées, essayant de chasser les images brièvement entrevues dans la cale obscure. Curieusement, Caine ne pensait qu'à la fourche. Cet outil obscène, planté à la verticale, et qui témoignait d'un mépris absolu pour ceux qu'on avait assassinés et qui se trouvaient là.

Dans les heures qui suivirent, ils n'échangèrent pas une parole. Caine se sentait très abattu. La barge avait pour lui quelque chose d'un présage funèbre leur signalant qu'ils avaient pénétré sur le territoire de la mort. La coulée sombre et liquide sur laquelle le sloop se déplaçait évoquait pour lui plus que jamais l'une de ces routes menant droit aux enfers, que les Anciens aimaient indiquer sur les cartes marines des premiers âges. Désorienté, vulnérable, Caine se sentait devenir perméable à toutes les fantasmagories.

Le sloop continuait à filer, son étrave soulevant deux gerbe d'écume. Le vent sifflait dans les haubans et les voiles tiraient sur leurs attaches comme si elles avaient décidé de les rompre. Kitty avait le regard fixe; ses mains, cramponnées à la barre, étaient blanches. Elle ne paraissait même plus savoir où elle était. Caine n'osa la secouer pour la ramener sur terre.

C'est ainsi qu'ils heurtèrent un objet flottant. Déséquilibré, Caine ne put distinguer de quoi il s'agissait. Bille de bois ? Fût métallique ? Mais le choc fut rude, et le sloop se coucha sur tribord, embarquant beaucoup d'eau. L'objet, qui avait une première fois frappé l'étrave, fut rabattu par la force du courant, passa sous la coque et heurta la poupe, à la hauteur du gouvernail et de l'hélice. Le choc se répercuta dans les membrures et Caine, à quatre pattes dans le cockpit, put le sentir courir dans chaque planche du pont.

La barre fut arrachée des mains de Kitty qui encaissa un formidable coup dans les côtes et tomba à genoux, le souffle coupé. Il fallait affaler au plus vite, afin de constater les dégâts, et dans les minutes qui suivirent, ils bataillèrent pour carguer la toile. Caine avait l'illusion d'entendre une sirène d'alarme mugir dans sa tête tandis qu'une voix affolée lui criait : « On va couler ! On va couler ! »

Ils se précipitèrent en bas pour inspecter l'état de la coque. Kitty respirait avec difficulté. La torche brandie dans la main gauche, elle palpait les bordés de la paume droite pour s'assurer de leur parfaite étanchéité. La muraille était intacte, mais il fallait inspecter le fond. Elle souleva la trappe pour éclairer le point le plus bas de la coque, juste au-dessus du lest. Une odeur de moisi frappa Caine au visage. Cela empestait le vieux tonneau pourri. La jeune femme se glissa dans l'ouverture étroite qui lui râpait les épaules.

Caine entendit ses genoux cogner contre la coque. Maintenant elle était à plat ventre, en dessous de la ligne de flottaison, dans ce réduit courant de la poupe à la proue, et qu'affectionnent particulièrement les nuisibles élisant domicile à bord des bateaux.

— Alors? interrogea anxieusement le romancier.

— Les bordés de fond suintent, lâcha Kitty. Il y a déjà une petite flaque. Il faut aveugler ça en vitesse et rejoindre la côte au plus vite.

Caine fut presque soulagé en entendant ces mots. L'accident allait rompre l'envoûtement qui les tenait prisonniers du courant. Une fois à terre, ils reprendraient leurs esprits et décideraient d'un commun accord de renoncer à cette course folle. Ils oublieraient Arcaño, le vaisseau fantôme et son trésor... Oui, c'était ce qu'il y avait de mieux à faire. La barge n'annonçait rien de bon, et ils avaient tout à redouter de ce qui les attendait au bout de la route.

Ils remontèrent sur le pont. Hélas, dès que Kitty essaya de lancer le moteur, celui-ci émit une plainte lancinante et cala.

Le choc avait faussé l'arbre de l'hélice et probablement plié celle-ci en deux. Durant les trois secondes pendant lesquelles le moteur avait accepté de tourner, Caine avait parfaitement entendu le bruit des pales tordues mordant le bois. Kitty se pencha par-dessus bord.

— Le gouvernail est brisé, annonça-t-elle d'une voix blanche. Je n'ai rien pour réparer, aucune pièce de rechange. Nous ne pourrons pas nous arracher du courant, plus maintenant.

Elle parlait à la manière d'une somnambule, les yeux écarquillés, articulant à peine les mots.

— Allons, intervint Caine. On doit bien pouvoir faire quelque chose...

Il disait cela pour conjurer le mauvais sort. Kitty ne lui accorda même pas un regard.

— Il faut jeter du lest pour alléger le bateau au maximum, murmura-t-elle. Tes foutues bon-bonnes en premier, elles nous alourdissent trop.

Caine ne chercha pas à polémiquer. Il était inutile d'insister, la chasse au trésor s'arrêtait là. Le chalumeau oxhydrique et son alimentation ne servaient plus à rien.

Il leur fallut une bonne demi-heure pour sortir les bouteilles d'acier de la cabine et les faire passer par-dessus bord. Elles coulèrent à pic, comme de grosses torpilles arrivées en fin de course. Cette besogne les laissa haletants, épuisés.

Dès qu'elle eut repris son souffle, Kitty se mit à fouiller dans le coffre à outils pour dénicher son nécessaire de calfatage. Maintenant il s'agissait de restaurer l'étanchéité des bordés en colmatant leurs jointures avec du goudron et de l'étoupe. C'était un travail de spécialiste, qu'elle n'avait jamais exécuté, et elle n'était pas certaine de très bien s'en sortir.

— La flaque est plus grande, constata-t-elle dès qu'elle se fut glissée dans la trappe. On conti-nue à embarquer.

Elle plongea dans le réduit en grommelant :

— Nous étions trop lourds, c'était fatal. L'obs-tacle nous a heurtés comme un boulet de canon. Il faut écoper. Prends la pompe et installe-la, vite.

Caine obéit. C'était une petite pompe Hender-son très maniable et qui ne présentait aucun risque d'engorgement. Il se mit au travail, suant et soufflant dans l'atmosphère épaisse de la cale. Il ne lui fallut pas longtemps pour assécher le fond, et cette rapidité d'exécution le rassura quel-que peu. Kitty émergea enfin de son trou, noire de goudron, les mains poisseuses.

— Est-ce que ça tiendra ? s'inquiéta Caine.

La jeune femme haussa les épaules, avouant son ignorance.

Ils retournèrent sur le pont pour essayer d'élaborer une stratégie. Caine pensait qu'il était possible de tailler un morceau de bois avec les outils du bord et de fabriquer ainsi un gouvernail approximatif.

— Je ne sais pas si nous aurons assez de toile pour nous dégager de l'emprise du courant, soupira Kitty. Il faudrait vraiment un gros coup de vent. Je comptais sur le moteur pour ce type de manœuvre.

Il était hors de question de réparer l'hélice et son arbre faussé. Caine se cramponnait à son idée de gouvernail. Ils sortirent les outils et tentèrent de déterminer quelle pièce de bois ils prélèveraient pour effectuer ce remplacement.

Ces différents travaux exigeraient toutefois une immersion prolongée dans le courant, et Caine serrait les dents en songeant aux requins.

— L'eau est froide, observa Kitty. Ils ne s'y risquent guère. Et puis l'un de nous pourra monter la garde sur le pont, avec une gaffe pour les harponner s'ils se décident à approcher...

— Tu n'as pas de poudre spéciale ? demanda Caine.

— Si, fit la jeune femme en détournant les yeux. Mais il vaudrait mieux la garder pour... *après*. Je veux dire au cas où nous devrions vraiment abandonner le navire.

— Nous n'avons plus de canot de sauvetage, marmonna Caine.

— Tu le sais bien ! s'emporta Kitty, puisque c'est toi qui m'as demandé de le laisser à ces connards de sismologues !

Cela signifiait que si le voilier sombrait, ils se

retrouveraient contraints de nager pour se maintenir à flot.

— Tu as des gilets de sauvetage ?

— Oui, trois. Mais ils sont vieux. Un peu dissous. Je ne garantis pas leur étanchéité.

Caine inspira profondément pour chasser l'angoisse qui lui nouait le plexus.

— Si on coule, dit-il le plus calmement possible, est-ce qu'on a une chance de pouvoir revenir en arrière, vers la barge ?

Kitty secoua négativement la tête.

— Non, ce serait nager à contre-courant. Nous n'en aurons pas la force. Ça équivaudrait à tenter de remonter une cascade à la nage. Et puis l'eau est glacée, nous serons très vite ankylosés.

— Il faudra fabriquer un radeau, décida le romancier, et charger à bord tout ce qu'on pourra emporter comme vivres, et surtout les fusées de détresse.

Kitty sursauta.

— Je n'ai plus de fusées, avoua-t-elle. Je les ai tirées sur les singes, dans le jardin de l'asile, pour te dégager. J'ai oublié de les remplacer.

Caine cracha un juron en essayant de ne pas céder à la bouffée d'agressivité qui montait en lui. Ils occupèrent les dernières heures du jour à déclouer certaines planches du pont et à les scier pour tenter de fabriquer un gouvernail de secours. C'était un travail très difficile, pour lequel ils n'étaient guère outillés. Régulièrement ils descendaient dans la cale pour vérifier le niveau de l'eau et écoper. Le calfatage de fortune mis en place par Kitty semblait avoir en grande partie vaincu l'infiltration, et ils reprirent espoir. Avec un peu de chance, une fois le nouveau gouvernail mis en place, et si le vent soufflait à la bonne vitesse, ils pourraient espérer échapper à l'emprise du courant et tirer des bords pour rejoindre la côte. Cela faisait beaucoup de *si*...

Ils passèrent une bien pénible nuit, sommeillant par à-coups, se réveillant en sursaut. Au matin, hélas, il devint évident que le calfatage n'avait pas tenu et que les bordés disjoints laissaient entrer l'eau. Les œuvres vives du bateau s'emplissaient d'un clapotement de mauvais augure, et il fallut pomper avec acharnement, à s'en arracher les tendons, pour voir enfin diminuer cette flaque sombre à l'odeur de saumure. Le sloop était maintenant très alourdi, bas sur la mer, et difficilement gouvernable, même après une réparation de fortune. Cette réparation devenait elle-même problématique car quelqu'un devait maintenant rester en permanence dans la cale afin d'écoper au fur et à mesure que le fond se remplissait. Caine avait les muscles des bras en feu et suait à grosses gouttes. Chaque fois qu'il passait la tête dans l'ouverture de la trappe pour inspecter la coque, il découvrait de nouvelles voies d'eau. Le terme de marine employé par Kitty ne cessait de tourner dans sa tête : « coutures ouvertes », c'était affreusement évocateur de ce qui était en train de se produire. Pour ne plus penser, il recommençait à pomper avec acharnement.

**

Le sloop agonisa quatre jours durant.

Pendant que Caine écopait, Kitty bataillait avec les planches arrachées au bordage pour essayer de construire un semblant de radeau. Ce serait de toute manière une étroite plate-forme où ils auraient à peine la place de s'allonger côte à côte. Caine voyait l'avenir sous les couleurs les plus sombres. Que pourraient-ils espérer une fois installés sur le radeau ? Ils auraient beau pagayer à s'en arracher les bras, jamais ils ne réussiraient à sortir l'esquif du courant. La puissance du flot surpassait leurs pauvres forces. Le seul espoir sérieux résidait dans le passage d'un bateau qui les apercevrait et viendrait à leur secours.

— Si l'on tient assez longtemps, on peut croiser un yacht californien en route vers le sud, répétait Kitty. Ou un bateau de pêche...

À l'aube du quatrième jour, la voie d'eau s'agrandit au point qu'il suffisait de tendre l'oreille pour entendre la cale se remplir. Il fallait se décider à quitter le sloop et à s'en éloigner le plus possible afin de ne pas être aspiré par l'épave lorsque celle-ci s'enfoncerait dans les profondeurs.

Ils larguèrent le radeau. Un simple morceau de plancher prélevé sur le pont, renforcé par des traverses, et dont ils avaient essayé d'augmenter la flottabilité en y assujettissant deux ou trois bidons remplis d'air qui faisaient office de bouées. Au milieu de cette embarcation dérisoire, ils entassèrent la réserve d'eau douce, les vivres, et quelques instruments de navigation rudimentaires qu'ils arrimèrent à l'aide de filins. Essayant de ne pas prêter l'oreille aux glouglous qui faisaient vibrer la coque sous leurs pieds, ils enfilèrent les gilets de sauvetage, et sautèrent à l'eau. Caine fut désagréablement surpris par la température de l'océan. Le flot était glacial, comme s'il montait des abîmes. Kitty plongea à son tour. S'accrochant chacun à un côté du radeau, ils nagèrent à l'indienne pour s'éloigner au plus vite du sloop qui s'enfonçait par la poupe. Par bonheur ils se déplaçaient dans le sens du courant, et la puissance des flots leur permit de prendre rapidement le large.

Caine jetait de fréquents coups d'œil par-dessus son épaule pour voir où en était le voilier. Il n'ignorait pas qu'une épave qui sombre développe un formidable pouvoir de succion, et que ce tourbillon peut aspirer tout ce qui se déplace à sa périphérie, qu'il s'agisse d'espars ou de nageurs...

Ils étaient à plus de cent mètres du bateau quand celui-ci redressa sa proue vers le ciel et s'abîma au milieu des remous, creusant un entonnoir sombre à la surface des eaux. Quand la mer fut redevenue lisse, Caine et Kitty se hissèrent sur le radeau. À bout de souffle, ils se couchèrent sur le dos, les bras le long du corps. La morsure du soleil leur parut agréable après le bain glacé qu'ils venaient de prendre. C'était une illusion, bien sûr, car dans peu de temps les rayons brûlants s'additionnant à la gerçure du sel marin les mettraient à la torture.

Ils demeurèrent immobiles, un bras replié sur le visage, tandis que le radeau tournoyait dans le courant. Caine faisait de gros efforts de volonté pour ne pas penser aux requins.

10

Ils dérivèrent trois jours et trois nuits, cramponnés l'un à l'autre, terrifiés à l'idée de basculer par-dessus bord pendant leur sommeil. Bien que bâti à la hâte, l'esquif restait stable. À cause des eaux froides, les requins ne cherchaient guère à s'en approcher, et c'était bien ainsi, car il leur aurait suffi d'un simple coup de museau pour disloquer le fragile assemblage de planches. D'abord Caine avait espéré que la barge les rattraperait et qu'ils pourraient se hisser à bord du vaisseau charnier, mais le « transporteur de guano » restait très en arrière, et c'est à peine si l'on distinguait la tache noire de sa silhouette à l'horizon. Beaucoup plus léger, offrant moins de résistance au flot, le radeau dérivait très vite, ne cessant de s'éloigner de la barge. Caine s'était plusieurs fois posé la question de savoir s'il pourrait nager à contre-courant, mais il savait bien que c'était là une chimère. Il n'avait plus vingt ans, et le froid aurait très vite raison de lui... à moins que les requins, finalement attirés par sa gesticulation, ne décident de s'occuper de lui.

Kitty avait emporté les jumelles et occupait les heures à observer la ligne d'horizon dans l'espoir de voir surgir un cargo, en vain. Caine souffrait l'enfer à cause des coups de soleil et de l'irritation du sel. Ses parties génitales, frottant contre ses vêtements trempés, étaient à vif, et il grimaçait chaque fois qu'il lui fallait esquisser le moindre mouvement.

Il commençait à penser qu'il allait mourir ainsi, le plus stupidement du monde : accroché à une planche et les couilles en feu. C'était une épitaphe qu'aurait appréciée Bumper. Des crampes terribles l'assiégeaient par instants, et il devait se mettre à l'eau pour effectuer quelques brasses. Ces brèves plongées le suffoquaient tant le contraste entre les températures était grand. Le troisième jour il eut un malaise, et Kitty dut le hisser en catastrophe pour l'empêcher de couler à pic. Leur remue-ménage attira un squale qui se dérouta pour passer juste au-dessous du radeau. La peau hérissée par la terreur, ils entendirent sa nageoire caudale crisser contre les planches, à quelques centimètres de leurs visages joints.

Caine, qui n'arrivait pas à dormir, s'affaiblissait plus vite que sa compagne. Il avait soif en permanence et ne parvenait pas à détacher son regard du bidon d'eau douce dont le niveau diminuait. Elle avait beau être chaude, avoir un goût de plastique, elle lui paraissait merveilleuse chaque fois qu'il en avalait une gorgée.

Pour ne pas céder à la dépression, il avait entrepris de raconter ses voyages de jeunesse à sa compagne, les agrémentant d'anecdotes saugrenues. C'était un moyen comme un autre de s'occuper l'esprit et de résister au désespoir.

— Nous ne sommes pas très loin de la côte, répétait Kitty, dont c'était le *credo*. Un bateau de pêche va forcément nous apercevoir. Il faut tenir le coup le plus longtemps possible.

Par chance, le temps restait clément. En cas de tempête le radeau se disloquerait à la première grosse lame, ils ne se faisaient aucune illusion quant à cela. Si la chose se produisait, ils devraient s'en remettre à leurs gilets de sauvetage. Les lames les soulèveraient, les séparant. Sans doute seraient-ils projetés hors du courant. Revenus dans les eaux chaudes, ils deviendraient alors une proie facile pour les requins.

Kitty ne prêtant qu'une oreille distraite à ses souvenirs de vieux routard, Caine s'était mis à écrire pour lui-même, dans sa tête. De temps à autre, il palpait ses poches pour s'assurer que son carnet noir à couverture étanche était toujours là. Finirait-il dans l'estomac d'un requin?

Le quatrième jour la brume recouvrit l'horizon et la mer grossit, secouant le radeau dont les planches gémirent. Allongé sur le ventre, Caine enfonçait ses ongles dans le bois détrempé, persuadé que leur sort allait se régler d'un instant à l'autre. Kitty lui expliqua que son gilet contenait l'habituel nécessaire de survie qui lui permettrait de subsister quelque temps à condition que les squales ne le dévorent pas dès que la traditionnelle poudre jaune aurait perdu son pouvoir répulsif. « C'est fini, pensa le romancier. Maintenant nous allons être séparés, et nous allons mourir chacun de notre côté... »

L'écume l'aveuglait, lui brûlant les yeux. C'est parce qu'il essayait d'échapper aux gifles liquides qu'il aperçut la masse sombre et effilée, droit devant. À cause de la brume, il n'avait pu la repérer plus tôt, mais elle était bien là, solide, presque inerte. C'était une coque... C'était la coque d'un navire de quarante-cinq mètres environ dont la poupe surgissait par à-coups du brouillard. Caine saisit Kitty par le poignet et la secoua, lui désignant l'épave. Quatre cents mètres les en séparaient, mais s'ils pouvaient les franchir avant que la tempête n'éclate vraiment, ils étaient sauvés. « Pas sûr, corrigea aussitôt une voix dans la tête de Caine. Il faut encore pouvoir s'y hisser. On a vu des naufragés se retourner les ongles sur les flancs d'un bateau sans pouvoir y grimper, faute d'un filin... et finir noyés. »

Allongés sur le ventre, Caine et la jeune femme plongèrent chacun un bras dans l'eau et se mirent à pagayer de toutes leurs forces. Lentement, parce qu'ils étaient plus légers, l'écart diminua. La poupe grossissait. La peinture en était écaillée ; quant au gouvernail, de gros paquets d'algues s'y entortillaient, l'emmaillotant d'une longue chevelure gluante.

Le cœur de Caine battait à tout rompre au fur et à mesure que le radeau plongeait dans la brume. Alors qu'une crampe effroyable s'installait dans son épaule, ils approchèrent enfin de la poupe. Le romancier écarquilla les yeux. Un nom dont les lettres avaient jadis été dorées s'étirait au-dessous du bastingage. Un nom qu'on pouvait encore déchiffrer malgré les déjections des mouettes qui le recouvraient en partie : *EL CRUCERO.*

C'était le vaisseau fantôme d'Ancho Arcaño. Comme l'avait prévu Kitty, le courant circulaire qui sillonnait la baie avait fini par les pousser vers le yacht. Caine, la gorge nouée, ne pouvait plus parler. Il tremblait que la tempête n'éclate maintenant, éloignant le radeau de l'épave. Jetant ses dernières forces dans la bataille, il commença à se déplacer le long de la coque rouillée, à la recherche d'une chaîne ou d'un filin qui lui permettrait de prendre pied sur le pont. Les flancs du navire se révélèrent en très mauvais état. Le placage de bois dont on s'était servi pour maquiller la tôle de la coque avait pourri et s'était émietté. Un peu partout le revêtement anticorrosion avait cloqué, révélant l'acier rougi des tôles. Caine promenait sa main sur cette muraille, essayant désespérément de trouver une prise, mais le bordage spongieux s'effritait sous ses ongles comme rongé par le taret. Enfin il aperçut un filin qui pendait, tout emmêlé d'algues, et se dressa sur les genoux pour le saisir à deux mains. Kitty amarra le radeau à ce cordage verdi tandis que Caine peinait pour se hisser vers le bastingage.

Quand il eut enfin atteint le plat-bord, il roula cul par-dessus tête et s'affala sur le pont. Il dut faire une pause car les battements de son cœur lui faisaient craindre un infarctus imminent. Dès qu'il eut un peu récupéré, il se redressa, et aida Kitty qui grimpait, le sac de vivres en bandoulière. Il la reçut dans ses bras, et ils perdirent l'équilibre, riant, pleurant, et s'embrassant à pleine bouche comme deux fous qu'on vient de libérer de l'asile. Mais cet éclat de joie fut de courte durée. L'épave étendait devant eux son paysage oppressant de tronçons de mâts et de vergues rompues. Les superstructures avaient beaucoup souffert au point qu'on aurait pu croire que le yacht avait essuyé une salve de boulets. Le mât, en se brisant, avait écrasé la dunette. C'était comme si un arbre s'était brusquement effondré en travers du pont. À bien des endroits le bastingage avait cédé. Sous les débris de planches se dressaient des morceaux de métal déchiquetés. Une grosse mitrailleuse avait ainsi été aplatie sur son axe et gisait, ses canons bizarrement tordus, inutilisables. Les mouettes avaient conchié toute l'étendue du roof, recouvrant les superstructures massacrées d'une épaisse couche de guano.

Caine se redressa, serrant toujours la jeune femme contre lui. Dès qu'il fut debout, il sentit que le yacht penchait sur tribord, comme si ses cales, pleines d'eau, le déséquilibraient. Kitty lui enfonça les ongles dans le gras du bras. Ni l'un ni l'autre ne se décidait à faire le premier pas. L'épave les effrayait. Le bruit sec du radeau que les vagues rabattaient contre la coque les tira de leur torpeur, et ils entreprirent de faire le tour du pont.

Kitty avançait à petits pas, sursautant dès qu'une lame claquait sur l'étrave. Ils ne trouvèrent rien que des débris épars, de la tôle froissée et du bois pourri. Nulle trace de vie, aucun message... Pourquoi y en aurait-il eu, au demeurant ?

— Il faut descendre, murmura Caine.

Mais il retardait ce moment, lui aussi, appréhendant l'instant où il lui faudrait relever une écoutille et s'enfoncer dans les ténèbres du yacht. Depuis qu'il avait posé le pied sur le territoire d'Ancho Arcaño, le Boucher de San-Pavel, une terreur presque superstitieuse l'habitait.

Ils tournèrent autour du poste de commandement, essayant de localiser une voie d'accès, mais la porte enfoncée refusa de s'ouvrir. Il fallut se rabattre sur une écoutille. Ils en trouvèrent une à l'arrière, qui coulissa sans trop de mal. Caine regarda les barreaux de l'échelle qui plongeait dans l'obscurité d'une coursive. Il se décida enfin à descendre. Les hublots recouverts de fiente ne laissaient filtrer qu'une lumière trouble, mais il put voir que la coursive était intacte, ses placages de teck toujours en place. Au-dessous du pont saccagé, le yacht avait conservé une apparence luxueuse. Les cuivres des rampes, des poignées, des hublots s'étaient ternis, piqués, faute d'entretien, mais l'ensemble gardait belle allure. Caine, qui s'était préparé à visiter une épave délabrée, en fut décontenancé.

Il fut à deux doigts de crier « Y a quelqu'un ? » et se retint de justesse, atterré par sa propre stupidité.

— Qu'est-ce qu'on fait ? chuchota Kitty.

Caine haussa les épaules. D'un seul coup, il ne savait plus.

— Il faut tout visiter, lança-t-il avec une fausse assurance. Faire l'inventaire de tout ce qu'on peut trouver.

— Et le trésor ?

Le trésor ! Bien sûr, le trésor... Les lingots, la chambre forte. Était-ce le plus important maintenant qu'ils étaient, eux aussi, prisonniers du derelict ?

Ils remontèrent la coursive, ouvrant timidement les portes des cabines. Certaines étaient verrouillées, sans doute parce qu'il s'agissait des réserves d'armes ou de munitions. Caine sentait sa vieille paranoïa revenir : le navire piégé. Les charges placées par Arcaño, juste avant son suicide... Dans quelques minutes ils allaient tourner la mauvaise poignée et le bâtiment se transformerait en boule de feu.

Les cabines ne conservaient aucune trace d'occupation ou presque. C'est tout juste s'ils dénichèrent un sac de marin contenant des vêtements propres, et quelques revues pornographiques. Des objets divers roulaient sur le plancher, suivant les mouvements de la houle : quarts de métal, crayons, tournevis...

Arcaño avait prévu une installation luxueuse, transformant l'ancien vaisseau militaire en yacht de grande classe. Il y avait quatre belles cabines avec sanitaire particulier, un salon spacieux avec télévision, chaîne hi-fi et magnétoscope, une salle de gymnastique, le tout plaqué d'acajou. Dans le salon trônaient des canapés et des fauteuils de cuir fauve, ainsi qu'un bar dont les bouteilles s'étaient hélas fracassées en tombant de leurs étagères. Caine nota les grilles de ventilation pour l'air conditionné, les téléphones et le téléscripteur. Partout ce n'était que teck, acajou, cuivre. Ce n'était plus un yacht mais un véritable petit paquebot. Arcaño avait manifestement tout prévu pour vivre son exode dans les meilleures conditions. Kitty promenait sur les cuirs du salon un regard ébahi. À cause de la gîte, ils se déplaçaient en crabe, en s'appuyant aux meubles vissés dans le plancher.

— Ça n'a pas eu le temps d'être habité, murmura Caine, pour dire quelque chose.

C'était un peu comme s'il avait voulu signifier qu'aucun fantôme n'avait matériellement eu le temps de s'y installer, mais c'était faux. Il y avait eu Arcaño... Le Boucher. Combien de temps avait-il survécu à l'abandon de ses troupes ? Kitty actionna différents interrupteurs sans parvenir à obtenir de lumière. Caine supposa que toutes les cales du bateau étaient remplies d'eau, et que les machines s'étaient rapidement corrodées, rendant du même coup l'installation électrique inutilisable. Pour combattre la paralysie qui s'emparait d'eux, il fouilla dans les débris du bar et finit par dénicher une bouteille intacte. Du champagne, très cher, et sans aucun doute très chaud...

— À notre installation ! claironna-t-il en faisant sauter le bouchon.

Mais la plaisanterie ne les fit pas rire, ni l'un ni l'autre. Ils burent au goulot, pour affirmer leur victoire et prendre possession des lieux. *El Crucero* leur appartenait par droit d'épave. Et personne ne pourrait leur ôter ça. Kitty s'étrangla, toussa.

— Il faut trouver la cuisine, s'enthousiasma Caine, réchauffé par le vin. Il y a probablement d'énormes réserves de conserves. Il faudra voir également si les citernes d'eau douce sont encore pleines.

Kitty grimaça un sourire tremblant. À chaque craquement elle sursautait, comme si Arcaño allait surgir, un couteau de boucher à la main. Caine s'approcha d'elle, la prit par les épaules et l'attira contre lui.

— Allons, dit-il, tu sais bien qu'il est mort. Ce n'est qu'une épave. Une épave sans fantôme... et au ventre plein d'or. Elle nous a déjà sauvé la vie, elle va peut-être nous rendre riches, maintenant ?

Ils burent encore, parce que le vin chassait leur angoisse et leur permettait de ne pas penser au jour qui baissait, et à cette première nuit qu'ils allaient devoir passer à bord du derelict.

— D'accord, approuva la jeune femme en secouant bravement la tête. Pas de fantômes. Rien que nous. Rien que nous deux et le trésor.

À bout de nerfs et de résistance, ils s'allongèrent sur les canapés de cuir après s'être débarrassés de leurs vêtements trempés. Caine se répétait que ce n'était pas prudent, qu'il aurait dû inspecter le yacht sous toutes les coutures avant de s'abandonner ainsi, mais son corps le trahissait. L'excitation de la découverte ne suffisait plus à battre en brèche l'épuisement des derniers jours. Il s'endormit comme on perd connaissance.

Au milieu de la nuit, il fut réveillé par les hurlements de Kitty, et fit un tel bond qu'il tomba de sa couche. Il faisait terriblement noir à l'intérieur du salon, et la lampe électrique, corrodée par les infiltrations d'eau de mer, refusa de s'allumer. La jeune femme continuait à hurler, à la manière de ces enfants prisonniers d'un rêve qui s'obstine à les poursuivre alors même qu'ils ont les yeux grands ouverts.

— Kitty, balbutia Caine. C'est moi, Kitty... Que se passe-t-il ?

La jeune femme se jeta contre lui. Elle grelottait, claquait des dents, et, à la chaleur suspecte qui émanait d'elle, Caine comprit qu'elle avait de nouveau la fièvre.

— J'ai rêvé qu'il était là, hoqueta-t-elle. Le Boucher... Il était là, debout dans le noir... *et il me regardait dormir.*

— Il est mort, murmura Caine. Calme-toi. C'était juste un cauchemar.

Il avait pris un ton rassurant, mais, quand Kitty avait parlé d'Arcaño, son estomac s'était brusquement noué, et, dans un réflexe qu'il se reprochait déjà, il avait jeté un coup d'œil pardessus son épaule pour voir si...

Absurde. Il s'étendit à côté de la jeune femme, la berçant comme une enfant. Elle suait et tremblait. Elle finit par se rendormir, toutefois Caine resta éveillé, sondant du regard les ténèbres du salon. Il savait que c'était idiot, mais Kitty avait instillé en lui le poison d'une peur superstitieuse que l'épuisement nerveux nourrissait de ses fantasmes.

Lorsque le jour se leva, ils mangèrent quelques biscuits de mer tirés de leurs réserves, et burent un peu d'eau. Kitty avait toujours la fièvre et la sueur collait ses cheveux sur son front. Une étincelle hallucinée dansait au fond de ses pupilles.

— *Il est là*, chuchota-t-elle en enfonçant ses ongles dans le biceps du romancier. Il s'est caché dans une cabine quand il nous a vus arriver... Tu ne le sens pas ? Vous les hommes, vous n'avez aucun instinct pour ces choses-là, mais moi je le sens qui rôde autour de nous...

Caine lui fit avaler de la quinine et la contraignit à se rallonger.

— Je vais explorer le bateau, dit-il. Tu vas rester là et te reposer.

Une expression de panique déforma le visage émacié de la jeune femme.

— Non ! gémit-elle. Si nous nous séparons il va venir me prendre ! Il est caché dans une cabine, je le sais... Je l'ai entendu marcher cette nuit... Il va s'amuser avec nous avant de nous tuer, tu ne comprends donc rien ?

Caine grimaça. Il s'en voulait d'être aussi perméable aux suggestions de la jeune femme, il choisit de mettre cette faiblesse sur le compte de son délabrement physique. Dans le sac de marin qu'il avait récupéré la veille, il trouva un T-shirt et un caleçon propres. Les vêtements le gênaient aux entournures, mais ils avaient le mérite d'être secs et non pas amidonnés de sel au point de tenir debout comme les siens. Faisant l'inventaire des placards du salon, il mit la main sur un candélabre, sans doute embarqué en prévision de quelque souper fin, et d'une boîte de bougies. Glissant la pochette d'allumettes dans son caleçon, il sortit du salon, bien décidé à explorer le yacht du pont jusqu'aux œuvres vives.

Au fur et mesure qu'il avançait dans la coursive, il ouvrait les cabines les unes après les autres. Certaines portes étaient verrouillées. Il essaya de les enfoncer à coups de talon, mais, à la résonance sourde qu'éveillaient les chocs, il comprit que sous le placage d'acajou se cachait un battant blindé. C'était un navire militaire maquillé en bateau de plaisance, il ne devait pas l'oublier. Il continua son exploration, agacé par ces cabines fermées qui conservaient leur mystère.

Dès qu'il se risqua dans l'escalier de fer menant aux soutes, il se heurta aux ténèbres. Il flaira longuement la nuit avant de se décider à allumer les bougies, essayant de détecter une éventuelle émanation inflammable. Cela empestait la saumure, l'eau croupie, le fond de citerne envasé. Il descendit, le candélabre brandi, se faisant l'effet d'un héros de roman gothique explorant les corridors d'un château hanté. Il ne se sentait pas très à son aise dans cette caverne de tôle emplie de clapotements inquiétants.

La salle des machines était noyée, les moteurs engloutis sous deux pieds d'eau et complètement rongés par le sel. Mais le plus effrayant c'étaient les traces de collision sur la paroi tribord, et la coque enfoncée sur plus de trois mètres. Par bonheur la voie d'eau n'était pas importante, on l'avait patiemment colmatée avec un matériau à base de résine caoutchouteuse qui avait fini par prendre la consistance de la pierre. Malgré cela, le suintement persistait. Caine, agenouillé dans la saumure, finit d'ailleurs par comprendre que le danger ne venait pas de cette infiltration mal soignée, mais bel et bien de l'état d'oxydation avancée de la coque. À certains endroits, la muraille de tôle ressemblait à de la dentelle d'acier. La rouille l'avait ravinée, creusée en profondeur, transformant les épaisses plaques de fer originelles en de minces feuilles de papier à cigarette. C'était un miracle que le yacht n'ait pas déjà sombré. Si la moindre épave le heurtait, sa coque s'émietterait, laissant la furie des vagues investir la cale. Caine se redressa, promena ses doigts sur la tuyauterie. Il n'eut qu'à forcer un peu pour sentir s'effriter une canalisation. Avisant une pompe à main, il se promit de commencer à écoper le plus tôt possible, pour soulager la coque du poids de l'eau embarquée. Oppressé, il quitta la salle des machines. *El Crucero* n'était qu'un moribond s'accrochant à la vie. Si au niveau supérieur les cuivres et l'acajou faisaient encore illusion, la maladie était patente dès qu'on auscultait les soutes du navire.

Caine poussa d'autres portes. À cause de la gîte, il avait du mal à se tenir droit et dérapait fréquemment sur le sol humide. Il tremblait à l'idée de lâcher le candélabre et de se retrouver plongé dans les ténèbres. L'écho de ses pas le faisait parfois sursauter, et lui ramenait à l'esprit les divagations de Kitty. Le Boucher... Le Boucher, caché dans l'une des cabines verrouillées, et les observant à la dérobée... Le Boucher, bien décidé à s'amuser aux dépens de ces intrus trop téméraires. Il allait les piéger... D'abord la femme, puis l'homme... Il dirait quelque chose comme : « Je vous ferai regretter de ne pas avoir choisi la noyade, c'est une mort beaucoup plus douce que celle que je vous réserve... » Les psychopathes disent souvent ce genre de chose. Du moins, dans les livres...

Caine chassa cette idée. La cire des bougies lui coulait sur le dos de la main, et leurs flammes dansantes projetaient des ombres inquiétantes sur les parois des cales abandonnées. S'il était toujours en vie, Arcaño devait être capable de se déplacer à travers l'épave les yeux fermés. Il lui suffirait de créer un léger courant d'air pour souffler le candélabre et plonger sa proie dans l'égarement. Caine vérifia une fois de plus la présence des allumettes dans son caleçon.

Il finit par découvrir les épurateurs d'eau de mer. C'étaient des machines électriques, qui, bien sûr, ne fonctionnaient plus. Dans la cambuse, il mit la main sur un monceau de boîtes de conserve, mais sa joie fut de courte durée. Elles étaient toutes périmées, et certaines, dilatées par une fermentation interne de mauvais aloi, semblaient prêtes à exploser. « Toxine botulique », pensa-t-il avec découragement. En manger c'était se condamner à une mort foudroyante. En retournant les placards il dérangea une colonie de cafards qui se lancèrent à l'assaut des cloisons, fuyant la lumière des bougies. Il finit par mettre la main sur des aliments déshydratés, enveloppés dans du plastique, et dont la date de péremption restait encore éloignée.

Il lui fallut un bon moment pour localiser les citernes d'eau douce. Il y en avait deux. Celle de tribord, à demi immergée dans la saumure qui noyait la cale, était rouillée. Ses flancs percés avaient laissé fuir le précieux liquide. Celle de bâbord contenait encore quelques centaines de litres, mais cette eau était-elle encore potable ? Penché au-dessus de la trappe d'inspection, Caine regardait les reflets des bougies danser à la surface de l'étang noir. Les pompes étaient hors service, mais il serait facile de descendre un seau au bout d'une corde. Redoutant que des germes dangereux ne se soient développés au sein du liquide stagnant, il décida de n'y toucher qu'en dernier recours. En attendant, il faudrait récupérer l'eau de pluie au moyen d'une bâche plastifiée. Il pleuvait en moyenne une heure par jour, des averses torrentielles mais brèves, cette manne tombant du ciel devrait suffire à les désaltérer.

Restait la chambre forte...

Il s'arrêta pour reprendre son souffle. Les chandelles étaient à demi consumées et il se maudit de n'avoir pas pensé à en emporter d'autres. La peur de se retrouver prisonnier des ténèbres de la cale lui hérissait les cheveux sur la nuque.

« Et si Kitty avait raison ? pensa-t-il de nouveau. *Et s'il était là*... dans l'obscurité ? Il connaît si bien la géographie du bateau qu'il n'a pas besoin de lumière pour s'y déplacer... Oui, s'il était là, tout près ? »

La chair de poule courut sur ses avant-bras et il fit volte-face, manquant, par ce mouvement stupide, de souffler la flamme des bougies. Encore une fois il avait failli crier : « Y a quelqu'un ? »

Arcaño... Arcaño, survivant secret de l'épave. Gardien jaloux d'un trésor qu'il entendait conserver pour lui seul. Il avait pu surveiller leur approche à la jumelle, au fil des jours, et s'empresser de faire disparaître toutes les traces de sa présence en prévision de leur prochaine montée à bord. Mais non, c'était idiot! Pourquoi ne pas leur avoir tiré dessus, tout simplement, lorsqu'ils étaient encore accrochés au radeau? À ce moment-là ils constituaient une cible facile et...

La femme... Kitty, bien sûr! Arcaño avait aperçu Kitty, sans doute avait-il pensé que cette compagne venait à point après trois longues années de solitude? Pourquoi se passer de cette femelle envoyée par le hasard? Il avait décidé de sauter sur l'occasion, de profiter de la chance...

Caine serra les mâchoires. Bon sang! Il était en train de devenir paranoïaque. Arcaño était mort. Le stock impressionnant de boîtes de conserve prouvait qu'il n'avait guère eu le temps d'épuiser les vivres du bord. Probablement s'était-il fait sauter la cervelle... ou bien il avait eu un accident! Il était passé par-dessus bord lors d'une tempête... La solitude l'avait rendu fou et...

Mais un homme comme Arcaño pouvait-il seulement mourir? Un nuisible de cette envergure n'avait-il pas la vie chevillée au corps? Caine avait lu quelque part que les canailles, à fort potentiel d'agressivité, ont en cas de catastrophe plus de chance que les autres de survivre. Alors?

Renonçant à réfléchir, il entreprit de localiser la chambre forte, ce qui lui posa certains problèmes d'orientation. Après avoir escaladé et descendu un certain nombre d'échelles, il déboucha enfin dans le sanctuaire et demeura figé sur le seuil, le souffle coupé par l'angoisse. La chambre forte, parfaitement étanche, avait été préservée des infiltrations. Le métal qui constituait ses parois était beaucoup plus épais, et d'un autre

207

alliage que celui de la coque. C'était une enclave d'un noir bleuté au fond de laquelle luisaient les chromes de la porte à secrets. Caine essuya son visage ruisselant. Il osait à peine toucher les molettes destinées à former la combinaison, le volant commandant l'ouverture du battant. Sans le secours d'un chalumeau oxhydrique, il ne pouvait rien faire que se cogner la tête contre l'acier blindé ou s'y arracher les ongles. Le trésor était là, de l'autre côté de cet obstacle infranchissable. Une montagne d'or qui s'engloutirait dans les flots le jour où la coque pourrie du yacht céderait définitivement, expédiant le navire au fond des abîmes.

Abîmes... c'était bien le mot juste, car l'épave s'enfoncerait dans les ténèbres de la plus grande faille sous-marine du globe, là où personne, jamais, ne pourrait aller l'explorer. La pression la broierait, la réduisant à un chiffon de tôle que la vase des ténèbres liquides recouvrirait pour l'éternité.

Une montagne d'or en équilibre sur une coque que la rouille avait changée en une dentelle rougeâtre... Un trésor fragile, vulnérable, que la prochaine tempête expédierait peut-être par le fond.

Caine toucha les molettes numérotées. Elles cliquetèrent, bien huilées. Il frissonna, essaya de faire pivoter le volant d'ouverture, mais celui-ci demeura inébranlable. Cédant à la colère, il expédia un violent coup de poing contre le battant, sans parvenir à produire autre chose qu'un bruit mou, humide. Les bougies allaient s'éteindre, il devait remonter.

Il quitta la chambre forte à regret, les tempes bourdonnantes, plein d'une frustration terrible qui lui ravageait l'estomac de ses sécrétions acides. Était-il possible d'échouer ainsi, bêtement?

Il regagna le pont, traînant les pieds. Son séjour dans les profondeurs l'avait épuisé. Il rejoignit Kitty dans le salon et s'affala dans un fauteuil, hagard, tandis que le chandelier s'éteignait dans son poing crispé.

La jeune femme se redressa sur un coude, braquant sur lui un regard halluciné.

— Tu l'as vu? balbutia-t-elle. Tu lui as parlé?

Comme le romancier ne répondait pas, elle retomba sur le dos et se mit à sangloter. Cette fois Caine n'eut pas le courage d'aller la consoler.

Il s'endormit sans même s'en rendre compte et rêva...

Il rêva qu'Arcaño s'avançait doucement au seuil du salon. Il était maigre, décharné presque, et ses traits burinés le vieillissaient beaucoup. Il avait perdu presque tous ses cheveux mais on reconnaissait sans mal son profil d'aigle et ses yeux un peu bridés à la lueur malveillante. Une barbe grise mangeait ses joues, et les ongles de ses doigts avaient considérablement poussé, faisant de chacune de ses mains une véritable serre. Il s'approchait de Kitty et lui caressait le ventre, faisant crisser ses ongles dans la toison pubienne de la jeune femme.

« C'est elle que je veux, disait-il à Caine en dardant sur le romancier ses yeux rougis de fatigue. C'est d'un ventre de femme dont j'ai besoin. Toi, je vais te tuer. Je vais te trancher la gorge avant que tu ouvres les yeux. *Maintenant*... »

Caine s'éveilla en sursaut, râlant d'épouvante. Le candélabre avait roulé à ses pieds. Il frissonna malgré la chaleur lourde, épaisse, et réalisa que ses bras étaient couverts de chair de poule.

Il décida qu'il lui fallait une arme, et alla fouiller dans le bar. Pourquoi n'avait-il pas pensé à ramasser un outil, en bas, pendant qu'il explorait la cale ? Il sortit dans la coursive pour monter sur le pont. Encore une fois il s'acharna sur les poignées des cabines verrouillées. Comment les forcer ?

Le vent qui soufflait le lava de sa torpeur. Se cramponnant aux débris, il inspecta le champ de bataille du pont. Il ne tarda pas à découvrir que le yacht avait été équipé de grands panneaux solaires et d'une éolienne afin de ne jamais manquer de courant, mais ces bijoux technologiques avaient été réduits en miettes par la chute du mât. À l'aide d'une barre de fer, il força un coffre qui ne contenait que des brassières de sauvetage, des bouées et des filins. Dans les décombres du poste de commandement, il trouva un ciré qu'il tendit à l'aide d'une écoute, pour y recueillir l'eau de la prochaine averse. Sous une voile pourrie, il dénicha plusieurs fils de pêche munis d'hameçons. Des lignes fabriquées par Arcaño, sûrement, et qu'il avait coutume de laisser filer le long de la coque pour se procurer du poisson frais. Mais les poissons se risquaient-ils dans les eaux froides du courant ?

Pendant qu'il furetait ici et là, Caine ne cessait de penser à la chambre forte. L'image du battant blindé et des molettes de chrome le hantait. Un chalumeau... Il lui fallait un chalumeau capable de souffler une flamme de 3000 degrés au moins. Un espoir fou palpitait en lui : il était à peu près impossible que sur un vaisseau de fer comme *el Crucero* on n'eût pas embarqué ce type de matériel. Sur un yacht normal, un tel équipement n'aurait servi à rien, mais sur un ancien vaisseau de guerre maquillé en navire de plaisance ? Un bateau tout d'acier, de la quille jusqu'au pont... Oui, il y avait obligatoirement du matériel de soudure quelque part, et il devait mettre la main dessus, au plus vite.

Il rejeta la tête en arrière, exposant son visage brûlant au vent du large. Est-ce que c'était ça la fièvre de l'or? Cette espèce de palpitation sourde qui pulsait comme une migraine au centre de votre cerveau et vous incendiait les veines? Un simple regard à l'intérieur du cockpit de commandement lui suffit pour vérifier que tous les instruments de bord : sonar, radar, compas, radio, avaient été laminés. Le yacht n'était plus qu'une coquille pourrie qui se remplissait doucement d'eau.

Caine se redressa. Le plus urgent était de s'installer à la pompe à main et d'écoper pour rendre au navire un semblant de flottabilité et soulager ses flancs de cette masse liquide intérieure qui, à chaque grosse vague, venait cogner contre la tôle rouillée de la coque. Se concentrant sur cette tâche, il alla faire provision de bougies et redescendit dans le ventre de l'épave.

11

Il travailla jusqu'à l'épuisement, dans l'obscurité complète pour économiser les chandelles. Pompant d'un bras, puis de l'autre, et recommençant — droit, gauche, droit, gauche — à l'infini. Il détestait être ainsi prisonnier des ténèbres, sans rien voir de ce qui l'entourait. Le chuintement de la pompe lui emplissait les oreilles.

« Tu n'entendrais rien si quelqu'un essayait de s'approcher de toi », pensa-t-il à plusieurs reprises. *Quelqu'un*... Qui? Arcaño?

Arcaño sorti de sa cabine pour s'embusquer

dans la nuit de la cale, l'observant comme un chat... Arcaño... Non, c'était une fable à dormir debout. Il devait résister à la peur, à cette atmosphère fantasmatique qui règne sur toutes les épaves. Kitty avait la fièvre, Kitty était malade, il ne fallait pas prêter attention à son délire.

Tout le temps qu'il écopa, il trembla à l'idée de laisser échapper la boîte d'allumettes, ou de renverser le candélabre d'un coup de pied maladroit, car ce dernier serait tombé dans l'eau et les chandelles auraient ensuite refusé de se rallumer. Attirés par sa chaleur corporelle, les cafards escaladaient ses mollets nus, et il devait s'en débarrasser d'un revers de la paume, tous les quarts d'heure, avant qu'il ne leur vienne la fâcheuse idée de s'introduire dans son caleçon.

Quand il fut à bout de forces, il frotta précautionneusement une allumette, ralluma les bougies et quitta la cale. Cette fois, en explorant davantage la cambuse, il mit la main sur une lampe-tempête et un bidon de pétrole. Il s'empressa d'allumer la mèche de coton dont la flamme lui parut moins vulnérable que celle des chandelles. Avançant à petits pas, il essayait « d'apprivoiser » le labyrinthe obscur contenu entre les flancs de la coque. Il buta ainsi sur une boîte à outils dont il s'empara, mais il rageait à la pensée de tout ce que les cabines verrouillées devaient contenir. Car c'était là, à n'en pas douter, qu'on avait enfermé ce qu'on voulait soustraire à la gourmandise de l'équipage : alcools, vins, cigares, caviar, foie gras... bref, tout ce que le Boucher de San-Pavel avait embarqué pour son confort.

Il regagna le salon, souffla la lampe et tomba comme une masse, fauché par la fatigue.

Il fut une fois de plus réveillé par Kitty. Elle

gémissait comme une bête blessée, nue, à genoux sur le canapé de cuir, désignant un angle du salon.

— Il était là! hurlait-elle. Il m'a touchée. Il a posé sa main sur moi. C'était Arcaño... je l'ai reconnu.

L'estomac de Caine se noua sous l'effet de la peur. Kitty avait perdu l'équilibre et rampait sur la moquette pour se mettre hors de portée du fantôme qu'elle avait cru apercevoir. Caine avait instinctivement refermé la main sur la barre de fer dont il ne se séparait plus. Il fit le tour du salon, inspecta la coursive. Il n'y avait rien. Il éprouva une soudaine bouffée de haine à l'égard de la jeune femme. Rien n'est plus contagieux que la peur ou la folie, et il redoutait de se laisser contaminer par les fantasmagories qui hantaient le cerveau de sa compagne.

Il la força à se relever et la recoucha, sans douceur, comme l'on fait avec un enfant capricieux qui a fini par user votre patience. Elle avait toujours la fièvre et il choisit de mettre ces extravagances sur le compte du délire.

— Tu as fait un pacte avec lui! lui cracha-t-elle au visage. Tu m'as vendue pour qu'il te laisse tranquille! Salaud! Salaud!

Caine se détourna sans répondre. Il dormit encore un peu, puis il saisit la lampe-tempête et repartit explorer la cale, à la recherche d'un éventuel chalumeau. Dès qu'il plongeait dans les ténèbres, il commençait à suffoquer. Le malaise s'accentuait lorsqu'il s'aventurait dans les parties inondées du navire. Une peur absurde s'emparait alors de lui, la peur de sentir soudain la coque rouillée s'émietter sous ses pieds... La peur de tomber dans ce trou et d'être aspiré par les abîmes. Il ne découvrit aucun chalumeau à bord, comme si Ancho Arcaño avait refusé d'embarquer le moindre outil capable de porter préjudice à la chambre forte. Avait-il vu là un moyen d'éloigner la tentation de l'esprit des matelots ? Au fond d'un placard il dénicha une banale lampe à souder mangée de rouille avec laquelle il aurait tout juste pu décaper la peinture de la coque ; il la jeta dans le fouillis des machines mortes d'un geste colérique. Pour passer sa hargne, il se remit à pomper, essayant de concentrer son attention sur le bruit de succion de l'eau expulsée vers l'extérieur. Il ne fallait pas qu'il pense à l'or. Surtout pas. À l'or enfermé dans la chambre forte, et sur lequel, personne, jamais, ne pourrait plus poser la main...

**

Le lendemain Kitty allait mieux. La fièvre était tombée mais la jeune femme resta prostrée sur son canapé, promenant un regard apeuré sur tout ce qui l'entourait. Caine dut la forcer à enfiler une partie des vêtements tirés du sac de marin. Elle se laissait faire comme une poupée molle.

— Je sens qu'il est là, dit-elle une fois de plus. Il rôde... Chaque fois que tu t'en vas il vient me regarder. Il me touche... il me raconte ce qu'il me fera plus tard, quand il t'aura tué... C'est sale... dégoûtant... Je me bouche les oreilles mais sa voix traverse mes paumes.

Caine sortit sur le pont, tant pour échapper à l'atmosphère de folie qu'installait le délire de la jeune femme que pour appâter les lignes avec le peu de nourriture qu'il leur restait encore. Il effilocha des lambeaux de pemmican qu'il accrocha aux hameçons et lança les lignes dans le courant en priant pour qu'un poisson moins frileux que les autres vienne s'y prendre. Ces eaux abritaient des espèces non comestibles, dont la chair cachait des glandes d'une extrême toxicité... Kitty saurait-elle les identifier? Il recueillit dans un bidon de plastique l'eau de pluie qui alourdissait le ciré tendu entre quatre «piquets» au centre du pont. Ces menues tâches l'empêchaient de trop réfléchir à la situation. Car rien n'avait vraiment changé depuis le naufrage du sloop. Ils n'avaient fait, somme toute, que troquer un radeau rudimentaire contre un autre plus élaboré. Même s'ils jouissaient d'un confort incomparable, il était hors de question qu'ils envisagent de vieillir à bord. Tôt ou tard la coque s'émietterait et...

Que pouvaient-ils espérer à part le passage d'un cargo ou d'un autre yacht? Si cela se produisait, ils pourraient toujours renverser du pétrole sur les vieilles voiles entassées à l'arrière du pont et y mettre le feu pour signaler leur présence. Bâtir un radeau? Absurde! Puisqu'il était impossible de s'arracher à l'attraction du courant sans l'aide d'un moteur puissant.

Ce jour-là, il parvint à prendre deux poissons de belle taille qu'il courut montrer à Kitty. C'était de la nourriture fraîche, qu'il faudrait consommer crue et de toute urgence, mais c'était toujours mieux que les biscuits de mer. Il les nettoya et les disposa sur une assiette. Il avait ramené du sel et des épices de son expédition dans la cambuse; aussi purent-ils manger dans de bonnes conditions ce *sushi* improvisé.

Le repas terminé, Caine se sentit mieux. Kitty se tint tranquille jusqu'à la tombée de la nuit, mais dès que l'obscurité envahit le salon, elle reprit sa litanie.

— C'est de ta faute, répétait-elle. C'est toi qui nous as amenés ici... Cet or, il porte malheur. Tu n'as pas encore compris qu'il est couvert de sang ? C'est un piège... Arcaño me l'a dit... un appât... Nous ne sommes pas les premiers à avoir retrouvé le yacht. D'autres sont venus avant nous, et le Boucher les a tués... C'est comme ça qu'il passe le temps. Il se sert de l'or pour pêcher ses victimes... Et toi tu es tombé dans le panneau ! Toi, l'écrivain de bazar !

Lorsque Caine voulut lui faire avaler ses comprimés de quinine, elle lui cracha au visage. Elle était brûlante de fièvre et la sueur gouttait sur son front. Cédant à l'impatience, il se mit à hurler :

— Mais il n'y a personne, pauvre folle ! Nous sommes tout seuls ! Tout seuls ! C'est dans ta tête que ça se passe !

Il s'en voulait de céder ainsi à la fureur, mais il ne pouvait plus se contenir. Il recula pour ne pas être tenté de la frapper tant elle lui était soudain odieuse. Il alluma la lampe-tempête, se saisit du pied-de-biche que contenait la grosse boîte à outils remontée de la salle des machines, et sortit dans la coursive pour s'attaquer aux portes qu'il n'avait pu encore ouvrir. Le placage d'acajou sauta sous ses coups furieux, et des échardes s'enfoncèrent dans ses poignets, sans qu'il parvienne à vaincre la serrure. Le chambranle était en acier.

Pendant tout le temps qu'il s'escrima, il imagina Arcaño, de l'autre côté, allongé sur son lit, goguenard, écoutant ses efforts, une mimique d'amusement sur le visage. Qu'est-ce que ça avait d'impossible, après tout ? Pourquoi n'aurait-il pas survécu ? Il avait pu se nourrir de conserves durant des années, pêcher, boire l'eau des citernes. *Il était là...* Il les avait vus venir. Il avait mis les armes sous clé. Il mûrissait un plan... ou bien il attendait qu'ils soient suffisamment affaiblis pour les affronter sans courir trop de risques. Il avait le temps, pourquoi se serait-il pressé ? En trois années de dérive il avait appris la patience. Cet homme et cette femme constituaient pour lui une distraction inespérée. Une rupture dans la monotonie de son existence.

Tout à coup Caine sentit qu'il perdait la tête. Il se mit à courir tout au long de la coursive, distribuant des coups de poing dans les portes et hurlant : « Arcaño ! Je sais que tu es là ! Sors et finissons-en ! Sors de là, bordel ! »

Quand il eut atteint l'extrémité du couloir il tomba sur les genoux, à bout de souffle, les poings douloureux. « Je suis en train de devenir dingue », constata-t-il avec effroi.

*

Cette nuit-là, il alla dormir sur le pont, dans les ruines du poste de commandement, la main crispée sur le pied-de-biche qu'il n'avait pas lâché. Il entendit crier Kitty, un peu avant l'aube, mais il ne se dérangea pas. Le Boucher n'avait qu'à l'emporter, cette sale garce ! Au moins il pourrait dormir tranquille !

Dès le jour levé, il retourna pomper l'eau de la cale. À cause de l'obscurité, il avait le plus grand mal à se rendre compte des progrès de son travail d'écopage. Et puis il y avait tellement de liquide ! De retour sur le pont, il appâta ses lignes avec les entrailles des poissons de la veille. Une routine s'installait. Il essaya de s'imaginer, dans cinq ans, la barbe pendant sur la poitrine, les cheveux flottant au vent, transformé en naufragé professionnel. Kitty et lui ne s'adresseraient plus la parole et vivraient chacun à un bout du bateau. Ou bien ils auraient fini par se rapprocher, faire l'amour. Kitty, enceinte, aurait accouché d'un enfant qu'ils élèveraient là, sur l'épave du yacht de plus en plus émiettée, attendant toujours le passage d'un cargo... Ou bien...

Ou bien Kitty, devenue folle, se pendrait, et il se retrouverait seul, radotant, déjà vieux, écrivant dans sa tête des livres que personne ne lirait jamais... Est-ce qu'on pouvait vraiment survivre très longtemps dans un état de déréliction totale?

Un vieux fou, vêtu d'un pagne en toile à voile, mangeant du poisson cru à cheval sur une tonne de lingots d'or, oui, c'est ce qu'il allait devenir... Cela durerait cinq, six ans, peut-être moins, et puis, une nuit, la tempête jetterait un baril, un gros bois flotté contre le flanc du yacht, la coque crèverait et tout serait dit.

Caine frissonna. Bon sang! Qu'est-ce qui lui arrivait? Il était en train de prendre une insolation ou quoi?

Plein d'une hargne terrifiée, il descendit dans la coursive, son pied-de-biche à la main et s'attaqua de nouveau à la première des trois portes verrouillées. Il s'arc-bouta, hurla, jura, tira à s'en rompre les tendons. Le battant céda après deux heures d'effort. C'était une remise dépourvue de hublot, encombrée de caisses vides qui avaient manifestement contenu des munitions et des armes. Caine trouva deux douilles de fusil d'assaut au fond d'un emballage, et un revolver luisant de graisse, au barillet vide. L'armurerie, c'était là qu'on avait entreposé l'arsenal du yacht. Une cassette métallique contenait des bandes pour mitrailleuse Browning, mais l'arme à laquelle elles étaient destinées brillait par son absence. Arcaño avait peut-être jeté tout cela par-dessus bord pour alléger le yacht ?

Ce fut en fourrageant au milieu des cassettes renversées qu'il découvrit les charges enveloppées dans du papier huilé. Du plastic. Du plastic C 4. Du Semtex, également. Un peu plus loin, on avait rangé une pleine boîte de crayons-détonateurs. Les mains tremblantes, Caine caressa les fusées d'amorce. Il y en avait de trois, quatre, six minutes. Les battements de son cœur lui emplissaient les oreilles, l'assourdissant au point qu'il ne percevait même plus le bruit de la mer. Il sortit précipitamment de la cabine comme s'il venait d'apercevoir le diable tapi au fond d'une caisse. Il ne voulait surtout pas entendre ce qu'une petite voix insidieuse chuchotait au fond de sa tête. Le plastic... Avec un tel explosif on pouvait éventrer une chambre forte. Il suffisait de savoir le disposer sur le battant blindé. Ensuite on fichait dans les blocs de pâte une fusée d'amorce et...

Et quoi, crétin ? Et la déflagration faisait exploser la coque déjà bien abîmée du yacht ! Du plastic ! Imagine un peu ! Les tôles des flancs voleraient en éclats, un trou énorme s'ouvrirait sous la quille, l'océan entrerait à flot dans la cale. Le navire sombrerait en moins d'une minute.

Caine essuya ses mains moites sur son T-shirt. Il savait qu'il était en train de perdre la tête, mais la tentation était là... Il n'était pas novice en matière d'explosif puisque pour survivre il avait dû travailler dans une mine en Indonésie, lors du périple qui l'avait mené au Népal. Il pensa à la porte, il recensait déjà mentalement tous les points où il poserait les charges. La chambre forte était blindée, ses parois absorberaient peut-être le souffle de la déflagration ?

Il alla relever ses lignes comme un automate. Cette fois il n'avait pris qu'un maigre poisson qu'ils durent partager. Kitty, enveloppée dans une couverture, ne cessa de le dévisager pendant tout le repas.

— Tu fais une drôle de tête, observa-t-elle. Tu l'as vu, c'est ça, hein? Arcaño, tu l'as vu?

Caine haussa les épaules.

— Tu ne me crois pas, dit-elle, mais il change les objets de place pendant que je dors.

— Mais non, soupira Caine. C'est le roulis. Tout ce qui n'est pas fixé au sol se balade dès qu'on encaisse une grosse vague.

Pour dissiper cette pénible atmosphère, il évoqua la chambre forte.

— Si on avait des explosifs, risqua-t-il, on pourrait essayer de l'ouvrir, non?

Cette fois la jeune femme se dressa, véhémente.

— Tu es dingue? hurla-t-elle. Tu veux nous tuer? Tu dis toi-même que la coque ne tient plus que par miracle et tu veux provoquer une explosion au-dessous de la ligne de flottaison?

Caine baissa les yeux. Elle avait raison, bien sûr, mais il n'avait pu s'empêcher d'aborder le sujet.

— Et si tu parvenais à l'ouvrir, ce coffre, ricana Kitty, qu'est-ce que tu aurais de plus? À quoi te servirait cet or? Tu crois qu'il y a un magasin Rolls-Royce quelque part sur ce bateau?

Caine haussa les épaules et se leva. Au moment où il franchissait le seuil du salon, Kitty le rappela. Quand il se retourna, il reçut le choc de ses yeux fiévreux soulignés de cernes mauves.

— Ne me prends pas pour une idiote, soufflat-elle. Les explosifs, tu les as, n'est-ce pas?

Caine ne répondit pas.

— Tu ne vois pas que nous sommes en train de devenir fous ? murmura la jeune femme. C'est la malédiction d'Arcaño. Elle va nous tuer, toi, moi. Ne touche pas à la chambre forte...

Caine s'enfuit sur le pont. Il courut vers la proue et se laissa tomber près du cabestan. Il ne cessait de voir l'image de la chambre forte. S'il parvenait à l'ouvrir, il pourrait toucher l'or, le caresser... C'était tout ce qu'il désirait. Poser sa main sur la ligne d'arrivée, pouvoir dire : J'ai réussi. J'ai gagné la course ! En même temps il savait que tout cela relevait de la folie pure.

Il s'étendit sur le dos, les yeux clos, laissant le soleil le brûler. Il finit par s'endormir.

Quand la lumière commença à baisser, il descendit dans la chambre forte pour poser les premières charges.

12

Il savait qu'elles étaient en place. *Il y pensait tout le temps*. Quatre boules rosâtres évoquant la pâte à modeler et qu'il avait collées sur le battant, à l'endroit où se trouvait la serrure et les charnières. Pour l'instant elles étaient inertes, inoffensives. On aurait pu taper dessus avec un marteau ou même y planter une allumette enflammée sans provoquer la moindre réaction. Pour que se déchaîne le tonnerre, il fallait se servir des détonateurs. Caine les avait laissés dans la cabine, pour ne pas céder à la tentation... pour se laisser un délai de réflexion.

Cinq minutes. Il lui suffirait de ficher dans chaque pain d'explosif quatre crayons de cinq minutes et de les activer. Cela lui donnerait le temps de se mettre à l'abri et de...

Se mettre à l'abri? Et où donc, sombre crétin? Où peut-on raisonnablement se mettre à l'abri sur un yacht qui va plonger droit vers les abîmes dès que l'explosion aura eu lieu? Caine souffrait, physiquement. Kitty avait la malaria, mais lui tremblait d'une fièvre plus terrible encore. Une fièvre qui réduisait son intelligence à néant. La fièvre de l'or. Chaque fois qu'il regagnait le salon, il se heurtait au regard de Kitty.

— Alors, ça y est? gémit la jeune femme. Tu vas nous tuer, c'est décidé?

Elle soupira avant d'ajouter :

— Si je n'étais pas si faible, je t'assommerais et je te jetterais par-dessus bord. C'est tout ce que tu mérites. Tu sais bien que notre seul espoir de survie, c'est de ne pas toucher au trésor...

Caine baissa la tête. Il le savait, mais il était dans le même état qu'un joueur qui va se ruiner sur une dernière mise, qu'un cascadeur qui va se tuer en risquant un dernier exploit. La raison ne pouvait rien contre le besoin forcené qui brûlait en lui...

— Si je ne le vois pas, haleta-t-il, c'est comme si j'avais fait tout ça pour rien...

Kitty l'attira contre elle. Elle était brûlante de fièvre et elle pleurait. Ils firent l'amour ainsi, comme deux malheureux pris sous un bombardement dans les caves d'une maison en ruine. À cause de la tension nerveuse ils en tirèrent un plaisir forcené qui les surprit tous les deux et les fit crier de jouissance.

— C'était la dernière fois, haleta Kitty en roulant sur le flanc. Maintenant nous allons mourir. C'est pour ça que c'était si fort.

Pendant qu'ils reprenaient leur souffle, Caine essaya d'imaginer quelle serait leur vie à tous les deux une fois revenus à terre. Pouvait-on se séparer après avoir vécu une telle aventure, après avoir surmonté tant d'obstacles ? Pouvait-on tout oublier et s'en aller, chacun de son côté, comme si rien ne s'était passé ? Non, la mort, le danger étaient en train de les souder, d'établir entre eux une complicité brûlante, il en était certain. Allaient-ils finir par former un de ces couples de pionniers comme l'Ouest en avait tant fabriqués à la fin du XIXe siècle ? Une image naïve lui envahit l'esprit : une cabane assaillie par les Indiens ; à l'intérieur : un couple d'émigrants. L'homme tirant par la fenêtre, la femme rechargeant les fusils...

Est-ce qu'il n'y avait vraiment que la peur pour faire ressortir la vraie nature des gens ? La peur pour craqueler le masque de la civilisation et montrer l'homme nu, sans fard, à l'état naturel ? Peut-être était-ce cela qu'il cherchait lui-même : son vrai visage... Son vrai visage sous le masque social. Peut-être était-ce là son interrogation fondamentale ? Savoir ce qui apparaîtrait quand la terreur l'aurait enfin démaquillé...

Il tendit la main pour toucher le ventre luisant de sueur de Kitty. Jamais il n'avait éprouvé une telle impression de complicité avec sa femme, Mary-Sue. Avec Kitty, c'était autre chose... Une espèce de compromission... *d'association de malfaiteurs*. Comme s'ils s'étaient accouplés pour accomplir un crime obscur. Mais cela avait-il de l'importance ? Est-ce qu'ils n'étaient pas terriblement vivants, là, en cette minute même ? Plus vivants qu'ils ne l'avaient jamais été nulle part ailleurs ? Et si la vraie vie était là ? Dans cette précarité fiévreuse, palpitante. Fallait-il vraiment souhaiter autre chose ?

Ils vécurent deux jours pelotonnés l'un contre l'autre. Faisant l'amour à tâtons, sans même ouvrir les yeux.

Mais la tentation restait là, au fond de Caine, tour à tour s'endormant et se réveillant à la manière d'un abcès dont la douleur calque son rythme sur les pulsations du cœur.

— Protège-moi, gémissait Kitty en se blottissant contre lui. Ne laisse pas Arcaño me prendre. Tu sais qu'il nous regarde faire l'amour ? Il est toujours à l'affût... Maintenant il est terriblement jaloux de toi. Il a décidé de te tuer.

Caine ne savait comment accueillir ces divagations. Parfois, lorsqu'il ne retrouvait plus un objet, un outil, il sentait la panique l'envahir.

« C'est lui, pensait-il. Il va commencer à nous harceler. En faisant l'amour nous l'avons provoqué, il va se venger... »

Un matin, ne trouvant plus Kitty dans le salon, il se mit à courir en tous sens comme un dément, persuadé que le Boucher était venu enlever la jeune femme, et qu'il la séquestrait quelque part derrière le rempart d'une porte blindée. Il finit par comprendre que Kitty, se sentant un peu mieux, était simplement montée sur le pont pour respirer un peu d'air frais. Ce jour-là, il se demanda sincèrement combien de temps on pouvait rester sain d'esprit dans une atmosphère aussi vénéneuse.

Pour s'épuiser, il se jeta dans la coursive, le pied-de-biche à la main et attaqua une deuxième porte. Le placage éclatait sous les tractions, lui criblant la poitrine de grosses esquilles qui s'enfonçaient dans ses pectoraux sans même lui arracher une grimace. Enfin, après des heures d'efforts, le battant céda, et Caine, qui s'était rué, l'épaule en avant, roula sur le ventre au milieu de la cabine. Elle était plongée dans la pénombre car on avait tiré les rideaux devant chacun des hublots, mais l'odeur était la même. La même que là-bas, sur la barge-cimetière... Une pestilence ancienne qu'on pouvait renifler partout parce qu'elle s'était imprégnée dans chaque objet. Un relent de tombeau qu'on ouvrait pour la première fois depuis...

C'était Arcaño.

Le cadavre d'Ancho Arcaño. Il était allongé au centre d'un grand lit bouleversé, la tête sur l'oreiller, les bras en croix. À l'état de dessèchement de sa dépouille, Caine estima qu'il était mort depuis un an. Kitty qui, ayant entendu céder la porte, était accourue, poussa un cri étouffé.

Caine se releva. La cabine, jadis luxueuse, avait été transformée en capharnaüm. Arcaño, cédant à la paranoïa, avait entassé autour de son lit un grand nombre de caisses de munitions, comme s'il avait espéré ériger entre le monde et lui un rempart illusoire. Une mitrailleuse Browning attendait, embusquée dans l'un des « créneaux » de cette citadelle approximative, le canon braqué vers la porte, une bande engagée dans la feuillure. Caine dut enjamber les caisses pour s'approcher du lit. Arcaño avait maintenant l'apparence d'un mannequin de cuir. Les organes et les liquides vitaux, en se décomposant, avaient été absorbés par l'éponge du matelas, et il ne restait plus du Boucher de San-Pavel que cette grande poupée de cuir brun, à la peau tirée. Les vêtements, agglomérés par le travail de putréfaction, ne faisaient qu'un avec le corps, si bien qu'on ne savait plus très bien où finissait l'étoffe et où commençait la chair. Caine vit qu'on avait étalé le contenu d'une trousse de premier secours sur la table de chevet. Des compresses, des pansements, comme si l'on avait tenté de confectionner un bandage. Des cotons noircis de sang jonchaient le sol. En se penchant sur le cadavre, Caine remarqua une grande plaie qui courait sur le cuir du crâne, et qui, en séchant, avait pris l'apparence d'une entaille dans l'écorce d'un arbre.

— Il a eu un accident, dit-il à voix basse. Il s'est traîné ici pour essayer de se soigner, et il est mort. Sans doute d'une fracture du crâne. C'est peut-être ce jour-là que le mât s'est cassé. Il a été heurté par une vergue...

Voilà, c'était tout. C'était bête. Définitif. Soudain il n'y avait plus de fantôme, plus de mystère. Rien qu'un vieux cadavre sur un bateau à la dérive. Caine se détourna et entreprit machinalement l'inventaire de la cabine. Sur une table d'acajou trônait un énorme manuscrit aux pages cloquées par l'humidité. Un stylo *Bright Flood Shadow*, le même que celui qu'il utilisait pour rédiger ses carnets noirs, trônait près de la pile de feuillets. On avait placé deux cartons de part et d'autre du sous-main, l'un contenant des cartouches d'encre neuves, l'autre des cartouches d'encre vides. Il y en avait des centaines... Une pendule, qui annonçait l'heure, le jour, l'année et la température du lieu, dominait le buvard.

Caine se pencha, habité par une excitation sourde. Il saisit une poignée de feuilles, s'attendant à découvrir un journal de bord rédigé au jour le jour. Étaient-ce là les mémoires d'Ancho Arcaño, le Boucher de San-Pavel ? Les mémoires secrètes d'un tortionnaire en fuite...

"Or il brûlait d'une infamie plus honteuse

encore, lut-il. Il entraînait de jeunes garçons à peine sortis de l'enfance, qu'il surnommait ses petits poissons, à nager entre ses cuisses, à le lécher et à le mordre... »

C'était une traduction. Une traduction laborieuse et très approximative des *Vies des douze Césars,* de Suétone. Arcaño avait dû couvrir deux mille pages de sa grande écriture prétentieuse, emberlificotée, et finalement assez enfantine. Deux mille pages d'une traduction infidèle mais menée ligne à ligne, jour après jour. Au fil du temps la graphie se relâchait, les arabesques se changeaient en une grosse écriture ronde d'écolier maladroit. Au-dessus de chaque nouveau paragraphe on avait noté la date et l'heure à laquelle le travail avait été entrepris. À la fin du morceau figurait une nouvelle notation horaire, comme si l'on avait voulu tenir un compte exact du temps nécessaire à la transposition.

L'énorme manuscrit résultait de cette besogne imbécile et pointilleuse. Une gigantesque version latine avec laquelle le naufragé s'était battu, jour après jour, sans autre outil qu'un minuscule dictionnaire et un exemplaire fatigué de Suétone. Pris d'une sorte de rage, Caine éparpilla les pages. Il n'y avait pas de journal, pas de confessions, aucune révélation, rien... rien que cette traduction de mauvais élève, pleine de contresens, de tournures malhabiles et de raccourcis scandaleux. Et des dates... Des dates échelonnées comme sur un agenda colossal, intransportable. Cela commençait avant la révolution, cela se terminait deux ans après la nuit du « naufrage ». Et toujours la notation horaire scrupuleuse, au début et à la fin du travail : *8 h 45 — 15 h 17... 9 h 10 — 16 h 30...* comme si l'on avait voulu établir une moyenne, battre un quelconque record.

— Il faisait ça pour ne pas devenir fou, murmura Kitty dans le dos de Caine.

Le romancier hocha la tête. C'était dérisoire, grotesque d'imaginer cette éminence grise d'un tyran mis en pièces par son propre peuple, ce tortionnaire professionnel, prisonnier d'une épave en plein Pacifique, et qui, chaque jour, s'était astreint à venir à bout d'un immense pensum, tel un collégien puni par un pion, et peinant à n'en plus finir au fond d'une salle d'étude.

— Tu as vu ? dit doucement la jeune femme. À la fin il mettait de plus en plus de temps pour traduire sa page quotidienne. Ça lui prenait presque toute la journée...

— Connerie, grogna Caine. Il aurait pu au moins rédiger un journal de bord.

— Non, dit Kitty. Ce n'était pas un homme à confier ses secrets à un journal intime. Tout était dans sa tête, verrouillé. Intouchable.

« Comme toi ! » pensa méchamment Caine. Il délaissa le manuscrit. Une seule date était soulignée d'un gros trait de plume : celle de la révolution, celle de la chute du régime qui avait donné quinze ans durant le droit de vie et de mort sur la population de San-Pavel à un fou sadique. Ainsi c'était là la seule œuvre créatrice que laisserait cet homme qui avait tant détruit ! Un livre inutilisable, une copie à laquelle un examinateur aurait sans doute donné la mention F, la plus mauvaise.

Caine ouvrit violemment le tiroir du bureau. Un trousseau de clés s'y trouvait, celles des cabines verrouillées, sûrement. Il s'en désintéressa. Il était dans un état étrange fait de frustration et de dépit. Il aurait préféré découvrir Arcaño sous les traits d'un renard diabolique, d'un pervers imaginatif, d'un tyran débordant de

228

haine... Au lieu de cela, il se trouverait confronté au cadavre d'un homme qui, durant toute sa claustration, s'était astreint à un travail imbécile, usant des litres d'encre et des kilos de papier pour aligner une traduction qui aurait fait pouffer de rire n'importe quel latiniste moyennement doué. Il... il avait la sensation terrible d'avoir été floué par un imposteur, d'être parti chasser le tigre blanc et de ne trouver au bout de son fusil qu'un lapin atteint de myxomatose.

Il sortit dans la coursive, étouffant de rage. Une seule chose restait réelle dans tout cela : le trésor. Les lingots entassés dans la cale... Il n'avait plus que cela pour justifier les souffrances endurées : *l'or*.

Sans trop savoir comment il était arrivé là, il se retrouva dans la cale, des détonateurs plein les poches. Il ne se rappelait même pas être passé par l'armurerie. Un voile noir obscurcissait son esprit. Il appuya ses mains moites sur le battant blindé de la chambre forte, posa son front sur l'acier froid de cette porte qui le séparait du trésor. Les pains de plastic étaient toujours en place, il suffisait...

Il suffisait de choisir quatre détonateurs rapides, de les enfoncer dans les boules de pâte rosâtre et de...

Où irait-il se cacher ensuite, en attendant l'explosion ? À la proue, à la poupe ? « Il n'y a aucun risque, se répétait-il, les parois blindées contiendront le souffle, la coque ne souffrira pas... »

Il mentait, il se mentait, mais la machine était lancée et il ne savait plus comment l'arrêter. « Tu vas te ratatiner sur le pont, lui souffla la voix qui parlait parfois dans sa tête. Tu entendras à peine le bruit de la déflagration, mais tout à coup le bateau s'enfoncera, d'un bloc, un trou énorme dans la coque... Il coulera à pic, et le tourbillon creusé par sa descente t'aspirera à sa suite... »

— Non, supplia Kitty derrière lui. Ne le fais pas. Tu vas nous tuer. C'est un piège... C'est le dernier piège d'Arcaño, ne tombe pas dedans.

Elle le prit par la main et le contraignit à remonter. Ils s'allongèrent à la proue, sans échanger un mot. La jeune femme allait mieux, sa fièvre avait beaucoup diminué. La découverte du corps du Boucher l'avait libérée de ses démons. Elle paraissait apaisée.

— Il faut avoir de la patience, murmura-t-elle. S'organiser pour survivre. Tôt ou tard un cargo finira bien par passer.

Caine faillit lui répondre qu'Arcaño avait attendu deux ans en vain, mais était-ce bien vrai ? Avait-il seulement monté la garde ? Ne s'était-il pas plutôt enfermé tout le jour dans sa cabine pour se battre avec son insipide traduction latine, laissant passer plusieurs fois sa chance d'être secouru ?

Pour s'occuper, ils lancèrent les lignes. La faim les torturait sourdement et ils avaient déjà beaucoup maigri. Caine se voyait mal survivre très longtemps de cette manière. De plus, en inspectant la salle des machines, la veille, il avait réalisé que son travail d'écopage n'avait pas servi à grand-chose, le niveau de l'eau stagnante avait à peine baissé, et ceci malgré des heures d'un travail épuisant.

Ils eurent la chance d'attraper un gros poisson. Sa chair n'était pas très bonne mais c'était toujours de la nourriture fraîche, aussi se forcèrent-ils à la manger. D'un commun accord, ils avaient décidé de garder les sachets de nourriture déshydratée pour les jours de disette, qui seraient nombreux, à n'en pas douter.

Ils fermèrent la porte de la cabine d'Arcaño, et la coincèrent avec une cale pour qu'elle ne se rouvre pas. Caine songeait qu'on risquait de les retrouver dans le même état, un jour au l'autre, ratatinés sur les canapés de cuir du salon. Cette pensée le convainquit de l'urgence de noter son aventure par le détail dans son carnet noir. Et puis pendant qu'il écrirait, il ne penserait pas à l'or...

Ils s'endormirent bientôt, vaincus par leur grand état de faiblesse. Caine rêva des lingots, du trésor. Le yacht était devenu transparent tel un navire de verre, et il suffisait de se pencher pour voir ce qui se cachait au cœur de la chambre forte. Le trésor était là, au ras de la quille, sous la ligne de flottaison, brillant comme un soleil dont trois années de claustration ne seraient pas parvenues à affaiblir l'éclat.

Puis il rêva de la traduction. Il voyait défiler les dates, les heures. Un bruit de pendule montait du manuscrit, comme si le fouillis des pages abritait un mécanisme d'horlogerie aux multiples engrenages.

Il se réveilla en poussant un cri. Il venait de voir la date soulignée d'un trait épais. La date symbolique... *Et si...*

Kitty se redressa sur un coude, lui demandant ce qui se passait. Il eut beaucoup de mal à s'expliquer tant il bredouillait.

— Et si... bégaya-t-il. Et si Arcaño avait choisi la date de la révolution comme combinaison?

— Tu veux dire... pour la chambre forte?

— Oui. C'était une série de chiffres qu'il ne risquait pas d'oublier. Un moyen mnémotechnique.

— Pourquoi cette date en particulier, pourquoi pas n'importe quel autre événement personnel?

— Parce que c'était le début d'une nouvelle vie pour lui, le début de son périple sur les océans. Il tournait la page. Du moins il croyait qu'il tournait la page. Il y a eu la tempête, et le cours de son existence s'est suspendu. Tout s'est arrêté. Cette date était pour lui symbolique à plus d'un titre.

Il se tut car il ne reconnaissait plus sa voix.

— Oublie ça, chuchota Kitty en se pressant contre lui. Si tu te trompes tu seras déçu, et tu voudras encore utiliser les explosifs. Ne pense plus à tout ça, essaye de guérir.

Mais Caine la repoussa violemment. Il fallait qu'il aille vérifier le bien-fondé de son hypothèse, il ne pouvait plus attendre. Il alluma la lampe-tempête en tremblant et prit le chemin de la cale. Ses jambes le portaient à peine.

Quand il arriva dans la chambre forte, ses dents claquaient sans qu'il puisse rien faire pour les en empêcher. La porte blindée était là, avec ses trois molettes, son volant de chrome.

La date... la date de la révolution, la date du naufrage. Le jour et la nuit où, pour Ancho Arcaño, le Boucher de San-Pavel, la Terre s'était arrêtée de tourner.

Il tendit la main vers le premier bouton, fit pivoter la molette qui cliqueta. Quand il eut atteint le dernier bouton, il crut qu'il allait défaillir. S'il s'était trompé il allait devenir fou, se cogner la tête contre le battant à s'en faire éclater les os du front...

Empoignant le volant, il le fit tourner. Il entendit distinctement les engrenages jouer dans l'épaisseur de la porte et les barres coulisser. Il avait réussi ! La combinaison qui fermait la chambre forte, c'était bien la date soulignée d'un trait gras dans la traduction des *Vies des douze Césars* !

Le battant pivota sur ses gonds bien huilés, lourd, scintillant. Caine empoigna la lampe-tempête, la leva au-dessus de sa tête pour regarder à l'intérieur du coffre.

Il était vide.

13

Il n'eut même pas la force de hurler. Il tomba à genoux à l'entrée de la chambre forte, la bouche ouverte sur un cri qui ne venait pas. C'est ainsi que Kitty le trouva lorsqu'elle vint voir ce qui se passait. Elle dut le soutenir pour le ramener sur le pont. Le soleil se levait à l'horizon, et sa lumière couvait sous les nuages comme un brandon se préparant à incendier le ciel.

— Il a tout jeté, murmura la jeune femme, Arcaño. Il a senti qu'il allait mourir, alors il a voulu se racheter, se purifier... Il a lancé les lingots par-dessus bord, les uns après les autres. Ça a dû lui prendre deux ans.

Caine ne réagit pas. Il avait l'impression qu'on l'avait décérébré à son insu. Kitty lui parlait, s'inquiétant de son état d'apathie, mais il l'entendait à peine.

— Arcaño avait du sang indien, dit-elle. Et comme tous les Indiens il était superstitieux. À mon avis, dès qu'il s'est senti perdu, il a essayé de se mettre en règle avec sa conscience. Il s'est débarrassé du trésor pour faire pénitence, pour racheter ses fautes. San-Pavel est rempli de gars de ce genre, qui mélangent les croyances de la jungle et le catholicisme, ça finit par donner des résultats bizarres. Crois-moi, c'est comme ça qu'Arcaño a terminé ses jours : chaque fois qu'il avait fini d'écrire un paragraphe, il descendait à la cale chercher un lingot, et le jetait par-dessus bord. Il a dû les semer tout au long du courant, et ils se sont perdus dans les abîmes...

Caine ne répondit pas. Il n'avait plus aucune volonté, aucun ressort. La chambre forte vidée par Arcaño lui-même, c'était la pire chose qui pouvait lui arriver. Le pied de nez le plus amer que pouvait lui faire le destin. Le Boucher les avait bernés, ils avaient plusieurs fois risqué la mort pour un mirage, un trésor que l'océan avait digéré depuis longtemps.

Pendant que Kitty redescendait, il s'abîma dans la contemplation des lignes. Tout lui était indifférent, et c'est à peine s'il réagit quand la jeune femme surgit de l'écoutille, bafouillant d'excitation.

— Les clés! balbutia-t-elle. Le trousseau de clés qui était dans le tiroir... J'ai ouvert la troisième cabine avec. Il y a un dinghy à l'intérieur. Un canot gonflable avec son moteur et plusieurs bidons d'essence! C'est un moteur très puissant... s'il fonctionne nous pourrons quitter l'épave et nous arracher au courant!

Caine consentit à la suivre. La troisième cabine contenait effectivement un bateau pneumatique roulé, un gros moteur, et une mallette de survie en plastique étanche. Tout le fond de la cabine était tapissé de bidons de carburant. Le moteur paraissait neuf, huilé. Il reposait sur un tas de chiffons graisseux.

— Bon sang! siffla Caine en palpant les contours du dinghy. C'est du kevlar. La matière dont on fait les gilets pare-balles. C'est un canot militaire, insensible aux tirs des armes automatiques. Une merveille.

Kitty pleurait de soulagement. Le canot c'était la liberté, le moyen d'échapper à la prison de l'épave, de retourner à la côte. Sans attendre, ils hissèrent le gros boudin caoutchouté sur le pont. Il suffisait de tirer sur une poignée pour que le canot se gonfle tout seul grâce à la réserve d'air comprimé contenu dans une bouteille.

— Pourquoi ne s'en est-il pas servi? grogna Caine. Je veux dire : Arcaño, pourquoi a-t-il accepté sa réclusion? Pour expier? Avec cet engin il pouvait retourner à terre et...

Il s'interrompit, conscient de la stupidité de sa théorie.

— Justement, souligna Kitty. Il ne pouvait plus revenir en arrière. Toute la côte lui était interdite. Même avec une barbe on l'aurait reconnu à la seconde où il aurait posé le pied sur la terre ferme. Tout le monde le haïssait, et tout le monde connaissait son visage. On l'avait vu sur trop d'affiches, trop de journaux... On lui avait élevé des statues, il avait trop paradé à la télé. Ses yeux, son profil... Il ne pouvait pas les déguiser, à moins de se défigurer.

Elle reprit sa respiration avant de conclure :

— Il ne pouvait pas traverser le Pacifique avec un simple dinghy, ni remonter jusqu'en Californie. Avec ce canot, il ne pouvait que retourner en arrière, rentrer à San-Pavel... et se faire lyncher.

Ils installèrent l'échelle de coupée, mirent le pneumatique à l'eau et le regardèrent se gonfler. Puis ils descendirent le moteur avec mille précautions, terrifiés à l'idée qu'il pourrait leur échapper et disparaître dans les flots.

Ils rassemblèrent leur maigre paquetage, le jerrican d'eau de pluie, la mallette de survie, les lignes et la caisse à outils. Puis ils firent le plein et entassèrent à l'avant autant de bidons d'essence qu'il était possible. Kitty lança le moteur, il démarra à la première sollicitation, ronronnant avec régularité.

— Viens, lança la jeune femme. Fichons le camp. Plus rien ne nous retient ici.

— Attends, dit Caine en tirant les détonateurs de sa poche.

— Non, supplia Kitty, ne redescends pas à la cale !

Mais il ne l'écouta pas. Il fallait qu'il le fasse. Une fois dans la chambre forte, il choisit quatre détonateurs de quinze minutes, les enfonça dans le plastic et les amorça. Il voulait en finir avec le derelict, envoyer par le fond cette épave flottante. Puis il prit ses jambes à son cou, dégringola l'échelle de coupée et sauta dans le canot. Kitty lança le moteur, tournant la poignée des gaz à fond. Le dinghy s'élança, s'arracha à la coque lépreuse du yacht. Sa proue cognait sur les vagues qu'il affrontait par le travers, mais son moteur était puissant, et il n'eut aucun mal à vaincre la puissance du courant. Quelques minutes plus tard, ils avaient échappé à l'attraction de la coulée sombre. Le manège ne les tenait plus en son pouvoir. Caine consulta sa montre.

— Arrête, dit-il quand il jugea qu'ils étaient assez loin du bateau.

Kitty coupa les gaz. Le visage crispé, elle fixait la silhouette sombre du yacht que le courant entraînait au loin.

Ils n'entendirent pas l'explosion, mais, subitement, le navire plongea sur tribord comme si une énorme voie d'eau venait de s'ouvrir au-dessous de sa ligne de flottaison. Il ne lui fallut que deux minutes pour s'enfoncer au milieu d'un tourbillon de grosses bulles. Il ne subsista rien de lui, que des débris de vergues, des espars, que le courant se mit à charrier.

— Maintenant c'est vraiment fini, soupira Kitty en relançant le moteur.

Un peu plus tard elle fit le point, à l'aide de la boussole et de la carte marine que contenait le paquetage. Elle estima qu'il leur faudrait une quinzaine d'heures pour rejoindre la côte, et encore autant pour rallier San-Pavel en cabotant le long du littoral.

Caine s'installa à la proue. Il n'avait pas envie de parler. Il était si las qu'il se demandait même s'il rouvrirait un jour la bouche. Pour tromper l'ennui de la traversée il entreprit d'inventorier le contenu de la mallette de survie. Il mit un moment à comprendre que la cassette était munie d'un double-fond. On avait ménagé un espace important sous les médicaments, la poudre anti-requin et le miroir à signaux... Cet alvéole contenait un pistolet automatique Walther PPK, une épaisse liasse de dollars et un faux passeport muni d'un visa parfaitement imité pour les États-Unis, et établi au nom d'Emiliano Passeco, professeur de latin au lycée de San-Pavel. La photo figurant sur le document était celle d'Ancho Arcaño. Caine compta les billets. Il y avait à peu près soixante mille dollars en grosses coupures. Il fronça les sourcils, essayant de comprendre à quelles fins le Boucher avait préparé ce viatique.

— Arrête, lança-t-il à Kitty. Il faut que je réfléchisse.

— Qu'est-ce que tu vas encore inventer ? siffla la jeune femme. C'est fini ! Bon dieu ! Tu ne peux pas te mettre dans la tête que c'est fini !

— Non, coupa Caine. Ce n'est pas fini, pas encore. Tu t'es trompée, Arcaño n'avait pas l'intention d'expier, de racheter ses fautes... Ce n'était pas dans sa nature... Il écrivait la nuit, et il guettait le jour... Il guettait un bateau, comme nous l'avons fait. Il attendait un cargo. Il avait ce dinghy sous la main. Et cet argent, ces faux-papiers...

— Où veux-tu en venir?

— Il savait... Il savait qu'il ne pouvait pas revenir en arrière. Ce qu'il guettait, c'était un bateau filant vers la Californie. Un bateau barré par des Américains qui n'auraient jamais entendu parlé de lui. Bon sang! C'est pour cette raison qu'il a attendu si longtemps : il a dû laisser passer plusieurs navires qui n'allaient pas dans le bon sens, ou dont les matelots risquaient de le reconnaître... Il voulait se faire recueillir en tant que naufragé. Il avait de l'argent, une fois aux États-Unis il se serait débrouillé pour armer un autre yacht et revenir... Ça lui aurait peut-être pris du temps, mais il serait revenu, de toute façon.

— Mais pourquoi?

— Pour le trésor, bien sûr. Il n'a pas jeté les lingots par-dessus bord. *Il les a déménagés.* Il savait que le yacht risquait de couler, il lui fallait les mettre en lieu sûr. Il les a emportés, peu à peu, peut-être sur un autre dinghy semblable à celui-ci.

— Tu racontes n'importe quoi! cracha Kitty. Tu es fou! Et où les aurait-il cachés? Sur une île déserte, comme dans les histoires de pirates?

— Non. Sur une autre épave. Une épave prisonnière du même courant. Une épave se déplaçant dans le sillage du yacht.

— Tu veux dire... haleta Kitty.

— Oui! martela Caine. *La barge!* Il savait qu'elle était en bon état, qu'elle ne risquerait pas de chavirer, et qu'à cause du charnier, personne ne s'aviserait d'y rester plus de quelques minutes.

Le trésor est là. Sous les morts. Arcaño l'a caché sous les cadavres. Il a dû lui falloir des semaines pour vider la chambre forte, mais il l'a fait. Il avait l'intention de revenir, de rallier la Californie, de se procurer un bateau et de reprendre son butin. Mais il a eu un accident, et il est mort, bêtement...

Kitty baissa les yeux. Elle était devenue très pâle et étreignait convulsivement la barre. Et tout à coup, en la regardant, Caine fut prit d'un soupçon affreux. Terrible.

« Se pourrait-il... ? lui chuchota une voix intérieure. Se pourrait-il qu'elle soit arrivée à la même conclusion *bien avant* toi ? Et si elle avait deviné pour la barge, sans t'en souffler mot ? Et si son intention était de te raccompagner à terre et revenir, *toute seule*, pour rafler le trésor ? »

L'espace d'un instant, il se fit horreur, mais la méfiance avait instillé son poison en lui. Kitty... Et si Kitty s'était mis dans la tête de le filouter ? Elle le ramenait à San-Pavel, le mettait dans l'avion avec un baiser sur la joue, et après...

Et après elle revenait... avec un autre bateau. Elle reprenait la mer pour rallier la vraie cachette. N'était-ce pas parce qu'elle s'était sentie percée à jour qu'elle était tout à coup devenue si pâle ?

Kitty le suppliant de ne pas faire sauter la chambre forte, Kitty dépensant sa salive sans compter pour le convaincre que le Boucher avait jeté son trésor par-dessus bord... Kitty...

Il la regarda de nouveau, cherchant ses yeux. Elle lui jeta un coup d'œil traqué.

— Tu es fou, dit-elle. Cette histoire t'obsède. Tu voudrais nous faire revenir en arrière... rentrer une fois de plus dans le courant... Imagine ce qui se passerait si par malheur le moteur calait, tombait en panne. Nous serions de nouveau prisonniers. Prisonniers sur la barge. Tu n'as aucune preuve de ce que tu inventes, c'est juste une supposition. Il vaut mieux rentrer à San-Pavel et oublier toute cette histoire. Elle nous a déjà coûté trop cher.

— Je suis sûr que j'ai raison, dit Caine avec une douceur menaçante. Et tu le sais, toi aussi. Arcaño a pris ses précautions dès qu'il a su que le yacht coulerait tôt ou tard. En homme pratique, il a cherché un refuge pour son or. Il n'y avait pas d'île. La côte était trop éloignée. Une tonne de lingots, cela impliquait de multiples allers-retours, il fallait donc que ce refuge soit tout proche. Il n'y avait que la barge. Il n'a pas pu aller ailleurs.

Le regard de Caine tomba tout à coup sur le pistolet au fond de la trousse de survie truquée. N'était-ce pas cela que Kitty guettait avec tant d'intensité depuis quelques minutes ? D'un revers de la main, il expédia l'arme par-dessus bord. La jeune femme le dévisagea avec une sorte de dégoût effrayé.

— Tu es complètement fou, haleta-t-elle. Tu crois que... Tu crois que j'essayais de te pigeonner ?

Caine ne répondit pas. Soudain il n'y avait plus entre eux qu'une haine sauvage, animale, un besoin irrépressible de se sauter à la gorge et d'en finir.

— Ce que tu dis est complètement stupide, hoqueta Kitty. Tu ne te rappelles pas que lorsque nous sommes montés sur la barge j'ai voulu ouvrir la benne pour libérer les morts ?

— Objection rejetée, ricana Caine. À l'époque tu ne savais pas que l'or était caché là, sous les corps... Et de toute manière le levier était bloqué.

Arcaño l'a probablement neutralisé au moyen d'une cale.

Kitty se rejeta en arrière, ses prunelles flambaient de haine. Elle relança le moteur.

— Très bien, dit-elle. Nous allons rejoindre la barge, je sens bien que c'est le seul moyen de te guérir de ta folie. Quand tu auras bien farfouillé au milieu des cadavres, tu retrouveras peut-être la raison !

Elle tourna la poignée des gaz à fond, et le dinghy bondit à la crête des vagues. Caine, déséquilibré, roula sur les bidons d'essence, se meurtrissant les côtes. La proue du canot cognait sur les lames, soulevant des gerbes d'écume. Kitty pilotait, la tête rentrée dans les épaules, les lèvres si serrées qu'elles en étaient blanches.

« Elle a peut-être raison, pensa Caine. Et si j'étais en train de devenir fou ? Et si Arcaño avait effectivement jeté les lingots à la mer ? »

Il avait beau faire, il restait convaincu que son hypothèse était la bonne. Le Boucher de San-Pavel n'était pas homme à se repentir, à chercher l'absolution de ses fautes dans le dépouillement... Il avait mûri son plan, puis il s'était absorbé dans son travail de traduction, par tactique, pour ne pas devenir fou, comme d'autres font des mots croisés. L'énorme manuscrit n'était pas l'œuvre d'un esprit dérangé, bien au contraire, il s'agissait d'un de ces passe-temps méthodiques auxquels les prisonniers ont systématiquement recours pour neutraliser l'expansion des idées noires et combattre la dépression nerveuse.

Kitty... Il ne s'était pas suffisamment méfié d'elle. Elle l'avait abreuvé de bons sentiments, et pourtant il aurait dû se souvenir de l'éclat de folie pure qu'il avait surpris dans ses yeux, là-bas, dans la jungle, lorsqu'elle l'avait supplié de tuer

Sozo... Elle voulait l'or, sans partage. Elle voulait se rembourser de ses années d'exil à San-Pavel, du mépris avec lequel l'avaient traitée les sismologues. Elle voulait tout... Il fut brusquement inquiet de la sentir derrière lui. Il suffisait qu'elle se saisisse d'un bidon, qu'elle le lui jette à la tête... Il se retourna pour lui faire face et la surveiller. Soudain, avec ses traits fermés, butés, il la trouvait presque laide.

Ils filèrent ainsi plus d'une heure, le dinghy sautant à la crête des lames, sans échanger une parole. Puis Caine sentit ses certitudes vaciller avec la fatigue. Dieu ! Il était en train de perdre la boule. La déception l'avait fait déraper vers la paranoïa. Il ne se reconnaissait plus. Un profond dégoût l'envahit. La maladie de l'or... Jusqu'à maintenant il avait toujours vu là un délire de romancier, rien de plus. Il tendit la main pour recueillir un peu d'eau et se mouilla le visage. Il avait le front et les tempes brûlants.

Comme il se retournait, il aperçut la barge, silhouette noire et camuse se découpant sur l'horizon. La minute de vérité approchait. La honte allait s'abattre sur lui, et il ne pourrait plus jamais regarder Kitty en face. Il allait peut-être passer à côté de quelque chose de plus important que l'or : une femme. Cette femme à laquelle, l'espace de quelques jours, il s'était senti attaché par un lien étrange, une complicité terrible. Sa crise de suspicion absurde avait tout gâché. Maintenant ils ne pourraient plus jamais vivre ensemble...

Kitty fit entrer le canot pneumatique dans le courant et se porta à la hauteur du gros bateau d'acier. Elle coupa le moteur, prit un filin au fond du dinghy et le noua aux échelons rouillés qui dépassaient de la coque.

Caine eut un mouvement pour se redresser, puis se figea, hésitant.

— Tu as peur que je reparte dès que tu seras sur le pont ? cracha la jeune femme. C'est ça ? Tu penses que je serais capable de te laisser mourir là, pour revenir plus tard ?

— Non, dit Caine, repris par la méchanceté. Tu courrais le risque que j'ouvre la benne, avant de mourir, juste pour me venger...

— Tu n'es qu'un salopard, siffla Kitty. J'aurais dû m'en douter à voir les livres que tu écris.

Elle le bouscula, empoigna les échelons et se hissa sur le pont. Caine n'emprunta le même chemin qu'une fois qu'elle se fut reculée.

— Même si tu as raison, gémit-elle soudain, des larmes plein les yeux, même si l'or est là, je te jure que je ne le savais pas. Je n'y ai jamais pensé. Ça n'était pas important pour moi... je voulais juste te suivre. Être avec toi. Avoir l'impression d'exister enfin... Je pensais qu'une fois de retour à terre nous pourrions essayer de vivre ensemble.

Caine détourna la tête. La honte lui donnait envie de vomir. Une seconde il fut sur le point de lui dire « Partons, oublions tout ça, viens... » mais c'était impossible, c'était trop tard, ils ne pourraient plus oublier, plus maintenant.

Kitty pleurait silencieusement. Elle était redevenue belle. Terriblement émouvante. « J'ai tout empoisonné », pensa Caine, terrassé par le désir subit de se coucher là et de mourir. Oui, il avait tout gâché. Tout. Kitty alluma la grosse torche qu'elle avait prélevée dans la trousse de survie et se dirigea vers la dunette.

— Viens, dit-elle avec lassitude. Il va bientôt faire nuit.

Caine ne se résolvait pas à la suivre. Il réalisait

brusquement tout ce que cette perquisition macabre avait de sordide. Il se rappela la fourche piquée au sommet du tas de cadavres, allait-il la saisir et fouiller, fouiller au milieu des charognes, pour entrevoir enfin l'éclat soyeux des lingots sous les cadavres ? Aurait-il cette force... cette indifférence ?

Il bougea enfin, emboîtant le pas à la jeune femme qui avait déjà soulevé la trappe. Ils descendirent dans le puits noir et puant, suffoquant encore une fois sous l'assaut de la pestilence prisonnière des parois de tôle.

— Vas-y ! lui lança Kitty, fouille, ne te gêne pas pour moi. J'espère seulement que tu ne me reprocheras pas de vomir.

Caine lui prit la lampe des mains et s'agenouilla près du pupitre de manœuvre qui commandait les mouvements de la benne. Il ne s'était pas trompé : le levier d'ouverture était bel et bien coincé en position haute par une petite cale de bois qu'il n'eut aucun mal à retirer. Il se retourna vers Kitty, brandissant la cale dans sa main droite.

— Tu vois, dit-il. J'avais raison. Arcaño avait...

Il ne put finir sa phrase. Dans le halo de la torche, il entrevit la silhouette de Kitty qui fonçait sur lui, brandissant quelque chose à l'horizontale. C'était la fourche... La fourche qui trônait une minute plus tôt au sommet du monticule de cadavres. Il n'eut que le temps de se jeter de côté pour éviter les longues dents rouillées de l'outil. La lampe lui échappa, roula sur le caillebotis, son halo dirigé vers la voûte de tôle formant capot au-dessus de leur tête. Il perdit l'équilibre et dégringola au milieu des machines rouillées, dans l'eau stagnante. Ses côtes heurtèrent un angle d'acier et la douleur lui coupa le souffle. Il se mit à courir à quatre pattes dans l'eau croupie.

— Je ne voulais pas te tuer! hurla Kitty. J'avais décidé de te laisser une chance... Je t'aurais raccompagné à l'aéroport, et je serais revenue, plus tard, toute seule, avec un autre bateau. Mais il a fallu que tu réfléchisses un peu trop, connard de romancier! C'est ta faute! C'est ta faute!

Elle criait et pleurait tout à la fois en expédiant de grands coups de fourche dans les ténèbres. Parfois les dents de l'outil heurtaient une canalisation avec un bruit strident. Caine haletait, plié en deux par la douleur chaque fois qu'il inspirait. Il avait dû se casser une côte, peut-être deux. Les mains brassant l'eau saumâtre, il cherchait désespérément une arme improvisée. Kitty le poursuivait, frappant comme une forcenée. Si elle le touchait, elle le transpercerait de part et part, il n'en doutait pas. Elle paraissait avoir perdu la tête. Il finit par refermer les doigts sur une bouteille. Ce n'était pas grand-chose mais c'était mieux que rien. Il se redressa, clopinant, courbé par la souffrance. Il se déplaçait le plus rapidement possible, essayant de placer le bloc des moteurs entre lui et sa poursuivante. Mais il faisait tant de bruit en courant dans l'eau qu'il n'était guère difficile de le localiser.

— Je suis trop vieille pour partager, balbutia étrangement Kitty. Toi ce n'est pas pareil, tu es un homme... *Il me faut tout.* Pour oublier les rides, la cellulite... Tout... Qu'est-ce que tu peux comprendre à la vieillesse des femmes, hein? J'ai le droit... J'ai le droit...

Elle riait, d'un rire sourd, effrayant. Et soudain Caine découvrit qu'elle était tout près de lui. Il bondit sur la passerelle surplombant la benne pour échapper à la fourche, mais les dents de l'outil s'enfoncèrent dans sa cuisse, il hurla. Il eut le réflexe de se traîner sur le caillebotis, évitant de peu un second coup qui visait son ventre. Kitty le poursuivit. Ils dominaient tous les deux le charnier, et la lumière jaune de la lampe abandonnée éclairait la jeune femme par en dessous, déformant ses traits d'une manière mélodramatique.

Caine ne pouvait plus marcher. Sa jambe ankylosée refusait de le soutenir. Kitty s'avança, les mains soudées sur le manche de la fourche, prenant déjà son élan pour le clouer au sol. Dans un dernier sursaut, il lui jeta au visage la bouteille ramassée dans la salle des machines. Le flacon explosa au moment de l'impact, et Caine vit les chairs du front et des joues s'ouvrir sous la morsure des tessons, dessinant une toile d'araignée sombre. Kitty hurla, porta les mains à ses yeux et recula. Elle oscilla une fraction de seconde au bord du vide, et bascula en arrière, dans la benne, au milieu des morts.

Caine récupéra la lampe, rampa jusqu'au bord du trou. Le spectacle révélé par le faisceau de la torche lui tordit l'estomac, et il vomit de la bile. Kitty était tombée dans le charnier. Au cours de la chute, son crâne avait heurté la paroi d'acier et elle s'était brisé la nuque. L'angle impossible que faisait sa tête avec le reste de son corps ne laissait aucun doute là-dessus. Caine se rejeta en arrière, incapable de supporter plus longtemps le spectacle de la fosse. La lampe qu'il serrait toujours éclairait le caillebotis, allumant d'étranges scintillements sur le bord de la benne, comme si adhérait là une matière que la rouille n'avait pu ternir ou recouvrir malgré le temps. Il tendit une main tremblante, gratta du bout des ongles.

C'était de l'or. Des copeaux d'or déposés là par

un lingot qu'on avait laissé échappé au cours du transbordement. Le trésor était bien là. Sous le charnier. Arcaño avait été assez ignoble pour y creuser une cache et y dissimuler son butin. Caine comprit à cet instant qu'il ne pourrait jamais en faire autant... Il n'était pas de cette trempe. Jamais il ne réussirait à empoigner la fourche, à descendre au fond de cette horreur et à...

Jamais.

Il se redressa, le sang ruisselait sur sa jambe. Clopinant jusqu'au pupitre de manœuvre, il essaya de reprendre son souffle, puis, d'un geste sec, il abaissa le levier commandant l'ouverture de la benne. Il entendit les engrenages hurler quelque part sous la passerelle tandis que les bielles déverrouillaient le système de fermeture, le sol trembla, puis, d'un seul coup, les deux moitiés de la benne s'ouvrirent par le milieu, sous le seul poids de leur contenu, et tout ce qu'elles renfermaient s'abîma dans les eaux noires, soulevant une énorme gerbe d'éclaboussures qui retomba sur Caine et le trempa de la tête aux pieds. Il ne vit rien du trésor, il n'entrevit pas même le scintillement des lingots basculant dans l'abîme, car il avait fermé les yeux.

Il se hissa sur le pont, comme un somnambule, traînant sa jambe morte, et dégringola dans le dinghy. Il largua le filin, lança le moteur, et s'éloigna de la barge le plus vite possible. Il claquait des dents et redoutait de s'évanouir. Quand il fut sorti du courant, il s'arrêta un moment pour fouiller dans la trousse de survie et s'inoculer divers produits antiseptiques stockés dans des seringues jetables. Les plaies de sa cuisse étaient très laides. Elles ressemblaient aux marques qu'aurait laissées une énorme morsure.

Grelottant sous l'effet du choc, il se ratatina près du moteur, l'œil fixé sur la boussole, essayant de conserver le bon cap. S'il ne perdait pas conscience dans les heures qui suivraient, il avait une chance de toucher la côte au lever du soleil. Il ne voulait penser à rien d'autre.

À rien.

14

Quand le dinghy atteignit la côte, Caine avait perdu connaissance. Des Indiens Hayacamaras le découvrirent, ratatiné au fond de l'embarcation dont il avait bloqué la barre. Le romancier délirait, en proie à une terrible fièvre. Les Indiens, effrayés par cet homme blanc qui roulait des yeux et montrait les dents en se convulsant, s'en allèrent prévenir les pêcheurs d'un village voisin. Ceux-ci s'emparèrent du canot, volèrent les soixante mille dollars d'Ancho Arcaño, et remirent Caine à une patrouille de la garde civile. En inventoriant les poches du malade, les soldats mirent la main sur le carnet noir à couverture de caoutchouc qui contenait, entre ses pages, le passeport d'Oswald Caine. Ils furent un instant tentés d'abandonner le *gringo* dans la jungle, mais n'osèrent passer à l'acte. Caine, qui n'avait toujours pas repris conscience, fut ainsi ramené à San-Pavel et remis aux gens de l'*American Embassy*.

On crut pendant deux jours qu'il allait mourir, victime d'une septicémie qui nécessita d'énormes injections d'antibiotiques. Personne ne prêta réellement attention à ce qu'il bredouilla dans son délire. On le savait romancier, et l'on pensa tout naturellement qu'il racontait l'intrigue de l'un de ses livres. L'ambassadeur, très ennuyé à l'idée que « l'homme de lettres » pourrait bien rendre l'âme dans ses locaux, fit prévenir son éditeur, à Los Angeles, en Californie. Murphy « Bumper » Mc Murphy fréta aussitôt un avion spécial, y fourra une équipe médicale composée d'anciens médecins militaires, et expédia ce commando à San-Pavel. Caine ne rouvrit donc les yeux qu'à Venice, au centre de son grand appartement vide dont la terrasse donnait sur la plage. Il était couché sur son futon king-size, nu, la cuisse enveloppée dans un gros pansement. Bumper se tenait à son chevet, assis à la japonaise.

— Alors, fils, grasseya-t-il dès que Caine eut tenté de se redresser sur un coude. C'est quoi cette histoire de lingots d'or dont tu parlais en dormant ?

Caine se laissa retomber en arrière. Il était vidé, il avait perdu cinq kilos et se sentait aussi faible qu'un nouveau-né. D'une voix mécanique, et pendant que Bumper préparait du thé fumé, très fort, il raconta tout. Arcaño. Le trésor du derelict... Kitty. Bumper le laissa parler sans l'interrompre. Sa voix résonnait étrangement dans le grand appartement nu, que meublaient quelques paravents de papier de riz, des nattes de fibre de coco, et trois armures de samouraïs malheureusement incomplètes.

— Ça ferait pas une bonne histoire pour le Culturiste fou, grogna l'éditeur quand Caine eut achevé sa narration. Ça manque de sexe. Il faudrait que la fille soit beaucoup plus salope. Et puis ce serait mieux si Arcaño n'était pas mort, tu vois? Quand ils grimpent sur le yacht, il est là, caché dans sa cabine. Il s'empare de la fille et la torture pour décider le mec à aller chercher un bateau, au port. Un bateau neuf sur lequel il pourra transborder l'or...

Lentement, il réécrivait l'histoire, inventant des péripéties, l'assaisonnant de fusillades, de coups de théâtre et de scènes érotiques torrides. Caine le laissa soliloquer, trop fatigué pour lui faire valoir que les choses ne s'étaient pas passées de cette manière.

— Et puis, conclut Bumper. Le coup du héros qui largue l'or au fond des mers, c'est nul. Trop frustrant pour le lecteur. Tout ça parce que le type a peur de se salir les mains en fouillant au milieu des macchabées! Mince, quand j'étais au Nam, c'est tous les jours qu'on se tapait ce genre de corvée.

Caine ne protesta pas. Dès que Bumper fut parti, il s'empara de son carnet, de son fidèle stylo, et mit par écrit tout ce qu'il avait vécu au cours des dernières semaines. Cela lui prit dix jours. Quand il eut terminé, il alla enfermer le carnet dans son coffre-fort, avec tous les autres carnets noirs à couverture de caoutchouc qui s'y trouvaient déjà, et que personne, peut-être, ne lirait jamais. Puis il retourna s'allonger sur le futon pour fixer les cent cinquante mètres carrés de plafond immaculé du loft. C'était un travail qui lui prenait toujours beaucoup de temps.

Tous les matins, un masseur venait s'occuper de sa jambe blessée et lui faisait faire quelques pas. C'était un ancien du Viêt-nam, un Irlandais courtaud, taillé en barrique, qui parlait dans cet argot des vétérans auquel Bumper avait fini par initier Caine. Il recommanda au romancier d'entreprendre de longues promenades le long de la plage pour rééduquer ses muscles. Le coup de fourche avait laissé de vilaines cicatrices sur la cuisse de Caine. Des trous violacés qui ressemblaient à des impacts de balles.

Caine sortit donc chaque jour à l'aube, à l'heure où la plage était vide, pour marcher à la lisière des vagues. Il claudiquait interminablement, la tête vide, avec, dans les oreilles, l'écho de la voix de Kitty. Des bribes de phrases... des mots isolés... C'était comme si, quelque part dans sa tête, un magnétophone déréglé se déclenchait au hasard des secousses, restituant tout ce qu'il avait enregistré sur le derelict. La voix de Kitty. Tour à tour épuisée, colérique, menaçante, haineuse. C'était rapide, mais chaque fois Caine frissonnait et s'immobilisait, les pieds dans les vagues, et il devait résister au besoin de regarder par-dessus son épaule pour voir si la jeune femme ne se tenait pas là, derrière lui, la tête un peu penchée de côté, avec sur le visage cet air absent qu'il lui avait vu si souvent, et les petites rides creusées par le soleil, sur le front et autour des yeux...

Quand il put enfin se déplacer sans trop de fatigue, il alla visiter plusieurs agences de top models, demandant à fouiller dans leurs anciens dossiers. Il n'eut pas grand mal à dénicher le *book* de Kitty O'Nealy. Les grandes photos sous plastique, dont les plus vieilles dataient maintenant d'une quinzaine d'années, l'émurent plus qu'il ne croyait. On y voyait Kitty à seize, à dix-sept, dix-huit ans... Elle riait aux éclats et ses yeux brillaient d'un appétit forcené et communicatif. Puis le temps passait. Sur les derniers clichés, le regard de la jeune femme avait pris une curieuse expression traquée. Elle souriait toujours, en vraie professionnelle, mais ses yeux reflétaient une peur secrète qui devenait évidente dès qu'on examinait son visage au moyen d'une loupe.

La dernière photographie avait été réalisée alors que Kitty venait de fêter son vingt-neuvième anniversaire. C'était un cliché de groupe, et Kitty — déjà trop vieille pour figurer en vedette — avait été reléguée au dernier plan. Caine fixa longuement l'épreuve. Des filles en tailleur noir, très strict, très « français », posant dans la chambre forte d'une banque quelconque, devant un monceau de lingots d'or gardé par deux flics ventripotents, brandissant des *riot-guns*. Kitty se tenait dans le fond. Elle était la seule à ne pas regarder l'objectif. En fait, dès qu'on y prêtait attention, on s'apercevait qu'elle fixait le tas d'or. Le scintillement des lingots se reflétait dans ses yeux, leur redonnant un semblant de chaleur. L'appareil l'avait figée ainsi, pour l'éternité. Elle était belle, très belle. Mais d'une beauté poignante qui faisait mal parce qu'on sentait qu'elle n'allait plus tarder à se flétrir. Caine acheta la photographie.

Trois semaines plus tard, un paquet qui lui était destiné arriva aux bureaux des éditions *Screaming Black Cat*. Il provenait de l'hôtel où il était descendu à San-Pavel et contenait les quelques affaires personnelles qu'il avait oubliées dans sa chambre. Le colis avait transité par l'ambassade avant de parvenir à son destinataire. On y avait entassé, outre les accessoires de toilette, les cassettes vidéo du feuilleton *La reine de l'Amazone* apportées par Carlita Pedrón le jour de sa mort. Caine, fidèle à sa promesse, demanda à son agent d'en négocier le passage sur une quelconque chaîne privée. On découvrit à cette occasion que tous les ayants droit de l'œuvre avaient été fusillés au lendemain de la révolution.

La reine de l'Amazone fut programmé aux alentours d'Halloween, sur KRH-Network, à 0 heure 35, pendant une semaine. Le taux d'audience ne dépassant pas 0,003 %, on en interrompit la diffusion au bout du septième épisode.

UNCORRECTED
PROOFS

Épreuves

Non

Corrigées

NUMERO 4
1   9   9   9

**Bulletin
d'informations
consacré
entièrement à
Serge Brussolo**

---

*Extraits de romans
à paraître...
Articles...
Études...
Bibliographie...*

**Sur simple
demande à :
3   A   R   P**
52 avenue Michelet
93400 Saint-Ouen

Composition réalisée par EURONUMÉRIQUE

IMPRIMÉ EN FRANCE PAR BRODARD ET TAUPIN
La Flèche (Sarthe).
LIBRAIRIE GÉNÉRALE FRANÇAISE - 43, quai de Grenelle - 75015 Paris.
ISBN : 2-253-17102-6